小山殿の三兄弟

源平合戦、鎌倉政争を
生き抜いた坂東武士

水野 拓昌

目次

登場人物関係図

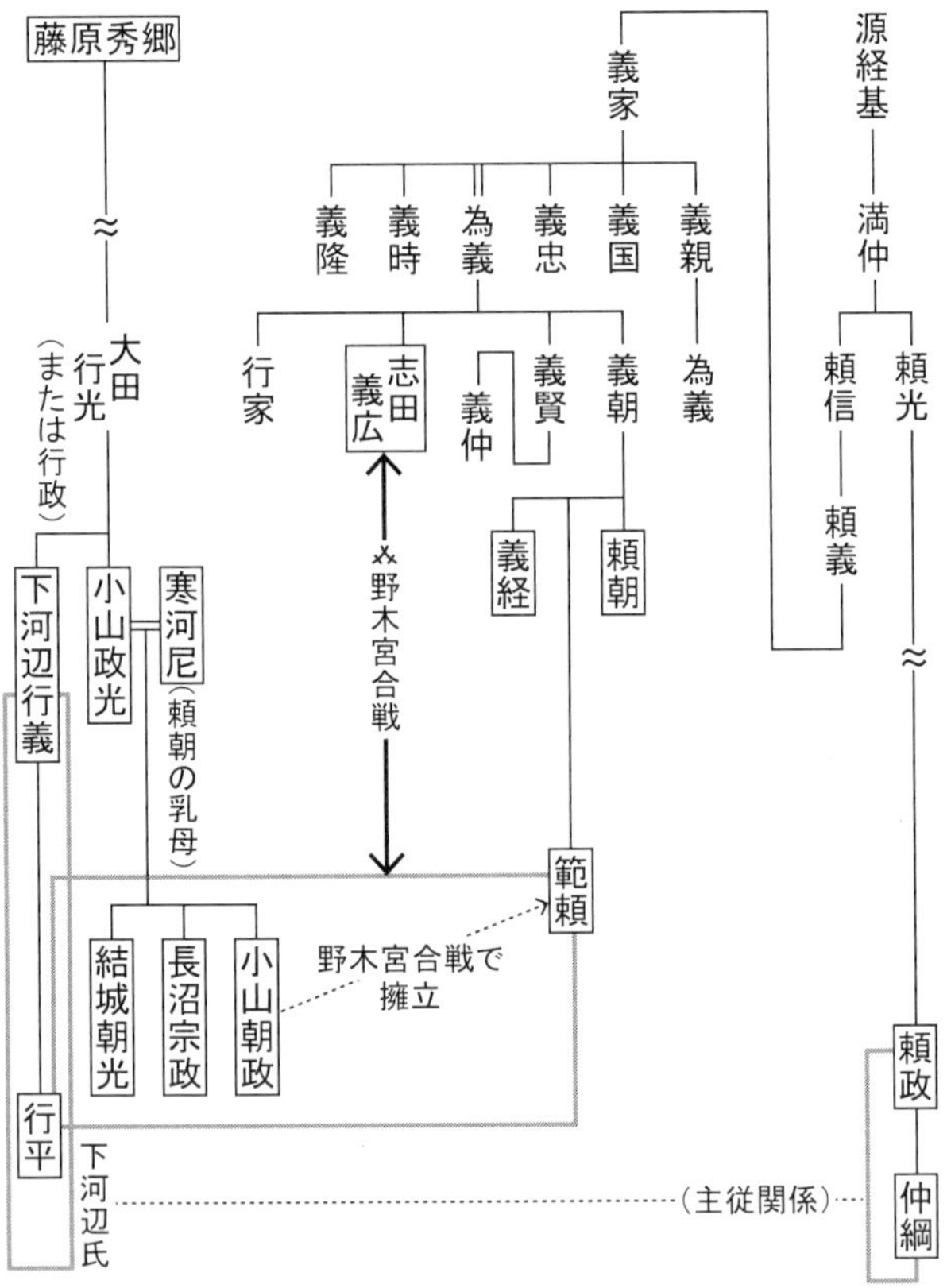

藤原秀郷
大田行光（または行政）
下河辺行義
小山政光
寒河尼（頼朝の乳母）
結城朝光
長沼宗政
小山朝政
行平
下河辺氏
源経基
満仲
頼信
頼光
頼義
義家
義隆
義時
為義
義忠
義国
義親
行家
志田義広
義賢
義仲
義朝
為義
義経
頼朝
範頼
野木宮合戦
野木宮合戦で擁立
頼政
仲綱
（主従関係）

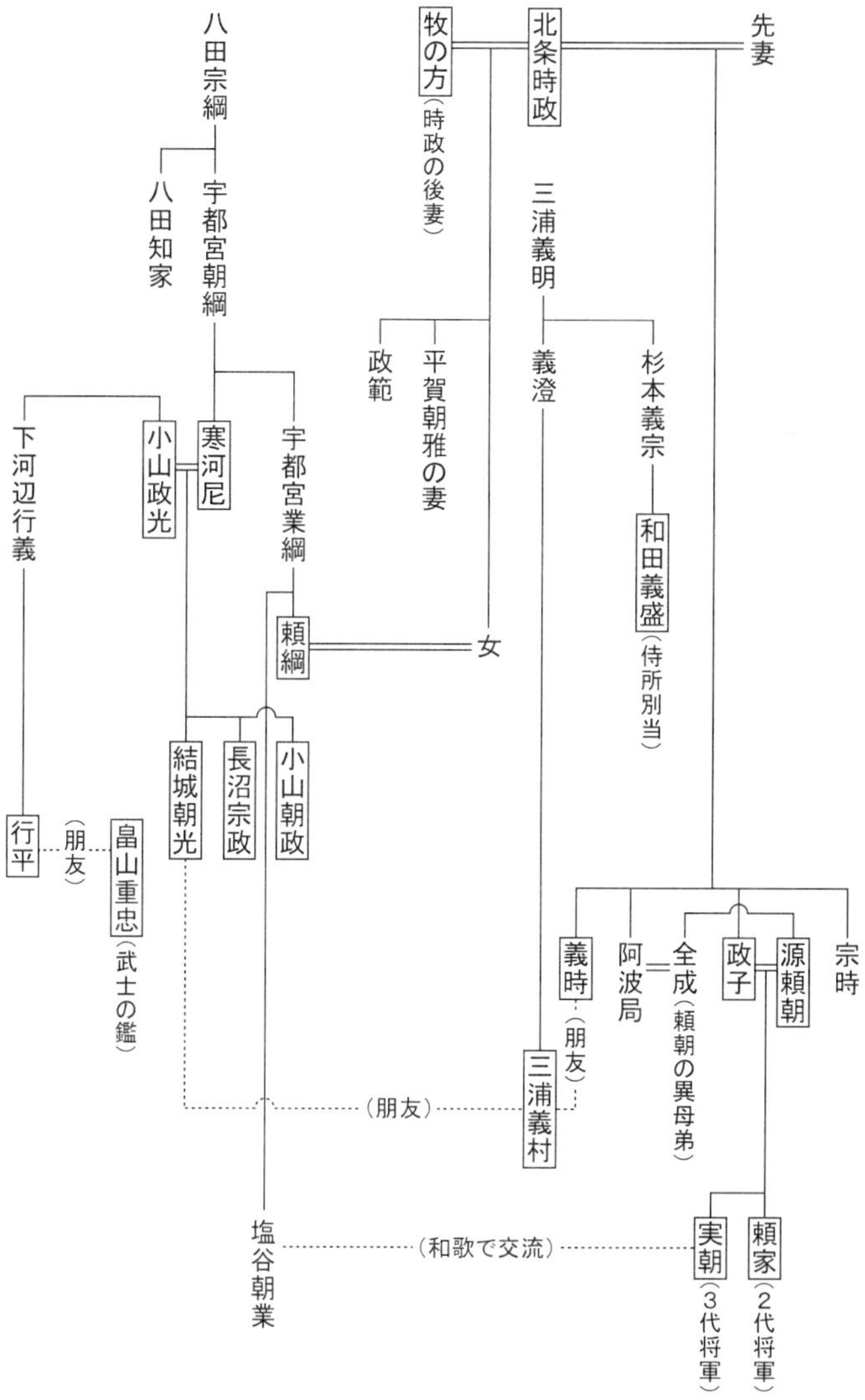
先妻
北条時政
牧の方（時政の後妻）
三浦義明
杉本義宗
義澄
和田義盛（侍所別当）
平賀朝雅の妻
政範
女
八田宗綱
宇都宮朝綱
八田知家
宇都宮業綱
寒河尼
小山政光
下河辺行義
頼綱
結城朝光
長沼宗政
小山朝政
行平
（朋友）
畠山重忠（武士の鑑）
宗時
源頼朝
政子
全成（頼朝の異母弟）
阿波局
義時
（朋友）
三浦義村
（朋友）
塩谷朝業
（和歌で交流）
実朝（3代将軍）
頼家（2代将軍）

第1話　女あるじの参陣

〈1〉隅田宿の再会

「お久しゅうございます。武衛《ぶえい》さま」

「おおっ、懐かしい。懐かしいのお。寒河局《さむかわのつぼね》か。息災《そくさい》であったか。懐かしい」

治承《じしょう》四年（一一八〇年）十月二日、武蔵国隅田宿《むさしのくにすみだのしゅく》（東京都墨田《すみだ》区）。

日ごろ、冷静沈着で重々しい態度をみせるこの男にしては珍しい。いつになく早口だし、声も上ずり、同じ言葉を何回か繰り返した。

前右兵衛権佐《さきのうひょうえのごんのすけ》・源《みなもとの》頼朝《よりとも》。

その官名から「佐殿《すけどの》」と呼ばれ、兵衛府《ひょうえふ》の唐名から「武衛」とも呼ばれる。

目の前で姿勢正しくひざまずいているのは、少年を連れた艶《あで》やかな年配の女性だ。旅装の市女笠《いちめがさ》を取って顔を見せた。頼朝は手を取らんばかりに前のめりの姿勢でその女性を出迎えている。

甲冑《かっちゅう》に身を固めた武士が密集する陣中にいかにも似つかわしくない。

頼朝は平家《へいけ》追討の旗を挙げ、関東諸将に参陣を求め、その進軍途上、この隅田宿で陣を張っていた。

頼朝の左右が尋ねた。

「このお方は」

「わが乳母《めのと》。下野《しもつけ》の権大介職《ごんのだいすけしき》・小山政光《おやままさみつ》が妻女《さいじょ》よ」


この女性が乳母として仕えていたのは頼朝十代のころ、三年ほどだろうか。

保元《ほうげん》の乱（一一五六年）の後、下野守《しもつけのかみ》・源義朝《よしとも》は下野の小豪族程度の武士だった小山政光に、妻を三男・頼朝の乳母として上京させるよう命じた。

「ははっ。妻は小うるさいやつですが、丈夫で元気。小四郎（小山朝政《ともまさ》）を産みましたばかりで、乳は出ると思いますが」

「たわけ。鬼武者《おにむしゃ》（頼朝の幼名）はもう十じゃ」

乳を与える乳母ではない。家庭教師兼奉公人。身の回りの世話をし、武家の棟梁《とうりょう》にふさわしい教養を身につけさせる養育係だ。

政光は二十代中ごろか。

義朝が下野守に任じられたのは仁平《にんぴょう》三年（一一五三年）。そのころから本格的に仕えた。保元の乱では、小山から連れてきた兵が少ないと叱《しか》られ、そのため戦場ではたいした活躍もできず、このころの記録には全く登場しない。小山家そのものは、政光が立ち上げたばかりで源氏累代《げんじるいだい》の家臣でもない。

その新参者の家から乳母を出す。夫婦親子そろって主家に仕え、次代になれば、側近中の側近となる。いきなり出世の道が開かれた。

「どうして、どうして。わしもなかなかやるわい」

政光は軽く自己肯定。下野での粉骨砕身《ふんこつさいしん》の忠勤が認められたか。政光は下野守・源義朝の下、下野大掾《だいじょう》（三等官）に就き、下野守を支える在庁官人《ざいちょうかんじん》（現地採用の地方役人）の筆頭となり、不在がちの義朝の代官として下野治政にかかわっていた。

こうして、政光の妻は頼朝の乳母として京・六条堀川《ろくじょうほりかわ》の源氏館《げんじやかた》に上がった。二十歳のころだ。

政光の妻は、後の呼称「寒河尼《さんがわに》」で知られる。「寒川尼」とも書き、本来の読みは「さむかわのあま」。実名は不明。当時の呼称も不明だが、まだ尼ではない。六条堀川では、「寒河局」「小山局」「小山殿」とでも呼ばれたか。政光の妻としては「寒河御前《ごぜん》」として話を進める。

「二十年ぶりでございます」

「その二十年よ」

頼朝と寒河御前は昔語りに時を忘れた。語りきれないことがほとんどだった。

細かく年を数えれば、二十一年前、平治《へいじ》元年（一一五九年）十二月二十六日。

平治の乱の「待賢門《たいけんもん》の戦い」があった。

大内裏《だいだいり》（宮城《きゅうじょう》）東面の待賢門を中心に南北の陽明門《ようめいもん》、郁芳門《いくほうもん》で源氏と平家の大軍が激突。次いで鴨川《かもがわ》の河原に戦場が移り、圧倒的な兵力差の前に源氏勢は総崩れとなった。

平治の乱は二段階のクーデター劇だ。

まず、十二月九日、源義朝と後白河上皇《ごしらかわじょうこう》の近臣・藤原信頼《ふじわらののぶより》が後白河院政を仕切る独裁者・少納言入道信西《しょうなごんにゅうどうしんぜい》（藤原通憲《みちのり》）を誅滅《ちゅうめつ》。大内裏を占拠し、上皇と二条《にじょう》天皇の身柄を押さえた。つまり、後白河院政内部の主導権争いである。

信頼と義朝のコンビが政権を奪取したかにみえたが、平清盛《たいらのきよもり》が動く。信頼に与《くみ》した貴族らの離反を促《うなが》して上皇と天皇を脱出させ、待賢門の戦いとなった。六波羅館《ろくはらやかた》（平家の拠点）から大軍を出して義朝を攻め、圧倒した。

義朝は東国での再起を図って敗走した。

頼朝は途中、馬眠りをして一行から遅れ、雪中をさまよった。馬も失った。美濃《みの》・青墓宿《あおはか》（岐阜県大垣市《おおがき》）に着いたとき、父・義朝は既に尾張《おわり》に向けて出発していた。すぐ後を追おうとしたが、そこで平家方に見つかり、捕縛《ほばく》された。

年が明けた永暦元年《えいりゃく》（一一六〇年）二月だった。

頼朝は、この平治の乱で多くの肉親を亡くした。みな悲劇的な死だった。

父・義朝。

側近・鎌田正清《かまたまさきよ》の舅《しゅうと》である長田忠致《おさだただむね》を頼って尾張・内海荘《うつみのしょう》に落ち延び、野間《のま》（愛知県美浜町《みはま》）の長田屋敷で正月を迎えた。長田氏も源氏相伝《そうでん》の家臣。義朝はここから東国を目指すはずだったが、忠致、景致《かげむね》父子に討たれた。風呂を勧められて騙《だま》し討ちにあったとも、覚悟の自害だったとも伝わる。三十八歳。同い年の鎌田正清もここで討たれた。

兄・義平《よしひら》。

再起のため北陸の兵を集めるよう指示され、青墓宿で義朝と別れた。だが、義朝の死を知ると、京に潜《ひそ》んで平家への復讐《ふくしゅう》の機会をうかがう。所在が知れて逃亡したが、逮捕された。

「天下に名を馳《は》せた悪源太《あくげんた》（義平の異名）が斬られるのだ。さあ見よう」

六条河原に大勢の見物人が群れ集まった。

「義平ほどの敵、ほんのしばらくでも生かしておいては平家にとって具合が悪かろう。はよ、斬れや」

「ああ、清盛が熊野詣《くまのもう》でのとき、京に戻るのを待ち伏せして討とうと申したが、信頼という浅はかな者の下知《げち》で機会を逃した。おかげで、今はこのような情けない目をみることだわい」

「うまく斬れよ。下手に斬ったら、お前の顔に食らいついてやる」

処刑の執行人にも噛《か》みつかんばかりに言った。未練は一切なし。堂々と大口をたたき、大見えを切って人々の期待に応えた。二十歳。

次兄・朝長《ともなが》。

敗走中に負傷。青墓宿から信濃《しなの》、甲斐《かい》を目指したが、山道を越えられず、青墓に戻った。足手まといになることを恥じ、自ら死を望んだ。義朝もそう促すしかなく、わが子を刺して首を落とす。潔《いさぎよ》くも悲しい武士の性《さが》。年明け前で十六歳。

姉や妹。

敗走中、義朝は鎌田正清、後藤実基《ごとうさねもと》に言った。

「それぞれに預けた姫を害《がい》してこい」

鎌田に預けられた姫は実名も母親も不明。頼朝の一つ上の異母姉。鎌田が六条堀川の源《げん》氏館《じやかた》に入ると、姫は持仏堂《じぶつどう》で念仏を唱えていた。

「敵に捜し出され、義朝の娘だと引きずり回されるのは恥です。佐殿（頼朝）は十三歳で戦《いくさ》に出て、父のお供をして落ちる。わらわは十四になるが、できるのは父の憂《うれ》いとならないようにすることだけ。女の身はかくも悔しい」

源氏棟梁の娘として、あまりに見事で、あまりに悲しい覚悟。鎌田は涙をこらえて首を取り、敗走の義朝に合流。義朝は嘆き悲しみ、東山《ひがしやま》近くの旧知の僧に姫の首を預けて供養を頼んだ。

後藤に預けられたのは頼朝の同母姉・坊門姫《ぼうもんひめ》（妹説あり）。後藤は姫を斬らなかった。逃してこの後、都で隠し育てる。鎌田が義朝の心情を正確に理解していたのに対し、後藤は機転を利かせた。ぎりぎりの状況で下した忠義の判断。どちらが良い悪いではない。

青墓宿には夜叉御前《やしゃ》がいた。大炊《おおい》という宿の長者の娘・延寿《えんじゅ》に産ませた義朝の子で、頼朝の異母妹になる。やはり、義朝の娘という自覚があり、頼朝が京に連行されるのを大いに嘆き悲しみ、転げ回って泣いた。

「わらわも義朝の子。女子《にょし》であろうと、助けておいては平家にとって困ったことになろう。連れていって佐殿と一緒に殺したらいい」

頼朝を連行する平家の兵さえ、大いに哀れみ、手出しはしなかったが、ついに杭瀬川《くいせがわ》に身を投げた。十一歳。

頼朝の同母弟には、義門《よしかど》、希義《まれよし》がいる。

幼かった希義は一時隠れ、その後、土佐に流された。義門は十歳前後で出陣。六波羅攻めには加わらず、信頼ら貴族とともに内裏守備に残った。内裏は平家方に奪取され、そのどさくさの中、義門の消息は跡絶《とだ》えた。落ち延びたと思われていたが、ついに消息を聞くことはなかった。あのとき戦死したとしか考えられない。

「父や兄、身内、多くの縁者、多くの家人《けにん》（家臣）が無念の最期《さいご》を遂げた。凄《すさ》まじい戦だった。そして、みじめな敗戦だった」

　頼朝が振り返る。

「ほんに……」

「わし自身、命はなかったはずだ。死罪と決まっていた。そう聞かされた。亡くなった父や兄を弔《とむら》うこともできない。諦《あきら》めきれなかったが、諦めるしかなかった」

　だが、その処罰は、死罪から罪一等減じられて流罪に変更された。それは頼朝本人が全く関われない状況で決まった。


「瓜二《うりふた》つ？　そっくりなものか」

　平清盛は困惑していた。

　継母《けいぼ》の池禅尼《いけのぜんに》（藤原宗子《むねこ》）が頼朝の助命を訴えた。

「佐殿はわが子、家盛《いえもり》に瓜二つじゃ」

　平家盛は若くして死んだ清盛の異母弟。

「継母上《ははうえ》。こればかりはどうにもなりません。佐殿は源家嫡流《げんけちゃくりゅう》。これを許す道理はございません」

確かに雰囲気は似ていなくはないが、瓜二つはさすがに言い過ぎというしかない。それでも池禅尼の懇願を無碍《むげ》にできないのは、上西門院《じょうさいもんいん》（統子内親王《むねこないしんのう》、鳥羽法皇《とばほうおう》の皇女）の影がみえるからだ。池禅尼は、後白河上皇や上西門院の母である待賢門院《たいけんもんいん》（藤原璋子《たまこ》）に近い。頼朝の母・由良《ゆら》御前の姉か妹に、上西門院の女房《にょうぼう》・千秋《せんしゅう》尼がいる。

しかも、この姉妹の実家・熱田大宮司《あつただいぐうじ》家（藤原南家《なんけ》）が取引カードを切ってきた。頼朝の弟・希義を駿河《するが》で捕らえたので差し出すという。ただし、希義は同家当主・藤原範忠《のりただ》（由良御前の兄）にとっても幼い甥《おい》。斬首ではかなわないと訴えた。

捕らえたというが、匿《かくま》っていたのは明白。それでも平家の威光を恐れ、妥協してきたのだから、九歳・希義の助命は受け入れてもいい。

（そうすると、頼朝助命のこと、池禅尼がやかましく言ってくるな）

清盛自身、彼らしくもなく少々迷っている。

源義平の処刑が予想以上の源氏同情論を呼んだ。頼朝は涼やかな顔立ちで、貴族っぽい気品もあり、義平のような憎らしさがない。それでいて、見苦しく命乞《いのちご》いをしそうもないし、みじめっぽい愚痴《ぐち》や繰《く》り言《ごと》を言いそうにもない。

堂々と、しかし静かに斬首を受け入れるのか。

これもまた義平以上に同情を呼びそうだ。

（それも腹立たしいが、このわしが悪者になるのもまた馬鹿らしい）

この日、源氏残党で、たいした者でもない小山政光という坂東武士《ばんどう》が出頭している。

「ちょうどいい。試してみるか。頼朝の運を」

六波羅館。

「小山殿か。久しいの」

保元の乱直後、一度だけ対面したことがある。

政光は、敵に回った父や弟の斬首の撤回を求める義朝の使者として六波羅を訪ねた。同様の理由で叔父や従兄弟《いとこ》の処刑を命じられていた清盛に対し、ともに身内の助命に協力しようという義朝の要望を伝えたが、その交渉は失敗した。そのとき、従兄弟・平長盛《ながもり》の娘を東国に逃がしてくれという清盛の頼みを受け入れたことがあった。

政光はその娘を妻の実家、宇都宮《うつのみや》に送った。清盛は密《ひそ》かに政光に感謝した。

「ご尊顔《そんがん》を拝し奉《たてまつ》り、恐悦至極《きょうえつしごく》に存じます」

清盛にとって、とっくに忘れていたことだが、顔を見て思い出した。

「義朝の家臣とて、みな罰しようとは思うておらんから安心せよ」

「ははっ。まことにかたじけなく、ありがたく存じます」

「して、これからどうされる」

「ははっ。国家の兵権を六波羅さま（清盛）が掌握された以上、武士としてそれに従い、命じられる役目はしっかりと果たす所存でございます」

「よし。いささか遠回りのような気がせぬでもないが、これからそれを取り返せよ」

「ははっ。ありがたきお言葉」

「では、どうじゃ。一つわしに忠義立てせぬか」

「ははっ。何なりと」

「頼朝は斬首と決まった。そなた斬り手（執行人）を務めよ」

（何と意地の悪いことを仰《おお》せになる）

平伏した政光がちらっと目を上げると、眼光鋭く睨《にら》みつけていると思った清盛の目は緩《ゆる》く笑っている。いたずらを仕掛ける童《わらべ》のようだ。いったいどういうつもりなのか。黙っていると、清盛がたたみかけた。

「どうじゃ」

「ごめんこうむります」

「何じゃと」

「ご命令を拒むものではありませんが、これぱかりは」

「そうじゃ。拒否できると思っておるのか」

「どうしてもと、ご命令と仰せなら、佐殿を斬ると見せかけ、その場で清盛さまに斬りかかりましょう」

「何じゃ、そりゃ。そんなこと果たせると思うておるのか」

「万に一つも果たし得ないでしょう。あえなく手前が斬られることになるは必定《ひつじょう》」

「当たり前じゃ。それをやろうというのか。馬鹿馬鹿しい」

「理由はこうです。佐殿を斬れば、源家《げんけ》相伝の家臣の恨みは手前に向き、結局、いつかは敵討《かたきう》ちで斬られます。しかも家には汚名しか残りません。しかし、これを拒めば、わが身は斬られても、家の名誉は守られ、子や孫につなぐことができます。この損得を勘案すれば……」

「損得か。腹の内を明《あ》け透《す》けにみせる。小山殿、おぬし変わらんな。面白い。よし、この儀《ぎ》これにてしまいじゃ。あははははは」

「ははあっ」

政光は大げさに平身低頭し、平蜘蛛《ひらぐも》のようにはいつくばってみせた。

無論、頼朝はこの経緯を知らないし、寒河御前も政光から聞いたことはなかった。

〈２〉七郎の元服

小山政光《おやままさみつ》の妻・寒河御前《さむかわごぜん》の二十年前。

源　頼朝《みなもとのよりとも》と最後に会ったのは、源氏《げんじ》が大敗した合戦の十数日も前になる。

平治《へいじ》元年（一一五九年）十二月九日、源義朝《よしとも》と藤原信頼《ふじわらののぶより》の軍勢が少納言入道信西《しょうなごんにゅうどうしんぜい》を討ち、その日以来、義朝と信頼のクーデター派が大内裏《だいだいり》を占拠。頼朝も父・義朝に従い、そのまま大内裏占拠部隊に加わった。寒河御前は、義朝の側室や幼い和子《わこ》、同僚の侍女らとともに、六条堀川《ろくじょうほりかわ》の源氏館《げんじやかた》であるじの帰りを待ったが、それはついにかなわなかった。

そして、平　清盛《たいらのきよもり》の反撃。内裏軟禁の二条《にじょう》天皇、後白河上皇《ごしらかわじょうこう》を救出。義朝ら源氏軍の守る内裏を攻め、意図的に後退し、鴨川《かもがわ》の河原を主戦場にして大勝した。

源氏相伝《そうでん》の家臣は義朝につき従い、その敗走を守った。政光は比較的新しい家臣であり、義朝重臣に数えられるほどの者でもないので、六条河原に踏みとどまって戦った。義朝の戦場離脱を確認した後は、てんでんばらばらに逃げ散るしかない。落ち武者狩りの危険もある。政光の小山部隊はもともと兵も少なく、目立つ者もなく、何とか京郊外に落ち延びた。

一方の寒河御前。命からがらの逃避行だった。

平家《へいけ》軍は京市中に乱入。敗者を追い、クーデター派貴族や源氏の武士の家々に踏み込み、荒らし、家族を捕らえ、物を奪う。

六条堀川の源氏館もパニックに陥《おちい》ったが、年配の女房《にょうぼう》が指図し、手分けして義朝の側室、姫、幼児《おさなご》を守って落ちる。寒河御前は常盤《ときわ》御前の脱出を助けた。古株の女房や侍女は義朝正室・由良《ゆら》御前の生前から仕えており、新しい側室・常盤御前との関係は冷淡。寒河御前はわずかな期間、近衛《このえ》天皇の女房として仕えた経験があり、近衛天皇の中宮《ちゅうぐう》・藤原呈子《しめこ》（九条院《くじょういん》）の雑仕女《ぞうしめ》だった常盤御前とは旧知の間柄だった。

義朝の妻は何人かいた。

まず、長男・義平《よしひら》の母は三浦義明《みうらよしあき》の娘。この人は鎌倉《かまくら》にいた。三浦氏は相模《さがみ》の有力武将。次男・朝長《ともなが》の母は波多野義通《はたのよしみち》の妹。京の貴族と多少の縁がある。波多野氏も相模の武将。

正室・由良御前は三男・頼朝、四男・義門《よしかど》、五男・希義《まれよし》の母。この年の春に亡くなっている。六男・範頼《のりより》の母は遠江《とおとうみ》・池田宿《いけだのしゅく》（静岡県磐田市《いわたし》）の遊女で、京にはいない。範頼母子を知る者は六条堀川にはいない。そして、常盤御前は七男・今若《いまわか》、八男・乙若《おとわか》、九男・牛《うし》若《わか》の母。ほかに何人か姫がおり、その母がいる。

源氏敗戦の騒乱の中、寒河御前は、常盤御前と三人の幼児を源氏ゆかりの貴族の屋敷に送り届けた。さあ、どうしよう、市外の寺院にでも身を隠そうかと幼いわが子の手を引き、さまよう。当然、敵を探索する平家の兵に出くわし、誰何《すいか》された。

「このようなところをうろつくは源氏方の妻子か。正直に名乗られよ」

「…………………」

寒河御前は恐ろしさで口が開けない。上役らしき武士がしゃしゃり出る。

「戦《いくさ》で夫を亡くし、焼け出されたなら、わが側女《そばめ》に迎えてもよいぞ。うひひひ。わが屋敷に案内《あない》いたそうか」

下心のみえた声に嫌らしい目つき。漏れ出す笑いがまた嫌らしい。ちょっとした怒りが寒河御前の反骨心みたいなものに火をつけ、反撃のスイッチが入った。

「わらわも武士の妻。夫の生死は分からずとも二心《ふたごころ》はありません」

「調子に乗るなよ。生死不明なら死んだも同然。わしの親切が要らぬなら、遠慮せぬぞ」

嫌らしげな武士は刀の柄に手をかける。脅しである。

対応に窮《きゅう》した。だが、まさに、窮すれば通ず。

「この姫さま、どなたと思わっしゃる。亡き平長盛《ながもり》さまのお子。平右馬助《へいうまのすけ》・平忠正《ただまさ》さまのお孫さまでございます。粗略に扱うこと、あいなりませぬ」

突然、攻め口を変えた寒河御前。わが子のほかに幼女一人を連れていた。思わぬ申し出に武士たちはとまどう。清盛にとって保元《ほうげん》の乱での敵であり、親しき親類でもあった平忠正、長盛父子の名が出てきた。独断では処分できない。扱いに困っているようだ。

「さて、どう扱うのが清盛公のご機嫌を損なわずに済むのか」

困《こう》じている武士に寒河御前がさらに申し出る。夫の実弟の名を出した。

「わらわは、源頼政《よりまさ》さま家臣・下河辺行義《しもこうべゆきよし》殿の縁続きの者」

頼政は源氏だが、土壇場で清盛に協力した勝ち組。清盛が敵に回したくないと気を遣っている相手だ。寒河御前は何とか危機を脱した。

それから二十年の月日が流れている。

小山政光は、その間に下野《しもつけ》随一の実力者にのし上がった。

在庁官人《ざいちょうかんじん》として権大介《ごんのだいすけ》、押領使《おうりょうし》、御厩別当職《みまやのべっとうしき》を兼ねる。大掾《だいじょう》からのステップアップが義朝の下野守在任中だったのか、その敗死後のことか、はっきりしないが、ともかくも立場は強化され、勢力拡大につながった。

掾《じょう》は国司三等官で、二人いれば大掾、少掾《しょうじょう》となる。介《すけ》は国守《こくしゅ》に次ぐ国司次官。大も少もないはずだが、「大介」としているのは美称、あるいは大掾がいるから大介でもいいだろうという発想か。権官《ごんかん》は仮の官、定員外の官。京の貴族で任命された正式の介がいながら、現地の実務は、たたき上げである政光が一手に引き受けていたと考えられる。あるいは、大掾ながら、権大介と自称したか。

押領使は治安維持担当者。守を知事、介を副知事、掾を部局長クラスの県庁幹部にたとえれば、県警本部長といったところ。戦闘行為を直接指揮することもある。

御厩別当は馬の放牧地の統括管理者。この地域に官牧《かんのまき》（官営放牧地）があったのだろう。軍馬供給に携わり、武士としてうまみのある役職。別当は、もともと自身の役職以外の組織を統括する者をいう。この場合、政光自身は御厩で働く組織の構成員ではなく、役人として統括するということ。ただ、別当という役名自体は、単に長官や組織のトップを意味する用語となる。

小山家が順調に発展する間、寒河御前は小四郎に続き、五郎、七郎と男児に恵まれた。その大切に育ててきた末子を連れて隅田《すみだ》宿に参陣してきたのだ。十四歳の七郎である。

「わが子、生きておれば、まさに」

「武衛《ぶえい》さま……」

二十年間、頼朝は伊豆《いず》で流人《るにん》生活を送っていた。

その配流《はいる》の地は蛭ヶ小島《ひるがこじま》（静岡県伊豆《いず》の国《くに》市）だが、そこにいたのは最後の数年間で、しかも、その間も多くのときを北条館《ほうじょうやかた》で過ごした。

流されてから十五、六年は伊豆東部、伊東荘《いとうのしょう》（静岡県伊東市）にいた。伊東館の近くにある北の小御所《こごしょ》が頼朝の流人生活スタートの地だった。

元乳母《めのと》として頼朝を助けたい。

寒河御前は、その思いから頼朝のもとに年若い末妹を侍女として送った。

頼朝の乳母はほかに、比企尼《ひきのあま》、山内尼《やまのうち》、下級貴族・三善康信《みよしのやすのぶ》の伯母がいた。

比企尼は比企掃部允遠宗《かもんのじょうとおむね》の妻。頼朝の配所に米を送り、その上、娘も使って支援した。才媛として知られる長女・丹後内侍《たんごのないし》は頼朝側近の安達盛長《あだちもりなが》に嫁《とつ》いだ。三女は伊東祐清《すけきよ》の妻。伊豆の有力者、伊東祐親《すけちか》の次男。監視役を味方に取り込む戦略だ。次女の夫・河越重頼《かわごえしげより》も武蔵《むさし》の地から頼朝を援助する。

三善康信は定期的に文《ふみ》を送り、京の情報を頼朝に伝えていた。

山内尼は平治の乱で夫・山内首藤俊通《すどうとしみち》と息子・俊綱《としつな》を失った。比類なき忠臣の家だが、後を継いだ俊綱の弟・経俊《つねとし》は頼朝から距離を置いている。

源氏家臣団崩壊の中、忠義を貫く者もいれば、平家の威勢を憚《はばか》り、迷いの中に生きている者もいる。難しい時代だった。

寒河御前はいささかも信念を曲げない方だった。だが、このころの小山の家はまだ小さく、経済的にも人員的にも余裕はない。頼朝を助けるといってもできることは小さかった。

その頼朝の侍女として送った末妹が頼朝の子を宿した。

頼朝は、それを思い起こしていたのだ。

「宵子《しょうこ》が産んだわが子が生きておれば、まさに」

「宵子……。武衛さまがわが妹に下さった名」

十三年前。頼朝が伊豆に流されて七年、二十歳をすぎたころ、そば近くに仕えた宵子は男児を産むが、産後の肥立《ひだ》ちが悪く、まもなく死んだ。小山家でその乳飲み子を引き取ったが、その子も夭折《ようせつ》してしまった。

つまり、生きていれば、七郎と同じくらいの年齢のはずだ。頼朝としては、わが子の死は文で知らせを受けたものの、実感がない。不思議な感覚なのだ。宵子との思い出を語るものは何もない。今では現実のことだったのかとさえ思う。

「…………………」

(武衛さまは、七郎に亡きわが妹の面影を探していらっしゃる)

寒河御前は感傷に浸った。

そして、言い出した。

「きょう、この日より」

寒河御前は、連れてきた十四歳の七郎を頼朝の側近として奉公させたいと申し出る。その場で頼朝が烏帽子親《えぼしおや》となって元服させた。

「名を与えてもよいか」

「ははっ。ありがたき幸せ」

七郎がぎこちなく手をついた。

「もったいないお言葉。この母からも伏してお願いいたします」

「そうか。よし。わが一字を授け、宗朝《むねとも》。小山宗朝と名乗れ」

「ははっ」

この少年は後の結城朝光《ゆうきともみつ》。

だが、このとき頼朝が与えた名は「宗朝」だった。

「宗朝。ほんによき名をいただきました。武衛さま、頼朝さまの朝。宗は……」

「北条宗時《むねとき》。この男の一字、受けてくれ。わが妻・政子《まさこ》の兄。わしの挙兵を支えてくれた若武者。そして石橋山《いしばしやま》の敗戦で犠牲になった。この三郎宗時がいなければ、兵を挙げることはできなかった。かけがえのないわが友である」

〈3〉敗戦

源　頼朝《みなもとのよりとも》の挙兵は治承《じしょう》四年（一一八〇年）八月十七日深夜。
伊豆《いず》の目代《もくだい》・山木兼隆《やまきかねたか》を討ち果たした。

伊豆を出て、二十三日には相模《さがみ》・石橋山《いしばしやま》（神奈川県小田原市《おだわら》）に布陣した。頼朝に従うのは北条時政《ほうじょうときまさ》とその子息の宗時《むねとき》、義時《よしとき》をはじめ、安達盛長《あだちもりなが》、土肥実平《どいさねひら》、仁田忠常《にったただつね》、狩野茂光《かのうしげみつ》（工藤茂光《くどう》）ら三百騎。

一方、平家《へいけ》に従い、対陣したのは大庭景親《おおばかげちか》、俣野景久《またのかげひさ》、渋谷重国《しぶやしげくに》ら三千余騎。十倍の兵力。伊豆では伊東祐親《いとうすけちか》が三百余騎を率いて頼朝の背後を襲う構えをみせた。

大庭を中心とした平家与党の頼朝討伐部隊には源氏《げんじ》旧臣の武士も多い。大庭景親も保元《ほうげん》の乱では源義朝《よしとも》に従った。熊谷直実《くまがいなおざね》は義朝の下、十代で保元、平治《へいじ》の乱を戦った勇猛な坂東《ばんどう》武者。山内首藤経俊《やまのうちすどうつねとし》は頼朝の乳母子《めのとご》だ。そういった者まで頼朝討伐に参加している。

二十三日黄昏時《たそがれどき》から合戦。

兵力差がそのまま勝敗を決めた。

山内首藤経俊の矢が頼朝の鎧《よろい》の袖《そで》を刺した。慌《あわ》てて左右が頼朝を下がらせる。文字通り鎧袖一触《がいしゅういっしょく》。

頼朝軍は激しい雨の中、椙山《すぎやま》（神奈川県湯河原町《ゆがわら》）まで退いた。

翌二十四日も再び迫ってきた大庭軍と戦闘状態になった。頼朝自身も弓を引き、百発百中の技をみせたが、矢も尽きて、北条父子らが防戦する間に山奥へと後退。

もはや、どうすることもできない。

「武衛《ぶえい》さまお一人なら何としても隠し通します」

土肥実平は、この山中に大勢で隠れるのは難しいと判断。分散行動を提案した。

「今の別離は後のため。それぞれ生き延びれば、会稽《かいけい》の恥《はじ》を雪《すす》ぐこともできます」

一行は散り散りに別れた。悲しみの涙にさえぎられ、進むべき道が見えない。

北条時政と義時は箱根湯坂《はこねゆさか》（神奈川県箱根町）を抜けて甲斐《かい》に向かう。宗時は国境《くにざかい》を越え、伊豆・平井郷《ひらいごう》（静岡県函南町《かんなみちょう》）に出た。だが、ここで敵の軍勢に囲まれ、伊東の郎党、小平井久重《こひらいひさしげ》に射殺《いころ》された。同様に、狩野茂光は歩くことができなくなって自害した。

伊東の軍勢に討たれた北条宗時、狩野茂光は、ともに伊東祐親と縁のある者だ。

宗時の母（時政の先妻）は伊東祐親の娘。茂光は工藤一族の者で、祐親とは親戚。工藤一族の中では伊東祐親と工藤祐経《すけつね》の所領争いがあり、頼朝についた茂光は祐経に近い立場だったのかもしれない。

みじめな敗戦。頼朝は進むことも退くこともできない瀬戸際に追い込まれた。だが、不思議なことに窮地を救う者が現れた。

その一。

椙山の山中で大庭勢の頼朝追跡が続く中、久下重光《くげしげみつ》という若武者が現れ、味方につき、しばらく頼朝の逃避行を守った。

大庭勢には、武蔵・久下郷（埼玉県熊谷市《くまがや》）から駆け付けた久下直光《なおみつ》、実光《さねみつ》父子も加わっている。重光はその一族のはずである。

「わが実父は小山政光《おやままさみつ》」

久下重光は言った。

「何。小山の……。政光の子？」

「はい。庶子《そし》でございます。父・政光は大番役《おおばんやく》にて不在。されど以前より、武衛さま旗揚げと聞こえたならば、真っ先に駆けつけよと密《ひそ》かに命じられておりました。利のありなし、勝ち負けは一切考える必要はない。ただちにお味方せよと」

「久下重光。この椙山に一番に駆けつけたこと、決して忘れぬぞ。よし。わしが天下を取らば一番に恩賞を取らせる。これをその証《あか》しとせよ」

頼朝は筆を借り、白旗に「一番」と大書して与えた。

「これはありがたき栄誉。武門の誉《ほま》れ。この一番の文字、家紋としたいと思います」

「よし、許す。命からがら逃げ惑《まど》っている者が言うことではないがな。ははは」

「ようやく、外からお味方が馳《は》せつけましたな。小さき手勢ではありましたが」

土肥が安堵の声を漏らした。自前に整えた軍勢以外の部隊が味方についた。

後日譚《ごじつたん》がある。

久下氏はその後、丹波《たんば》に移る。約百五十年後のことだが、足利尊氏《あしかがたかうじ》が鎌倉幕府を討つため丹波篠村八幡宮《しのむらはちまんぐう》で旗揚げした際、久下時重《ときしげ》が二百五十騎を従えて真っ先に参陣した。その旗印は「一番」。

「わが祖・重光は源頼朝公挙兵の際、椙山に一番に駆けつけた」

その由緒を聞いた尊氏は「当家（源氏一族）の吉例である」と喜んだ。


その二。

頼朝と土肥は、岩窟《がんくつ》にじっと身を潜《ひそ》めていた。周辺を探索する大庭軍の兵の声が聞こえる。その声が近づき、松明《たいまつ》の明かりが届いた。万事休す。

「ここにはおらん」

「？」

呼吸を止めていた頼朝と土肥は、意外な展開に無言のまま驚く。

「次じゃ、次。次の峰を上るぞ」

「そうか？　わしが見てみよう」

「わしが見たのだ。その必要はあるまい。次を急ごう」

探索者の声が遠のいた。

「今のは？」

「梶原平三景時《かじわらへいざかげとき》でございます。確かにわれらに気づいたはずですが」

「何と。やはり、そうか」

「はい。確かに気づいておりました。大庭の軍勢の中には、心ならずも平家に与《くみ》しているが、まだ情勢を見極めようという者どもがおるのかもしれません。武衛さま。この窮地を脱すれば道は開けましょう。さすれば、お味方増えること疑いなし」

「そうか……」

「そうですとも」

このような者はほかにもいた。飯田家義《いいだいえよし》は大庭軍に属していたが、頼朝が合戦中に落とした数珠を届けた。頼朝に味方する機会をうかがっていたという。

その三。

箱根権現《ごんげん》（箱根神社）別当《べっとう》の行実《ぎょうじつ》も頼朝の動向を案じていた一人だ。

弟の永実《えいじつ》が食糧を持って山中を探し、北条時政に出会う。永実の援助の申し出に時政は「殿は大庭の包囲から逃れられなかった」と言うと、永実は「あなたは拙僧《せっそう》をお試しになっているのか」と返した。頼朝が死んでいれば、時政もおめおめと生きてはいまい。そう指摘すると、「確かにその通りだ」。時政は笑った。永実を伴い、時政が頼朝に合流。一行は箱根山に身を隠すことができた。危機を脱した。


久下重光。梶原景時。永実。

「宗時の死は後で知ったのだが、あの男、わしが心配で死にきれず、救いの手を差しのべ、いろいろな者を導いてくれたのかもしれぬ」

「北条三郎宗時さま。そのような大切のお方の……」

「思えば、わしは戦《いくさ》に負けてばかりだ。初陣は平治の合戦。ひどい負け方だった。そして雪辱《せつじょく》を期したこたびの挙兵。山木は討ったが、石橋山で手痛い敗戦を喫してしまった」

「いいえ、武衛さまは運がお強い」

「何?」

「恐れながら、いずれも」

死んでもおかしくなかった危機。それを乗り越えてきた。常人にはない強運。

「あとはご運が開くばかり。そのようなときに七郎が奉公できましたこと、ほんに嬉《うれ》しく、さらにお名をいただく栄誉。これに過ぎたる喜びはございません」

寒河御前にこう言われると、頼朝も「そうか」と言うしかない。

「確かにそうだな。凶事《きょうじ》は出尽くしたかもしれん」

前向きな思いになれた。

〈4〉あるじ不在の評定

小山朝政《おやまともまさ》に宛てた源《みなもとのよりとも》頼朝の書状が届いたのは、九月中旬か。

頼朝は石橋山《いしばしやま》の敗戦後、真名鶴崎《まなづる》(神奈川県真鶴町《まなづる》)から船を出した。八月二十九日、安房《あわ》の猟島《りょうしま》(千葉県鋸南町《きょなん》)に到着。九月三日に、小山朝政や下河辺行平《しもこうべゆきひら》、豊島清元《としまきよもと》、葛西清重《かさいきよしげ》に参陣を求める書状を送った。

このとき、下野《しもつけ》・小山郷（栃木県小山市）には当主・政光《まさみつ》も嫡男《ちゃくなん》・朝政も不在だった。

評定《ひょうじょう》（会議）の席に出てきた政光の妻・寒河御前《さむかわごぜん》はいつになく、鮮やかな色の衣装で着飾っている。

「おや？」

家臣の一人、蔭沢《かげさわ》次郎は目を見張った。

まるで源氏《げんじ》物語絵巻から出てきたような明るい色の小袿《こうちき》姿。

（しかも、いつもより化粧が濃い。これは……）

意外な登場だった。

今や下野で一、二を争う大家《たいか》、小山家の正妻である。着飾り、厚化粧することは何ら不思議ではないが、いつもは、そのまま台所に立てそうな動きやすい小袖《こそで》や汚れの目立たない檜皮《ひわだ》色を好み、貴族風の化粧で顔を作ることはしない。評定の席に出るのは政光不在のためだが、こんな姿は初めて見た。

まん丸い顔の形はそのままだが、普段の愛嬌ある笑顔は影を潜《ひそ》めている。

評定は、僧形の家臣・大行寺《だいぎょうじ》が切り出して始まった。

「武衛《ぶえい》さまの御《おん》書状は若殿・朝政さま宛て。殿の不在をご存じのようですな」

不在の政光を置いて結論を出せと先回りし、当主不在を口実にした回答引き延ばしを封じる論法か。政光は大番役《おおばんやく》で京へ向かったばかりだ。

「されど、その若殿も」

朝政は大番役の任期を過ぎても京に留め置かれている。連絡はこれっきりで詳しい状況は分からない。

「小山家は平家《へいけ》の家人《けにん》。小山も、お方さま（寒河御前）ご実家・宇都宮《うつのみや》も。されば」

重臣の神鳥谷《しととのや》が口火をきった。黙殺すべきだといい、何人かが続いた。

「書状には、早々に伊豆《いず》の目代《もくだい》を討ち果たしたとありますが」

聞いている話では、相模《さがみ》西端で頼朝の小勢は大敗。命からがら窮地を脱し、船で安房に逃亡したという。

「哀れですな。源家《げんけ》の嫡流《ちゃくりゅう》たるお方が無謀な兵を起こし、逃亡の身とは」

頼朝を見下す者もいて、この際討ち取ってしまい、平家に褒美《ほうび》をもらってはどうかという声もあったが、それはわが家の家風ではないと嗜《たしな》める者がいて、評定はしばらくまとまりのない雑話に終始した。

老臣が、われらは頼朝の父・源義朝《よしとも》に従って保元《ほうげん》、平治《へいじ》の乱を戦ったのだと自慢話を始めれば、いや、あのとき一番見事だったのは、この席にはいない水代六次郎《みずしな》の逃げ足だったなどと言う者もいる。若手武将は、今の平家の強さはかつての源氏《げんじ》の比ではないのだ、二十年前とは戦い方が違う云々《うんぬん》と言い、平家讃美論と平家脅威論が交錯した。

「京でも源氏が平家に謀叛《むほん》を起こし、あえなく敗れ去ったとのこと」

「だが、武家の間に平家への不満が渦巻いておるのもまた確か。京でも、坂東《ばんどう》でも」

「そこよ。公卿《くぎょう》の方々、いや法皇《ほうおう》さまとて平家憎しの御心《みこころ》露わにされておわした。でも何もおできにならない。平家は以仁王《もちひとおう》なる法皇さまの皇子《みこ》さえ害《がい》し奉《たてまつ》った。帝《みかど》（天皇）には幼い皇子を立て、思いのまま。平家のご威光の前には源氏も帝もございません。逆らえばお家の命脈《めいみゃく》保てましょうや」

まさに正論であるといった雰囲気が評定の座を支配する。

この治承《じしょう》四年（一一八〇年）、二十歳の高倉《たかくら》天皇が譲位し、三歳の言仁親王《ときひとしんのう》が即位した。安徳《あんとく》天皇である。新帝の母は高倉天皇の中宮《ちゅうぐう》・建礼門院徳子《けんれいもんいんとくこ》。平清盛《たいらのきよもり》の娘である。清盛は天皇外戚《がいせき》の地位を手に入れたのだ。以仁王は後白河《ごしらかわ》法皇の第三皇子《おうじ》だが、親王宣下《しんのうせんげ》もなく、皇位継承レースの蚊帳《かや》の外。突如、平家打倒の令旨《りょうじ》を発し、あえなく敗死した。

平家の恐ろしき強さ。小山の家が頼朝の挙兵に応じても、ともども踏み潰される。こう考えるのが自然である。

「されば、お方さま」

重臣の神鳥谷が寒河御前に結論を出すよう促す。

「とうに決まっております」

きっぱりとした口調。諸将は意外さをもって受けとめる。

「えっ」

「わが家の進むべき道、とうに決まっておると申したのです」

「それは？」

「殿のお気持ちは武衛さまにお味方する。とうに決まっておりました」

「お方さま。われらは聞いておりませんが」

「周りに漏れてしまう。そうご懸念あってのこと」

「しかし、今々われらが申し上げました通り……」

言いよどむ神鳥谷を助けるように家臣の一人・萱橋《かやばし》が口を挟む。

「まず、京に使いを出し、殿のご意向伺《うかが》うがよろしいかと」

「以仁王の令旨が届いた折りも、殿は……」

黙殺したのだと神鳥谷が続いた。これに寒河御前は反論。

「いいえ、宮から特別のお言葉をいただいたと、殿は令旨の件を誇らしく思い、源家棟梁《とうりょう》の旗揚げを待っていたのです」

がやがやとし始める。

「方々、殿不在なれば、今お家を守っておられるのはお方さま。その意向を持ってお家の行く道決めるは道理じゃろ」

寒河御前への助け舟は蔭沢次郎。常陸《ひたち》・嘉家佐和《かげさわ》（茨城県筑西市《ちくせい》）の出身で、元は八田《はった》宗綱《むねつな》（宇都宮朝綱《ともつな》の父）の協力者。寒河御前の輿入《こしい》れとともに小山氏家臣となった武将で、宇都宮氏や八田氏との連絡、調整も買って出る。

「下生井《しもなまい》殿はいかが思し召す」

「そうさな、難しいところでござるが……。武衛さまへのお味方、殿のご意向とあらば是非もないかと。そして、下野の武者《むさ》ばらをとりまとめ、周りを安定させることも肝要かと存じます」

さらに、平家の有力家人である藤姓足利《とうせいあしかが》氏との対抗上、源氏につくのは悪い手ではないとの意見も出た。

「さようですな」

「もっとも、もっとも」

賛同、同意の声が相次ぎ、寒河御前は議論を推し進めた。

「殿に使いを出し、下野の者どもをまとめるのはよろしいが、まずは武衛さまへの返事、これは急いだ方がよい。わが家の忠節疑われぬためには」

味方することは約束する。されど、周囲の状況からすぐに大軍を動かすわけではない。関東北部で反対勢力の動きに注視し、いざというときは即時行動することを告げる。その証《あか》しも必要。寒河御前はこれにも言及した。

「五郎、七郎を送ります。武衛さまのもとに」

「何と」

実質的な人質である。

ただし、朝政の帰還前は、軍事行動を起こす必要がある場合、旗頭がいないため、それまでは五郎を小山に残す。まずは七郎のみを送るという。

「使者はどなたが」

「わらわが立ちます。末子七郎を連れて」

躊躇《ちゅうちょ》なく言い切った。

「お方さまの毅然《きぜん》とした態度に押し切られてしまったが」

なお案じる者はいた。

「これは、やはりお諫《いさ》めした方が……」

だが、風は日々変わる。

九月十九日、上総広常《かずさひろつね》が二万の大軍を率いて頼朝のもとに参陣した。

この後、態度を決めかねていた関東のさまざまな武家が頼朝に帰順の意思を示すことになる。広常はこの時点での大功労者といっていい。

上総広常は坂東平氏の有力な一族。源義朝は少年のとき、上総氏の庇護《ひご》を受けていた。すなわち頼朝にとって父の後見人だった家。広常は、よもやわが家を粗略に扱うことはできまいと大きな態度で参陣してきたのだ。しかも二万の大軍である。

だが、頼朝は上総広常の遅参を「許さぬ」と言い切った。参陣を求めてから相当な日数を経ていたからだ。

このとき広常は密《ひそ》かに計算していた。頼朝を観察し、武家の棟梁にふさわしい品格や威厳に欠け、とても平家に対抗できる人物ではないと判断したならば、討ち取って平家に差し出してもいい。

だが、頼朝の毅然とした態度に感じ入り、たちまち心を改め、将としての器量を認めた。早速詫《わ》びを入れ、忠節を誓った。

頼朝としても、ここでだらしなく喜んでみせれば、今後の主導権を握られるという懸念があった。諸将への影響も考慮した深慮遠謀《しんりょえんぼう》である。

このことが伝わり、小山でも異論が沈静化した。

残る心配は、京に行ってしまった政光と、まだ帰還を果たせぬ朝政のことだ。だが、寒河御前はこともなげに言った。

「何とかするでしょう」

この一言で済ませた。

〈5〉決断

「書状を朝政《ともまさ》宛てにしたのは、政光《まさみつ》にはかつて、源家《げんけ》再興を言うな、考えるなと言われたことがあるからだ。政光は挙兵に賛成しているかな。ちょっと自信がなかった」

「恐れ入ってございます。そのようなこと、気になさる必要は全くございません。武衛《ぶえい》さまのご意向に逆らうなど、わが家は思いも寄らないことです。しかも、お心を迷わせるなど、わが夫に代わり、お詫《わ》び申し上げねばなりません」

源《みなもとの》頼朝《よりとも》の言葉に、寒河御前《さむかわごぜん》は身をすくめた。

「いや、政光には感謝している。あのときのわしには必要な助言だった」

寒河御前の末妹、宵子《しょうこ》の産んだ乳飲み子を引き取るときだった。小山《おやま》政光が伊東《いとう》を訪れた。

北の小御所《こごしょ》と呼ばれた小屋の狭い室内。頼朝と小山政光の二人だけ。

「政光」

「はっ」

「いつまでじゃ。いつまで待たねばならぬ。わしは」

「いつまでと仰《おお》せで……？」

「敵を欺《あざむ》き、味方を欺くため看経三昧《かんきんざんまい》、読経《どきょう》三昧の日々を送っておる。もう七年を越えた。

いつまで、こうした日々を送らねばならぬ」

「では、読経はおやめになると……」

「いや、読経は生涯続ける。父を弔《とむら》い、兄や姉妹を弔い、父とともに非業《ひごう》の最期《さいご》を迎えた家臣を弔わねばならぬ」

「佐殿《すけどの》。その尊きお心が身を救います。必ずや御仏《みほとけ》のご加護《かご》がありましょう」

「違う！　読経は続けるが、平家《へいけ》への復讐《ふくしゅう》、源家再興、いつまで待たねばならぬ。坂東《ばんどう》の兵を集め、一か八か押し出す。今わしがやらねばならぬのは、そのことであろう」

「おやめなされませ」

「何じゃと」

「なぜ、今立つと仰せになる。今立つことにどれほどの意味ございましょうや」

「しかし、七年になるのだ。七年じゃ。謫所《たくしょ》（配所）でむなしく時を過ごし、頼朝は二十一になってしまった。もう七年も待ったのだ。今立たずして、いつ立つ。立てるのか」

「ともかくも無謀なお考えはお慎みください」

「ここを訪ねる源家旧臣の者どもも少なくなっている。七年前を思えば、わしをけしかける者もいた。このままで悔しくないのか。なぜ父の敵討《かたきう》ちに立たぬのか。されど今、そう申す者さえいない。このままではわしは、ここで朽《く》ち果《は》ててしまう」

「佐殿挙兵のときは手前も従いましょう。ですが」

「ですが……?」

「源家ゆかりの方々、どなたが立ち上がりましょうか。面前で兵を挙げると仰せの方とて、いざとなれば分かりません」

「だが、平相国《へいしょうこく》（平清盛《たいらのきよもり》）は太政大臣を退かれたと聞く。平家の力は弱まるのではないか」

清盛は仁安《にんなん》二年（一一六七年）、ついに太政大臣に上り詰め、そして辞任している。

頼朝は配所にいながら、それなりに詳しく京の情報を得ている。貴族の中には平家の専横を快く思わない者も多い。

「甘くみてはいけません。清盛公、ますます自由なお立場で世の仕組みを動かすおつもりでしょう。嫡男《ちゃくなん》・重盛《しげもり》卿もしっかりとご政道を動かし、これも決して評判悪《あ》しからず。道理をわきまえ、筋道を立てる重盛卿は、むしろ公卿《くぎょう》の方々の信任を得ております」

「政光。そちの妻はわが乳母《めのと》。そちを父とも思い、兄とも思い、打ち明けたのだ。なぜ、わしに兵を挙げよと言わぬ。なぜ言わぬ。源家再興に立てと言ってくれぬのだ」

「無理なのです。今の佐殿にそのお力はありません。平清盛、あの巨人には遠く及ばないのです。倒せません。また、今の世にその理由もありません。平家を倒し、世を乱す理由はないのです。今は源家再興など考えぬことです。迂闊《うかつ》な言動が身を滅ぼします」

「では、何のためにわしは生きておる。なぜ、あのとき生かされた。斬首になるはずだった。あのとき潔《いさぎよ》く……。それがよかったのか。その方が……」

「御仏のお導きです。今は、生きておわすことが源家棟梁《とうりょう》のお役目。そうお心得ください」

「悔しい……。ただ……、無念だ」


そして、治承《じしょう》四年（一一八〇年）。

世はにわかに慌《あわ》ただしくなった。

源頼政《よりまさ》の謀叛《むほん》計画と、諸国の源氏《げんじ》に平家打倒を呼びかける以仁王《もちひとおう》の令旨《りょうじ》。その計画の露見《ろけん》が京から伝わってきた。頼朝自身が平家側の征伐の対象となり、座《ざ》して死を待つよりは打って出て活路を見出《みいだ》すしかない。

だが、算段が立たない。

手勢はわずか。坂東諸将の動向は不透明。

今そばにいるのは、流人《るにん》生活を支えてきた側近の安達盛長《あだちもりなが》と小野成綱《おののなりつな》。妻・政子《まさこ》の父と兄弟である北条時政《ほうじょうときまさ》、宗時《むねとき》、義時《よしとき》父子。そして、佐々木秀義《ささきひでよし》の子息である定綱《さだつな》、経高《つねたか》、盛綱《もりつな》、高綱《たかつな》の佐々木四兄弟は熱心な頼朝与党。さらに近隣の伊豆《いず》、相模《さがみ》の武士団のうち狩野茂光《かのうしげみつ》、土肥実平《どいさねひら》、仁田忠常《にったただつね》らあてにできる者もいる。

小野成綱が坂東各地を回り、諸将に協力を呼びかけている。だが、安達盛長を派遣し、源氏旧臣の意向を探ったところ、相模に協力を誓約する武家は多いが、いつどこでと明確な行動を示す者はいない。頼朝挙兵のために兵を動かすことが謀叛を公言するに等しく、基本的には頼朝が挙兵したら、おっつけ参上するという態度だ。

まあ、これは仕方がない。

今、頼朝とともに兵を挙げられるのは、北条以外、個人参加を含めみな小勢。

平家との戦力差は大きく、必敗の戦《いくさ》に家運を賭けられるかという者もいる。ある意味、正常な判断かもしれない。『吾妻鏡《あづまかがみ》』によると、波多野義常《はたのよしつね》と山内首藤経俊《やまのうちすどうつねとし》は呼びかけに応じないばかりか、悪口さえ言った。その内容は『源平盛衰記《げんぺいせいすいき》』にある。使者の盛長に対し、波多野馬允《うまのじょう》は判断しかねて返事をせず、山内首藤俊綱《としつな》の子、滝口三郎利氏、四郎利宗の兄弟にいたっては、双六をうちながら使者に見向きもせず、利氏が弟に向かって言い放った。

「これ聞いたか。この上もなく困窮すると、あらぬ心もおつきになる。頼朝殿の身の丈でもって平家の世を取ろうとなさるのは、富士の高嶺《たかね》と丈比《たけくら》べをし、猫の額のものを鼠《ねずみ》がうかがうようなものだ。ああ、恐ろしい。南無阿弥陀仏《なむあみだぶつ》、南無阿弥陀仏」

滝口三郎は経俊の別名。内裏《だいり》警護の「滝口の武士」の職名に由来する異名で、罵詈雑言《ばりぞうごん》の主は俊綱の弟、経俊と思われる。いずれにしても、波多野、山内首藤の両氏に期待していた頼朝の落胆は大きい。

波多野義常の亡父・波多野義通《よしみち》は源義朝《よしとも》の重臣で、保元《ほうげん》、平治《へいじ》の乱でも奮戦した。義常の叔母は頼朝の兄・朝長《ともなが》の母だ。山内首藤経俊は頼朝の乳母・山内尼の子で、経俊の父・俊通《としみち》と兄・俊綱は平治の乱で戦死した。そうした絆の強い旧臣だったからだ。


頼朝と側近たちの謀議は煮詰まっていた。

「まずは少ない手勢で第一歩を踏み出さないといけないのです」

北条宗時が即時挙兵を主張する。

「われらだけで立つのか。三百騎にも満たぬ兵で。目代《もくだい》は討てても、相模の兵が集まったらどうする。必ず敗れるぞ」

まず、近辺の平家勢力を駆逐することから始まるが、第一目標は伊豆の目代、山木兼隆《やまきかねたか》。さらに相模では、大庭景親《おおばかげちか》が京から戻り、頼朝を討つための準備を進めている。これを討たなくてはならない。

頼朝の懸念を安達盛長が引き取って付け加えた。

「そうですな。大庭殿が相模の兵を糾合しております」

「どれくらいになりそうか」

頼朝は大庭軍の兵力を尋ねた。

「もしかすると、一千の兵は集まるかもしれません。いや、二千になるかも……」

安達は、本当はもう少し多いかもと思っているが、士気にも関わることで、迂闊《うかつ》には言いにくい。

「三浦次郎《みうら》（義澄《よしずみ》）や千葉《ちば》の者たちが協力を申し出ておるが……」

「三浦一党や千葉一族は兵も多く、大いに頼りになります。されど、大庭殿の連合軍を突破しないと、合流できません」

全員が広げた地図に目を落とすが、この地理感覚は見なくても分かる。伊豆を出て東に進まないと関東諸将を率いることはできないが、その進路を塞ぐような場所、西相模に大庭の本拠がある。

頼朝も側近たちも踏み切れない。挙兵すれば、ほぼ討滅される。今は逃げ隠れながら同志を募った方がいいのか。果たしてそのようなことが可能なのか。

「立つのはよろしいのです。ですが、手勢が少ない。時期をみるべきかと」

この声が上がる。

とはいえ、時期を待っても好転する要素がない。

ここで宗時が思い切って、結論に向かって話を跳躍させた。

「よいのです。敗れても。兵を挙げることに意味があります」

「そうなのか。敗れることに意味があるか。やるからには勝たねばならぬ。そうだろう、三郎」

「佐殿。味方は自然とは集まりません。立つ者のところに集まるのです。兵を挙げねば誰もついてきません。まず佐殿が立たねば」

「わしが立ったとして、どれだけの者が従うのだろうか」

頼朝の行動そのものが諸将に決断を迫ることになる。宗時はそう説いた。

「どちらにつくか。佐殿につくか、平家につくか。利害だけを考える者は平家につくでしょう。ですが、機会を待っている者がおります。今の平家の世がいいのか。これが武士の世なのかと。彼らは一人で立つことはできません。ですが、源氏の正嫡たる佐殿が旗揚げするのであれば、どうしてこれに味方しないことがありましょうか。いや、もう待っているのかもしれません。いつ兵を挙げるのかと」

「つまり、負けるのを分かった上で、立てと」

「あえて言えば、そうです」

「しかし……」

宗時は頼朝が何に逡巡《しゅんじゅん》しているか分かる。勝敗そのことではない。自分を支えてくれる者に犠牲を強いることになる。このことだろう。

「われらの犠牲、顧《かえり》みますな。たとえ倒れても意味があるのです」

こうして、頼朝は即時挙兵を決断した。

封印してきた源家再興、平家打倒の思い。二十年間、持ち続け、持ち続けながら自ら封印してきた思いを解放した。

「夫・政光の余計な差し出口。わらわからもお詫び申し上げます」

「封印した野望、おかげで熟成された。単なる平家への復讐ではない。政光がわしを諫《いさ》めたことにも意味はある。そして封印を解いてくれた宗時の言葉にも」

何のために挙兵したか。

頼朝自身の確信がある。

二万の大軍を率いた上総広常《かずさひろつね》の参陣を喜ばず、末子一人を連れた元乳母の来訪を喜んだ。頼朝一流の演出であり、本心である。

ここにこの女性の大功がある。


その後、髪を下ろしたこの女性は寒河尼《さんがわに》と呼ばれる。

平家滅亡後の文治《ぶんじ》三年（一一八七年）、頼朝は寒河尼に下野国寒河《さむかわ》郡と網戸《あじと》郷の地頭職を与えた。「女性ではあるが、大功があったため」と『吾妻鏡』は記している。

寒河尼については、八田宗綱《はったむねつな》の娘であり、宇都宮朝綱《うつのみやともつな》の妹とするのが通説である。また、小山政光の後妻であり、結城朝光《ゆうきともみつ》の母ではあるが、小山朝政にとっては継母《けいぼ》とされている。

だが、小山朝政の母は宇都宮朝綱の娘とする系図がある。

比較的古い時代の系図。『吾妻鏡』の記述と矛盾するし、寒河尼を宗綱の娘とする系図も多いので、あまり顧みられてこなかった。

鎌倉時代初期、小山氏と宇都宮氏の関係は緊密なもので、小山政光は宇都宮朝綱の孫・頼綱を猶子《ゆうし》（相続関係のない養子）としている。寒河尼が朝綱の娘とすれば、頼綱は甥にあたり、猶子に迎えた関係もすっきりする。そして、寒河尼は、小四郎・小山朝政、五郎・長沼宗政《ながぬまむねまさ》、七郎・結城朝光の三兄弟の実母だったはずなのだ。

第２話　源三位の使者

〈１〉木の下騒動

「殿、無念でございます」

馬を曳《ひ》く若武者、下河辺行平《しもこうべゆきひら》は涙ながらに嘆いた。

主人・源　仲綱《みなもとのなかつな》もその家臣たちも、その顔に悔しさをにじませている。

平安京近衛《このえ》大路の東端、吉田口《よしだぐち》近くに京の源氏《げんじ》長者・源頼政《よりまさ》邸があった。街道筋の邸宅である。近くに法成寺《ほうじょうじ》があり、近衛河原といわれ、鴨川《かもがわ》も近い。後に荒神橋《こうじんばし》が架かる場所でもある。

ここから行平は鹿毛《かげ》の馬「木の下《こした》」を曳いて平安京の東にある平家《へいけ》一門の居宅群・六波羅《ろくはら》に向かう。

木の下を平　清盛《たいらのきよもり》の三男・宗盛《むねもり》に献上しなければならない。

茶褐色《ちゃかっしょく》の毛肌は美しく、たてがみ、尾や脚先はほどよく黒くてスマートさを際立たせている。走るスピード、乗り心地もよく、またとない優れもの。行平は、主君・仲綱に献上するため東国の牧《まき》（放牧地）から曳いてきたかいがあったと喜んでいた。

名馬は武士の誇り。簡単に他人にくれてやるものではない。まして、清盛の後継者でありながら、武士らしさがまるでみえない宗盛への献上は、権勢を笠に強奪された不快さしか残らない。

仲綱は源頼政の嫡男《ちゃくなん》。

七十を越えた頼政の出家で家督を譲られた。仲綱自身は既に五十をすぎ、少し峠を越えた感もあるが、働き盛りの壮年、中年の武将である。摂津《せっつ》源氏の新たな棟梁《とうりょう》として気合が入っている。

それだけに名馬進呈を喜び、行平も大いに面目を施《ほどこ》したところだった。

仲綱自慢の愛馬の評判を聞きつけた宗盛が「見せてみろ」と使者をよこしてきた。

（見せろとは、献上せよということだろう）

くれてやるつもりはない。仲綱はやんわりと断った。

「その馬は少々乗りすぎまして、休養させるため田舎に送りました」

「ならば、しかたない」

宗盛はさほど気にも留めなかったが、伺候《しこう》する侍たちが口々に言った。

「その馬は、一昨日まではいました。確かに」

「手前は昨日、見ました」

「というか、今朝も庭で乗っておりました」

宗盛は早速、再び使者を派遣した。相手が惜しんでいることを知ると、自分の無理強いがどれほど通じるか試したくなる。最も幼稚な権力の使い方だ。

頼政はここで初めて口を出した。

「人がそれほど所望《しょもう》するものを惜しむべきだろうか。たとえ黄金を丸めて作った馬だとしてもだ。すみやかに六波羅へ送ってしまえ」

仲綱は残念に思ったが、もともと、宗盛の権勢を考えれば、ここは素直に献上した方がいいと、アドバイスをくれた知人も多い。仕方なく一首添えて愛馬を六波羅に送った。

偽《いつわ》らざる気持ちを詠んだ和歌だ。


こひしくはきても見よかし身にそへる　かげをばいかゞはなちやるべき

（恋しいならば、こちらに来てご覧になるがよい。私の身に添う影ともいうべきこの鹿毛を、どうして手放すことができましょうか）

「かげ」という言葉に「影」と「鹿毛」をかけた。元ネタがあって、『伊勢《いせ》物語』の和歌をひねってある。

恋しくは来てもみよかしちはやぶる　神のいさむる道ならなくに
（恋しいなら来てみればいいのです。神が禁じた道でもありません）

「それにつけても、小松内府《こまつないふ》（平重盛《しげもり》）はこうではなかった」

仲綱が宗盛を不愉快に思うのは、重盛びいきだからでもある。

多くの貴族にも共通した感情で、宗盛と亡き異母兄・重盛を比較し、平家の態度を批判する者、平家の行く末を案じる者がいる。横柄《おうへい》な宗盛を不快に感じ、暗愚《あんぐ》な宗盛に不安を感じるわけである。

宗盛の母は清盛の正室・平時子《ときこ》。桓武平氏《かんむへいし》の中では、高望王《たかもちおう》の流れの武家平氏と違い、時子の家は高棟王《たかむねおう》の流れの公家平氏（堂上平氏《どうじょう》）である。時子の弟に「平家に非《あら》ずんば人に非ず」と言った平時忠《ときただ》がおり、妹には後白河法皇の寵姫《ちょうき》・建春門院滋子《けんしゅんもんいんしげこ》がいる。

一方、重盛は清盛長男で、母（清盛の先妻）は高階氏《たかしな》出身。重盛の屋敷は六波羅の一角、小松第《こまつだい》にあった。そのため重盛は小松殿、小松内大臣、小松内府と呼ばれた。内府は内大臣の通称である。

随分と前のことだが、重盛が参内《さんだい》のついでに異母妹の中宮《ちゅうぐう》・建礼門院徳子《けんれいもんいんとくこ》の部屋に行き、談笑していたときだ。重盛の袴《はかま》の裾《すそ》あたりを八尺の蛇《へび》がはい回っていた。八尺は二・四メートル。誇張だろうか。ここで自分が騒げば女房《にょうぼう》たちも騒ぎ、中宮を驚かせてしまう。重盛は左手で蛇の尾を、右手で頭を押さえて、そっと直衣《のうし》の袖《そで》に入れ、すくっと立ち上がった。

「六位の者はいるか。六位の者は」

こう言って、宮中に仕える蔵人《くろうど》、雑用を頼める者を呼んだ。

「仲綱」

重盛の声に応じて、さっと出てきた。ここにおりますということだ。

仲綱はこのころは衛府《えふ》の役人を兼ねた蔵人だった。蛇を渡された仲綱は小役人に預けようとしたが、小役人は驚き、逃げてしまった。仲綱は家臣である滝口の武士・渡辺競《わたなべきおう》に託し、競はこれを処分した。

「昨日の振る舞いは実に見事であった」

翌日、重盛は仲綱に馬を贈った。スマートな対応に感じ入ったということだ。

「これは乗り心地も一番いい馬だ。美人のところに通うときにでも用いられよ」

「重盛さまのお振る舞いこそ、還城楽《げんじょうらく》にも似たものでございました」

還城楽は舞楽の曲名。作り物の蛇を持って舞う舞楽の曲名を挙げ、仲綱は答えた。優雅で教養のあるやり取りだ。

比べても仕方がないかもしれない。

宗盛の方はというと、趣味の悪いアイデアが浮かんだようだ。

「馬はまことによい馬だ。だが、持ち主があぁも惜しんでいたのが憎たらしい。すぐに持ち主の名を金焼きにせよ」

馬に「仲綱」と焼き印が押された。目印のため牛馬に焼き印を押すことはよくあるが、これは少し意味合が違っていた。

客が評判の名馬を見たいというと、宗盛は面白がって家来に命じる。

「仲綱めを引き出せ。仲綱めに乗れ。仲綱めに鞭《むち》をやれ」

こうして下卑《げび》た笑い声を上げながら、客に名馬を「仲綱」と紹介し、自身の底意地の悪さを面白がった。

これを伝え聞き、仲綱は憤《いきどお》らずにはいられない。

「権柄《けんぺい》ずくで取られただけでも悔しいのに、物笑いの種になっているのは心外だ」

じきに平家総帥《そうすい》になる自分に逆らう者などいるはずもない。その驕《おご》りが宗盛にあった。まして仲綱などは抗議も何もできないだろうという侮《あなど》りが露わなのだ。

〈2〉源頼政の決意

「このまま、坂東《ばんどう》の武士が平家《へいけ》に従っていてよいのか。今こそ、平家に天誅《てんちゅう》を下すときではないのか」

下河辺行平《しもこうべゆきひら》は、平家は滅びるべきだ、いずれ滅びるという観念を持ち始めた。

その心底には、主筋である源　頼政《みなもとのよりまさ》、仲綱《なかつな》父子を侮《あなど》る平　宗盛《たいらのむねもり》とその家来たちに対する反発である。

連中は、平治《へいじ》の乱（一一五九年）のとき、同族源氏《げんじ》の源義朝《よしとも》に味方せず、平清盛《きよもり》に従って義朝討伐に協力した源頼政の過去を今なおあげつらう。

「源三位入道《げんさんみにゅうどう》（頼政）は勝ち馬に乗り、今の栄華がある。羨《うらや》ましいのお」

「源三位殿、保身第一のお方。ましてや仲綱など……」

この憎らしさである。

行平は十七歳の若武者だが、にわかに世情を知り、理想論に走って思考を進めた。源氏は平家に対抗すべきであり、坂東武士は平家を倒すために源氏に従うべきだと結論を導き出した。頼政、仲綱の戦力ではとても平家に太刀打ちできない。坂東武士を広く糾合するためには源頼朝《よりとも》との連携が必要だとの思いに至っている。

下河辺氏は坂東の名門武家である。

藤原秀郷《ふじわらのひでさと》の後裔《こうえい》。

行平の弟の子孫には「鬼平《おにへい》」こと長谷川平蔵《はせがわへいぞう》（長谷川宣以《のぶため》）がいる。下河辺氏が治める下河辺荘は利根川《とねがわ》（古利根川）や太日川《おおい》（江戸川）周辺の細長い荘域を持つ。北は現在の茨城県古河《こが》市、埼玉県東部を含み、南は千葉県野田《のだ》市に及ぶ。父・鳥羽法皇《とばほうおう》、母・美福門院《びふくもんいん》（藤原得子《なりこ》）から膨大な財産を引き継いだ暲子内親王《あきこないしんのう》（八条院《はちじょういん》）の八条院領の一つで、源頼政を通じて鳥羽法皇か美福門院に寄進して成立した荘園であろう。

行平の父・下河辺行義《ゆきよし》は頼政の重臣として活躍。平治の乱では、源義朝の家臣・山内首藤俊綱《すどうとしつな》の首を射抜いた。

行平は、大番役《おおばんやく》で京に滞在している従兄弟《いとこ》の小山朝政《おやまともまさ》を訪ねた。

「佐殿《すけどの》（源頼朝）はいかなる人物ですか」

「頼もしきお方なり。一度しかお会いしていないが、決して軽挙に逸《はや》ることなく、何ごとも熟慮《じゅくりょ》の上で行動されるお方かもしれぬ。武家を束ねる棟梁《とうりょう》としての風格も備わっている」

「やはり、噂《うわさ》通りの……。今は流人《るにん》の身とは申せ、やはり平家に代わって武家を束ねるのは頭殿《こうのとの》（源義朝）嫡男《ちゃくなん》の佐殿かと……。わが主君・伊豆守《いずのかみ》仲綱さま、大殿《おおとの》・源三位入道と力を合わせるべきかと存じますが」

「なるほど、平家に対抗するなら源三位入道と佐殿、手を携えてというわけか」

「さようでございます。朝政兄、ご助力を……」

「待て、行平。仲綱さまはどう仰《おお》せなのだ」

「朝政兄、まずは若き坂東の武士が立たねば。仲綱さまは必ず、若い者の思いを受けてくれます」

「だが、源三位入道は入道相国《しょうこく》（平清盛）の信頼厚きお方ではないか」

「いや、大殿はいささかも……」

　平家の専横を許していない。行平は朝政に説明した。


　名馬「木の下」の事件がどう影響したのか分からないが、源頼政はこの時期、まさに平家追討の挙兵を決意した。

　世に「源三位入道」と呼ばれる源頼政は、清和《せいわ》源氏の流れであり、その点においては源頼朝と変わらない。

　祖先は、清和天皇の曾孫・源満仲《みつなか》までは同じ。満仲の父・源経基《つねもと》が清和源氏の祖。源経基の父・貞純《さだずみ》親王は清和天皇の第六皇子であり、経基は天皇の孫なので六孫王《ろくそんのう》と呼ばれる。満仲の長男・頼光《よりみつ》が摂津源氏の祖となり、頼政はこの系統である。次男・頼親《よりちか》は大和《やまと》源氏の祖。

三男・頼信《よりのぶ》が河内《かわち》源氏の祖。前九年《ぜんくねん》合戦（一〇五一〜一〇六二年）や後三年《ごさんねん》合戦（一〇八三〜一〇八七年）で坂東の武士を従えた頼義《よりよし》、義家《よしいえ》父子がおり、頼朝はこの系統である。

系図を対照すると以下の通り。

清和天皇—貞純親王—源経基—満仲—頼光—頼国《よりくに》—頼綱《よりつな》—仲政《なかまさ》—頼政—仲綱

清和天皇—貞純親王—源経基—満仲—頼信—頼義—義家—義親《よしちか》—為義《ためよし》—義朝—頼朝

なお、為義は義家の養子になっている。

源頼政の先祖、頼光は「らいこう」とも読む。酒呑童子《しゅてんどうじ》斬り、土蜘蛛《つちぐも》退治で知られる伝説的武人。頼政も鵺《ぬえ》退治の伝説がある。強い強いといっても、鬼や妖怪を斬る武士はなかなかいない。

頼政は平治の乱で平清盛を助けた。処世術に長けているようにもみえるが、朝敵にならない道を選んだ堅実さが頼政の本性であり、このときはそれが功を奏した。

武家源氏としては異例の従三位《じゅさんみ》に上った。治承《じしょう》二年（一一七八年）、既に七十四歳のときだ。きっかけとなった一首の和歌がある。

のぼるべきたよりなき身は木のもとに　しゐをひろひて世をわたるかな
（木の上に登る手づるもない私は、仕方なくただ木の下で落ちた椎《しい》の実を拾い、世をすごしていることよ）

椎と四位《しい》をかけ、昇進の手づるもないと、四位に甘んじる身を控えめに嘆いた。平清盛の同情を誘い、昇進がかなった。

だが、決して追従《ついしょう》と保身で世を渡ってきたわけではない。

頼光以来の大内守護《おおうち》（内裏《だいり》警備）を任じる京武者であり、鳥羽法皇《とばほうおう》や、その寵愛《ちょうあい》を受けた美福門院《びふくもんいん》（藤原得子《ふじわらのなりこ》）の意向を受けて動いてきた。

そして今、七十を過ぎ、思い残すことなく武人としての生を全うしてもいいと覚悟している。まして、平家に侮られたままでいいわけがない。

これまでの信頼関係、三位奏請《そうせい》の恩義はあるが、治承三年の政変で、清盛が後白河《ごしらかわ》法皇を幽閉、院政を停止するに及んで、皇室に対する考え方も決定的に対立していることを悟り、腹を固めた。

「平家を討つ」

〈3〉以仁王の令旨

その夜、源頼政《みなもとのよりまさ》は嫡男《ちゃくなん》・仲綱《なかつな》を伴い、後白河法皇《ごしらかわほうおう》の第三皇子・以仁王《もちひとおう》の住む三条高倉《さんじょうたかくら》の御所《ごしょ》を密《ひそ》かに訪れた。

頼政は以仁王こそ帝位に就くべきだと説いた。

「源三位入道《げんさんみにゅうどう》。そんなこと、入道相国《しょうこく》（平清盛《たいらのきよもり》）が許すわけがない。入道相国清盛の恐ろしさ、そなたもよく知っておろう。身は政道に口を挟まぬからこうして安穏に暮らせておる」

以仁王は英才の誉《ほま》れ高いが、三十歳になっても、いまだに親王宣下《しんのうせんげ》もなく、皇位継承レースから脱落している。平家《へいけ》政権の都合で不遇《ふぐう》の身に甘んじてきた。

異母兄弟は二条《にじょう》天皇、高倉《たかくら》天皇。彼らにしても平家の都合で皇位に就いたと思えば……と、以仁王はその境遇《きょうぐう》を受け入れてきた。春は花に遊び、筆を振るって漢詩を自作し、秋は月の宴で笛を吹いて雅《みやび》な音楽を奏でる。学問、詩歌《しいか》、芸能に秀《ひい》で、達筆でもある。今さら政治への野心もない。政治に無関係であればこそ、楽しく日々を過ごせる。それは七十余年を無事に送ってきた源頼政とて同じであろうと思う。

「今の世のありさま、平家のやりよう、お怒りになりませぬか。みな平家に従っているようにみえますが、心の底では恨み憎まない者がいましょうや。平家を滅ぼし、法皇さまの御心《みこころ》をお安め申し上げたく思います。宮も皇位にお就きになってください。それが孝行というものでございます」

「このままで……。このままでよいではないか。身とて、政道に志《こころざし》がないわけではない。だが、今さら、父君（後白河法皇）と清盛の争いに関わるのは恐ろしい。父君はあまりに無謀に清盛を挑発しすぎた。その結果が……」

「清盛のなさりようこそ不忠の極み。これを討ってこそ、ご政道正しき道開けるのでございます」

「討つといっても、誰が兵を挙げるのか」

「諸国源氏《げんじ》、今は落ちぶれ、平家との差は主従の関係よりも開いてしまいました。国司に隷属《れいぞく》し、各地の荘園で召し使われ、雑事に追われるありさま。そうした者どもが全国におるのです。彼らが立ち上がれば、たちまち平家を追い詰めることができるのです」

源頼政は、京をはじめ、摂津《せっつ》、近江《おうみ》から美濃《みの》、甲斐《かい》、坂東《ばんどう》などに住む各地の源氏武士の名を並べた。その数ざっと五十人。

摂津の多田行綱《ただゆきつな》は鹿ケ谷《ししがたに》事件（一一七七年）の裏切り者だから論外だと、わざわざ前置きした上で、その兄弟や大和《やまと》の宇野《うの》氏、甲斐の武田《たけだ》、逸見《へんみ》、安田《やすだ》、常陸《ひたち》の佐竹《さたけ》氏らに加え、独自の所領さえ持たない伊豆《いず》の流人《るにん》・頼朝《よりとも》、奥州に隠れる義経《よしつね》の名も挙げた。

そして、これらの者を挙兵させるため令旨《りょうじ》を求めた。

「詩歌と雅音《がいん》を楽しむ道楽の道を捨てよというのか」

「お覚悟を」


源頼政は、武家源氏、清和《せいわ》源氏の棟梁《とうりょう》としての責任感を感じていた。

二十年前、平治《へいじ》の乱のころは源義朝《よしとも》が清和源氏の棟梁という感覚があった。頼政は源頼光《よりみつ》、義朝は源義家《よしいえ》を祖先に持ち、それぞれ源氏の正統を主張してもよいが、義家の系統の河内源氏は何といっても坂東武士の支持がある。摂津源氏棟梁である頼政はあえてそれに対抗する意思はなかった。

だが、平治の乱で義朝の系統は没落。嫡男・頼朝は朝敵の烙印《らくいん》を押された流人であり、世に出る芽はない。そのほかの源氏の系統を継ぐ者も地方に逼塞《ひっそく》している。

源氏のトップが平家の家来のような状況ではいけない。対等の勢力を誇示することは無理でも、対抗しうる存在でなくてはならない。固定観念でもあり、義務感でもあり、妙な責任感があった。


「だが、勝ち目はあるのか。源三位入道」

以仁王は源頼政の主張に引きずり込まれ、具体的に検討し始めている。

「策はございます」

頼政の思惑は、諸国の源氏が挙兵し、平家が慌《あわ》てたところが狙い目。大雑把《おおざっぱ》な策ではあるが、それしかない。各地の叛乱《はんらん》は小さいものであったとしても、同時多発ならばやりようはある。平家が各地に鎮圧部隊を出兵させ、京の守りが手薄になれば、打つ手はある。

そのためにも令旨は必要不可欠。

頼政は渋る以仁王を説得。京一番の人相見で相少納言《そうしょうなごん》とも呼ばれる藤原伊長《これなが》に「即位の相あり」と言わせ、以仁王もようやくその気になり、令旨発給を承知した。

熊野《くまの》にいる源義朝の弟・行家《ゆきいえ》（源為義《ためよし》の十男）を八条院の蔵人《くろうど》に補任。このとき、義盛《よしもり》というかにも源氏っぽい名を行家に改名させた。令旨のお使いとして東国を回るためのカムフラージュである。

行家は平治の乱の生き残り。二十年間、雌伏《しふく》のときを過ごした。熊野別当嫡男《べっとうちゃくなん》の妻となっていた同母姉の鳥居禅尼《とりいぜんに》を頼り、熊野新宮《しんぐう》に潜《ひそ》み、新宮十郎と呼ばれた。熊野での生活が長く、山伏についての知識もある。

山伏に変装した新宮十郎行家が京を発った。

下河辺行平《しもこうべゆきひら》は源頼政に呼び出され、密命を受けた。

「策は固まった。急ぎ伊豆の佐殿《すけどの》（源頼朝）のもとへ駆けよ。わが意を伝えてもらいたい」

頼政の挙兵準備を伝え、東西同時挙兵を呼びかける重要な使者である。家来にも秘密にしてある以仁王の令旨についても教えられた。頼政の決意を直に聞き、行平は感動に浸った。

だが、ここからが難しい。

頼朝にこの作戦案を了解させ、同時挙兵の時期を決めなければならない。

「東西を何度か往復することになるかもしれぬ。よろしく頼む」

頼政は行平を使った頼朝との遠隔交渉を想定していた。

下河辺行平が伊豆の北条館《ほうじょうやかた》に着いたのは五月十日。以仁王の令旨が下されてからおよそ一か月。頼朝のもとには既に令旨が届いている。

「下河辺殿か。小山朝政《おやまともまさ》より密書があり、われらへの志《こころざし》ありとのこと、伝え聞いておる。かたじけない。だが、朝政とは一度ここで会《お》うただけ。彼《か》の若武者、小山は父子兄弟挙げてお味方すると申しておったが、わしは挙兵するとも何とも申しておらんのだ」

「忍耐強く、時をお待ちになっておられると思いますが、宮（以仁王）の令旨は発せられております。平家追討のこと、もはや猶予はないかと存じます」

「令旨のぉ……。先日、叔父・新宮十郎行家殿から渡されたが……。困ったものだ。わしは、もともと平家を討つという気持ちはない。と申すより平家を憎む気持ちはないのだ」

「ご本心でしょうか」

「本心も何も……。清盛入道は命の恩人。もし、わが兄二人のどちらかが生きておれば、わしは寺に入ってもよかったと思っておる」

「それは挙兵ある日に備えての……」

「いや、そうではない。源家嫡男《げんけちゃくなん》というのは出家も勝手にできぬ、それだけのこと。それよりも、だ。今のわしは私事でいささか面倒なことになっておっての。妻を奪われそうになって、伊豆の目代《もくだい》（山木兼隆《やまきかねたか》）と険悪になっておる。そのようなことも解決できぬありさまで平家追討など思いもよらぬことよ」

面倒ごととは、北条時政《ときまさ》の長女・政子《まさこ》の山木兼隆への輿入《こしい》れである。

頼朝と政子の間には既に大姫《おおひめ》が生まれている。確かに頼朝からすれば、奪われそうになったというのは理屈だが、山木への輿入れは時政が京で清盛に命じられて持ち帰った正式なもの。だが、政子は婚礼の儀式の最中、侍女とともに山木館を抜け出し、伊豆山権現《いずさんごんげん》（伊豆山神社）に逃げ込んだ。

時政は頭を抱えた。長男・宗時《むねとき》は政子、頼朝を支援して山木に戦《いくさ》を仕掛ける勢いだったので、矛《ほこ》を収めさせるため、政子を許した。山木も伊豆の僧兵と北条の両面を引き受けて戦をすることもできず、膠着《こうちゃく》状態のままになっている。

行平は北条館に宿泊を許され、頼朝とも打ち解けた話ができたが、挙兵についての言質《げんち》は得られなかった。

「わしは僧になってもよかったと申したが、やはり妻を得ると、俗世というものは離れられぬな。わが妻・政子はこの伊豆で一番の女子《おなご》だからな」

「……………」

「下河辺殿は、まだ十七か。若いの。いや、若くても女はよろしいぞ。わしは若いころも子を得たことがあった。本当に愛おしいものだ」

「……………」

「下河辺殿、そう難しい顔をされるな」

「……………」

頼朝は平家への叛意《はんい》はないと繰り返し、政子ののろけ話などたびたび緩い話題に切り替え、行平の訴えをはぐらかした。だが、行平は話の内容にそぐわない緊張感を頼朝から感じ取った。

(佐殿は確かに平家打倒を考えておられる。志は頼政さまと同じ)

そこまで分かっていながら、頼政の提案に乗せることができない。挙兵の成否を慎重に見極めているのか。時期尚早と思っているのか。

「下河辺殿、源三位入道によしなにお伝えくだされ。平治合戦後の二十年を思えば、互いに清盛入道のご恩を受けた。今、平家の世となっているのも道理かと存ずる。確かに、源家が貧しいままでいいわけはないのだが、それもこれも、わしの不徳の致すところかもしれぬ」

行平は自身の力不足を感じて、京に戻ることになった。

「これからだ。佐殿はやすやすとは本心を明かさぬが、これこそ、真に信頼できる者を見極めておられる証《あか》し。佐殿との交渉は腰を据えてかからねばならぬ」

まずは、頼朝の意向について頼政に報告しなければならない。

だが、このとき既に火の手が上がっていた。

火元は源行家が二十年潜伏した熊野。協力者もいるが、密告者もいた。

以仁王の令旨を諸国の源氏に伝え、平家追討を呼びかける行家の隠密行動が露見した。熊野別当湛増《たんぞう》が兵を集め、行家協力者の逮捕に向かうと、那智《なち》、新宮勢が抵抗。熊野三山のうち、本宮は湛増の支配下にあり、那智、新宮が行家に味方した。湛増はただちに平家に報告した。

京はにわかに慌《あわ》ただしくなった。

平家の指示で検非違使《けびいし》・源兼綱《かねつな》が以仁王逮捕に向かう。

兼綱は同時に頼政に使者を送った。

「ことは露見しました」

兼綱は頼政の養子。この時点で平家側は、以仁王の令旨に源頼政が絡んでいることを知らなかったのだ。

「ただちに高倉の宮（以仁王）にお知らせ申せ。急を要すると」

頼政の使者が三条高倉の御所《ごしょ》に走り、危急を告げ、以仁王を脱出させた。

頼政は頭を抱えた。計算違いの事態が進展している。

「これは早すぎる……。どうしたことだ」


以仁王の脱出、次いで源頼政の兵も京を脱出、ともに園城寺《おんじょうじ》（三井寺《みいでら》）に入ったとの情報がもたらされ、平清盛にも以仁王挙兵の構図がみえてきた。

「宮（以仁王）の黒幕が源三位入道とは。意外だったな。あの温厚な老人が……。わしが従三位にしてやったのだ。もうしばらくの間、大人しくしていれば平穏な往生《おうじょう》を遂げられたものを……」

それを知らず、頼政の養子に以仁王逮捕を命じたわけだ。間が抜けている。

それでも清盛はさっと思考を切り替えた。

「久しぶりに歯応えのある戦ができる」

戦にはなるが、謀叛《むほん》の鎮圧にたいして手間はかからない。そうした確信もある。

「宗盛！　いい機会だ。諸国源氏、一つずつ潰していけ。一つ残らずな」

平清盛は指をぽきぽき鳴らす。

激しい戦闘を想定する一方で、比叡山延暦寺《ひえいざんえんりゃくじ》の調略に動き出した。以仁王を匿《かくま》う園城寺に協力しないよう、天台座主《てんだいざす》・明雲大僧正《みょううんだいそうじょう》に要請。近江《おうみ》米二万石《ごく》と織延絹《おりのべぎぬ》三千疋《びき》を寄進した。比叡山の谷々峰々の僧房はこれを醜《みにく》くも奪い合い、皮肉る落書が出る始末だった。

山法師おりのべ衣《ごろも》うすくして　恥をばえこそかくさざりけれ
（比叡山の山法師は織延絹で作った僧衣が薄く、恥を隠すこともできない）
おりのべを一きれもえぬわれらさへ　うすはぢをかくかずに入《いる》かな
（織延絹一きれも得られなかったわれわれまでが薄恥をかいた輩《やから》に数えられてしまった）

六波羅《ろくはら》では人々が騒いでいた。

強弓の射手で怪力の剛の者として知られる渡辺競《わたなべきおう》が残っていた。頼政の家臣だが、宗盛にも出仕していた兼参《けんざん》の者だ。宗盛が尋問すると、頼政の連絡もなく、取り残されたという。

「代々仕えた誼《よしみ》はあれど、どうして朝敵になった者に同心できましょう。こちらの殿中にて奉公したいと思います」

宗盛は上機嫌になった。評判の武者が代々の主君・頼政でなく、自分に仕えるという。やはり、機会があれば平家になびく者は多いのだ。いろいろと用事を言いつけ、請《こ》われて秘蔵の名馬も与えた。

「競はいるか」

「候《そうろう》（おります）」

「競はいるか」

「候」

「競はいるか」

「候」

一日中こんなやり取りがあった。

「競はいるか」

「候《そうら》わず（おりません）」

別の声が答えた。競は夜になって姿をくらました。翌日、宗盛の屋敷に騎手のいない馬が駆け込んできた。馬はたてがみと尾が切られ、焼き印が押されている。

「昔は煖延《なんりょう》、今は平宗盛入道」

競に与えた秘蔵の名馬「煖延」だった。木の下の仕返し。毛を切り剃られた馬だから入道と洒落《しゃれ》倒している。宗盛は悔しがったが、どうにもならなかった。

〈4〉橋合戦

以仁王《もちひとおう》が逃げ込んだ園城寺《おんじょうじ》（三井寺《みいでら》）には源《みなもとの》頼政《よりまさ》の兵三百騎も駆けつけ、僧兵を合わせればそれなりの軍勢にはなったが、ここでは平家《へいけ》の大軍を防ぎきれないという結論に達した。

計一千騎で奈良・興福寺《こうふくじ》を目指したが、ひどく疲れていた以仁王は途中、落馬すること六度。宇治平等院《うじびょうどういん》で休息することになった。

平家軍は二万八千騎の大軍で平等院を攻め寄せた。指揮する総大将は平清盛《たいらのきよもり》の四男で名将の知盛《とももり》。これに清盛五男の重衡《しげひら》、清盛次男・基盛《もともり》の子・行盛《ゆきもり》、清盛末弟の忠度《ただのり》が続く。実戦指揮官の侍大将《さむらいだいしょう》は伊藤忠清《いとうただきよ》（藤原《ふじわら》忠清）とその一族の者、そのほか数々の平家家臣の将兵たち。

平家軍は宇治川《うじがわ》に架かる宇治橋にどっと押し寄せた。だが、橋板が外されている。先頭の武者がわめいたが、後から後から兵が押し寄せ、結局、先陣の二百余騎が後ろから押されて川へ落ち、流されていった。

続いて橋の両側から矢が飛び交い、戦闘が始まった。

一人当千《いちにんとうせん》のつわもの。園城寺僧兵が活躍した。五智院《ごちいん》の但馬《たじま》、筒井《つつい》の浄妙明秀《じょうみょうめいしゅう》、一来《いちらい》法師らが敵前に進み出て、百発百中の弓の技をみせ、橋桁《はしげた》を渡って敵兵に斬り込み、薙刀《なぎなた》を振るった。

「狭い橋の上では数の力が生きませんな」

平家軍の侍大将・伊藤忠清は味方の苦戦ぶりにあきれていた。総大将・平知盛は、ではどうすると問いただす。

「ここは全軍で渡河《とか》するのがよろしいかと存じますが」

そうすれば、数の力で敵を圧倒できる。問題は宇治川。季節柄、水嵩《みずかさ》がかなり増している。迂回《うかい》案が大勢を占めつつあった。安全に渡河するためには、随分と遠回りしなければならない。

（少数の敵を目の前に何とも回りくどいし、これでは士気も上がらぬ）

知盛は迂回しかないと思いつつも、決定を躊躇《ちゅうちょ》した。

「お待ちください」

そこに若武者が進み出て意見具申《ぐしん》を申し出た。侍大将たちはその若さに驚いた。

「誰ぞ」

「下野国《しもつけのくに》住人、足利俊綱《あしかがとしつな》が嫡男《ちゃくなん》、又太郎忠綱《ただつな》。生年十七にございます」

侍大将たちは田舎の十七歳の若侍が何を申すかと、渋い顔つきをしたが、知盛は快く発言を許した。少年は坂東《ばんどう》で強勢を誇る平家の有力家人・足利氏の嫡男であり、父の名代として参陣している。その藤姓《とうせい》足利一族と家臣、周辺の小勢力の武士、計三百騎を従えている。あだおろそかにできない。

なお、藤姓足利氏は、同じ下野の足利の地を本拠地としているが、後に足利尊氏《たかうじ》を輩出する源姓《げんせい》足利氏とは全く別の氏族。ルーツは藤原秀郷《ひでさと》である。

「敵は目の前です。天竺《てんじく》、震旦《しんたん》（インド、中国）の兵を呼び寄せるわけでもありますまい。そのような遠回りをしている隙に高倉の宮（以仁王）を奈良にお逃がし申し上げたならば、どういうことになりましょうか。武蔵《むさし》と上野《こうずけ》の国境《くにざかい》にも利根川《とねがわ》という大河がございます。われら足利と秩父《ちちぶ》の一党が合戦しましたおり、足利に加勢した新田入道《にったにゅうどう》（新田義重《よししげ》）は用意の船が敵に壊されても、こう申しました。ただ今ここを渡らねば武門の名折れ、溺れて死ぬなら死ぬまでのこと。いざ渡ろうと。坂東武者《むさ》の習いとして、敵を前に深い淵か浅い瀬かと選ぶ者はおりません。この宇治川は、利根川とどれほどの違いがありましょうか」

「よくぞ申した」

この戦《いくさ》、勝つのは当たり前で、以仁王を逃して長引いたら父・清盛の機嫌を損なうのは必至。知盛はこうした意見を待っていた。正面突破の渡河作戦を命じた。

足利忠綱が真っ先に馬を川に乗り入れ、叫ぶ。

「続けや殿ばら」

那波《なは》太郎、佐貫広綱《さぬきひろつな》、大胡《おおご》、大室《おおむろ》、深須《ふかず》、山上《やまがみ》と言った人々が続く。彼らは上野国勢多《せた》郡や同国南東部の武士で、藤姓足利一族の関係者。さらに忠綱の叔父・戸矢子《へやこ》四郎有綱《ありつな》、彼は下野国都賀《つが》郡の住人。小野寺禅師《おのでらぜんじ》太郎通綱《みちつな》、彼も都賀郡の者で、秀郷流藤原氏の中では首藤《すどう》氏の系列で藤姓足利氏の者ではないが、俊綱とは友好関係にある。そして、俊綱家臣の宇夫方《うぶかた》次郎、桐生《きりゅう》六郎、田中宗太《たなかそうだ》と続き、総勢三百騎が馬筏《うまいかだ》を組んで川の中を進んだ。

「強き馬をば上手《うわて》（上流側）に立てよ、弱き馬をば下手《しもて》（下流側）になせ」

足利忠綱は具体的に馬筏の組み方を指図する。

馬の脚が川底に届くうちは手綱を緩めて自由に歩かせ、脚が届かず、跳ね始めたら手綱を手繰って泳ぐようにさせよ。沈みそうな者は弓を差しのべ、その先端にすがりつかせよ。手に手を組んで肩を並べて渡られよ。鞍にしっかりと乗り、足を強く踏まれよ。馬の頭が沈みかけたら引き上げ、手綱を引きすぎて馬に覆いかぶされないようにせよ。乗り手の体が水に浸るようになったら鞍から馬の尻の方へ腰の位置を移せ。馬には優しく当たり、水には強く当たれ。敵が射かけてきても応射はならず。兜《かぶと》の錣《しころ》を傾ければよい。傾けすぎて天辺を射られてはいけない（兜の頂点に天辺の穴がある）。水の流れに直角に渡っては押し流される。斜めに斜めに渡れ。流れに逆らわず、いなすように。

「渡れや渡れ」

三百余騎、一騎も流されず、対岸に渡りきった。

足利忠綱は、朽葉色《くちばいろ》（落ち葉のような赤みがかった黄色）の綾《あや》織りの直垂《ひたたれ》に赤革威《あかがわおどし》の鎧《よろい》を着ており、鹿の角をつけた高角《たかづの》の兜を被り、緒を締める。黄金《こがね》作りの太刀を佩《は》き、切斑《きりふ》の矢を背負い、柄を籐《とう》で巻いた重藤《しげとう》の弓を持つ。馬は連銭葦毛《れんぜんあしげ》。灰色の毛肌に円形のまだら模様がある馬だ。その馬に金で縁取りした金覆輪《きんぷくりん》の鞍を乗せ、鐙《あぶみ》を踏んで立ち上がり、大音声《だいおんじょう》を上げた。

「遠くの者は音で聞き、近くの者はその目でご覧あれ。昔、朝敵・平将門《まさかど》を滅ぼして恩賞を受けた俵藤太《たわらのとうた》秀郷（藤原秀郷）の子孫、足利太郎俊綱が子、又太郎忠綱、生年十七。このような無位無官の者が、宮に向かい参らせて弓引き、矢放つは畏《おそ》れ多いことなれど、神仏のご加護《かご》は平家一門の上にございます。源三位入道《げんさんみにゅうどう》殿のお味方でわれと思わん方はお相手いたしましょう」

颯爽《さっそう》たる若武者ぶりを示し、平等院の門の内へ攻め入った。

「あっぱれ」

「あっぱれなる若武者」

平家の大将・平知盛が褒《ほ》め、敵方の将兵も感嘆した。

足利忠綱の鎧は号（呼び名）「避来矢《ひらいし》」。

曩祖《のうそ》（遠い先祖）藤原秀郷から代々伝えられてきたもので、大ムカデ退治の際、龍神から賜ったという伝承がある。飛んでくる敵の矢を恐れぬ忠綱の勇ましい姿が「避来矢」の号を生んだ。

また、「平石」とも記す。渡河した忠綱が鎧を脱いで川辺に置いたところ、平たい石に変わったとか、あるいは、渡河するため置いた鎧は妖《あや》しい光を放ち、重くて誰も持ち上げられないが、忠綱は軽々と持ち上げたとか不思議な伝承がある。

この鎧は、子孫の手で神宝として祀《まつ》られた。江戸時代の火災で金具類だけが残り、姿形は変り果ててしまうが、昭和三十七年（一九六二年）に国の重要文化財に指定された。

〈5〉頼政神社

「渡れや渡れ」

平知盛《たいらのとももり》の号令一下、平家《へいけ》全軍が足利《あしかが》勢に続いて渡河《とか》する。

対岸から渡りきった平家の兵が次々と平等院《びょうどういん》に向かって駆け寄ってくる。ここからは数の勝負だ。

源　頼政《みなもとのよりまさ》は以仁王《もちひとおう》を脱出させるしかない。防ぎ矢を射て時間を稼ぐが、二万八千騎と一千騎という兵力差。勝敗はみえた。

退却する頼政を守って、養子の兼綱《かねつな》が引き返し、また引き返して戦う。伊藤忠清《いとうただきよ》の子・忠綱《ただつな》に顔面を射られ、馬を並べてきた忠清の小姓《こしょう》・次郎丸に組み落とされた。だが、兼綱は反撃して次郎丸を押さえ付け、首をかき斬ったものの、平家の兵十四、五人に取り押さえられ、討たれた。

源頼政の嫡男・仲綱《なかつな》も深手を負い、ついに覚悟を決めた。

「藤三郎（下河辺行義《しもこうべゆきよし》）。わが首、敵に渡すな」

平等院釣殿で自害。下河辺行義は仲綱の首を落とし、大床の下に隠した。

頼政、仲綱の家臣は次々と討ち取られた。

この戦いの殊勲者となった足利忠綱のよく知る顔もあった。同じ足利の地で覇を競っている源姓《げんせい》足利氏の一党だ。源姓足利氏当主の足利義兼《よしかね》の弟・義房《よしふさ》が参戦しており、討ち死に。義兼の異母兄・義清《よしきよ》は危ういところで戦場を離脱した。

大勢《たいせい》が決した。

源頼政は渡辺唱《わたなべとなう》に命じた。長七と呼ばれる渡辺党の中心人物である。

「わが首を討て」

「とてもできません。ご自害あそばせば、その首を賜わりましょう」

「もっともだ」

頼政は辞世の句を詠んだ。

埋木《むもれぎ》のはなさく事もなかりしに　身のなるはてぞかなしかりける
（埋木《うもれぎ》のように花咲くこともなかったが、このような身のなれの果てで死んでいくのは何とも悲しい）

「けっこう地味に生きた。平家にも従い、ときに己を捨てて……。だが、最後に華々しい戦《いくさ》ができたわい」

頼政は太刀の切っ先を腹に突き立て、うつ伏せになって自害。泣く泣く首を落とした渡辺唱は敵の中を抜け出し、密《ひそ》かに宇治川《うじがわ》に沈めた。

以仁王は三十騎ほどの兵に守られ、奈良方面へ落ち延びる。

だが、平家軍の中にも目端の利く者はいて、伊藤忠清の弟で同じく侍大将《さむらいだいしょう》の伊藤景家《かげいえ》は五百騎で奈良方面への道を急いだ。睨《にら》んだ通り、敗走する以仁王に追いつき、雨のように激しく矢を射かけた。以仁王は左わき腹に矢を受けて落馬し、首を取られ、あえない最期《さいご》を迎えた。


赤い夕陽を背に六波羅館《ろくはらやかた》へ向かう兵馬がぞろぞろと進む。以仁王や源頼政の一族家臣、園城寺《おんじょうじ》僧兵ら都合五百余人もの首を太刀や薙刀《なぎなた》の先に刺して高く掲げる。疲れきってはいるが、異様に高揚し、敵を罵《ののし》る言葉なども尋常ではない。

平家は貴族化した、軟弱になったというが、とんでもない。この一団は野獣の群れ。獰猛《どうもう》な平家の前では歌人頼政の叛乱《はんらん》など問題にならなかった。

晒《さら》された首の中で、源頼政の首は替え玉だった。

清盛《きよもり》は不満だった。個人的には頼政の首を晒すのは忍びないが、やはり反逆者に対しては相応の屈辱を与えなければ、けじめにならない。

一方、宗盛《むねもり》は、渡辺競《きおう》や源仲綱の首を見て上機嫌だった。

「わははは。競め。仲綱め。このざまか。生け捕りにして、のこぎりびきにしてやってよかったが、まあいいだろう。煖延《なんりょう》の悔しさ、思い知れやっ」

下河辺《しもこうべ》行平《ゆきひら》が京に入ったとき、全ては終わっていた。

「なぜだ。なぜ、大殿《おおとの》が戦を……、先に戦を……」

やがて、以仁王の令旨が発覚して挙兵に至ったことが分かった。さらに、源頼政、仲綱父子らの戦死を知った。仲綱ら大勢の武将の首が晒されていること、頼政とされた首は別人だったことが分かった。ただ、父・下河辺行義の消息だけは不明だった。討ち死にしたのか、戦場から落ち延びたのか全く情報がない。

確かめる余裕はなかった。京に留まるのは危険だった。行平は逃げ出すように関東へ帰った。頼朝に事態を報告し、下河辺荘に戻って態勢を立て直さねばならない。東への道を急いだ。

「くそ、全てやり直しだ。しかし、今に見ていろ、今に……」

下野《しもつけ》・小山《おやま》郷の屋敷に、下河辺行義の家臣が駆け込んできた。

「何！　藤三《とうざ》が、藤三郎が戻ってきたか」

小山政光《まさみつ》は叫んだ。驚きと喜び。源頼政の謀叛《むほん》が失敗に終わったと聞き、続報を待っていたが、実弟・下河辺行義は頼政とともに討ち死にしただろうと覚悟していた。

それが本領に戻ってきたとは。

すぐに馬を飛ばす。小山から行義の屋敷がある下総《しもうさ》・古河《こが》（茨城県古河市）は急行すれば、一刻もかからない。

だが、下河辺屋敷に、行義はいなかった。

代わりに家臣が近くの神社にいると伝えた。

「殿は京より戻られると、ただちに社《やしろ》に向かわれました。小山の兄上がお越しになられたら、そちらに案内《あない》するようにと……」

下河辺の家臣は小さな神社に導いた。

「こちらです。ここに案内せよと」

「ここは……」

人気のない小さな神社である。だが、知らない場所ではない。政光と行義の兄弟が童《わらべ》のころ、武蔵《むさし》・大田荘《おおたのしょう》から馬を飛ばし、隠れ遊んだ場所でもあった。そして若いころの行義がここに城を構えたいと言った場所だ。

「あっ」

「殿！」

行義は座したままうつ伏せに倒れ、その前面は流血で黒く染まっている。自害して果てたのだ。

「なぜ……。藤三！　藤三郎、なぜだ！」

自ら喉をかっ斬り、意識のあるうちに腹に刃を立て、真横に裂いたようだ。生涯みせたことのない激しさだった。終生、温厚で冷静だった行義らしくもない。政光は一瞬そう思った。

「ん！　この首は、もしや」

「そう。源三位入道《げんさんみにゅうどう》頼政さま、でございます」

「そうか……。頼政さまの首を敵に渡すまいと、京では隠しおく場所はなく、深手を負いながら、ここまで戻ってきたというわけか」

本来なら主君と同じ場所で果てるはずだった。その覚悟も持ち帰って、ここで自害した。その律儀さは、やはり行義らしい。

「藤三よおおっ」

下河辺の家臣は声もなく、政光は声を上げ、ひとしきり涙にくれた。

「藤三よ。何か、わしに言い残したことはないのか」

政光は、弟の遺体に話しかけた。

「わが子、行平、政義を頼みます。兄上」

政光は、耳の奥か、頭の裏側からか、その声をはっきり聴いた。もちろん幻聴かとも思ったが、聴き慣れた声だった。


下河辺行義。

生没年不詳。小山政光の弟である。『平治物語《へいじ》』には源頼政の家臣として活躍する場面がある。『平家物語』では、頼政父子敗死の場面に下河辺藤三郎清親《きよちか》という人物が登場する。行義であろうか。行義が、頼政とともに敗死したのか、いつ死んだのか、史料からは分からない。歴史から姿を消したように、その後の消息は不明である。

入れ替わるように歴史に登場するのは嫡男《ちゃくなん》・下河辺行平である。

行平は、弟の政義とともに源頼朝の挙兵直後から『吾妻鏡《あづまかがみ》』に名が登場し、鎌倉幕府初期の功臣として数々の活躍が伝えられている。

後世、古河城北端となった渡良瀬川東側に、源頼政を祭神とした頼政神社がある。神社はもともと古河城南端にあり、城の拡張に合わせて場所を移したと伝わる。今は堤防近くの住宅街にひっそりとたたずんでいる。

第3話　水鳥の羽音

〈1〉富士川の陣

治承《じしょう》四年（一一八〇年）十月。

小山朝政《おやまともまさ》は東へ向かう平家《へいけ》の軍列の中にいた。源　頼朝《みなもとのよりとも》を討伐する遠征軍である。

「ついにわれらは佐殿《すけどの》（頼朝）を討つ軍に兵馬を並べておる。どうすればよい。このままでよいのか、六次《ろくじ》。どうすれば……」

朝政は馬を並べる家臣・水代《みずしな》六次郎に愚痴《ぐち》を並べた。

「仕方ありませんな」

「仕方なくはない。このままでは、われらは佐殿と戦わなければならない。こんなことがあっていいのか」

「若殿。機会をお待ちなされ」

水代六次郎は落ち着き払って答えた。主君・小山政光《まさみつ》の若いころと比べても冷静沈着なはずの若殿・朝政がいつになく、うろたえている。

それだけ切羽詰まった状況なのだ。

ここはじたばたしても仕方ない。水代六次郎のアドバイスはその通りだが、朝政の焦りは極点に達している。

大番役《おおばんやく》で上洛《じょうらく》したタイミングが最悪だった。

これが運のつき。

三年ほど前を思えば、京への旅路の途中、伊豆《いず》の頼朝を訪ね、父の心は今も頼朝にあるとアピール。自分も大事のときは真っ先にお味方すると忠誠を誓った。それが今、頼朝追討のため京を出発した平家遠征軍に加わっている。言ったことと全く逆の位置にいる。

この前年、治承三年の政変（一一七九年）では、平家に都合悪いとされた貴族、武士の逮捕に奔走《ほんそう》させられた。

このとき、鴨川《かもがわ》、桂川《かつらがわ》の合流地点、木津殿《きづどの》前で見たのは、平清盛《たいらのきよもり》の鬼の形相だ。福原《ふくはら》へ帰還する船が錨《いかり》を下ろし停泊。篝火《かがりび》を焚《た》いた船の上で清盛が仁王立《におうだ》ちしていた。連行された何人かの貴族、武士が斬首され、川に突き落とされた。見せしめの処刑。斬られる者の断末魔《だんまつま》の叫び。川岸の向こうでも悲鳴が上がる。赤々とした炎に照らされ、清盛の入道頭がてかてかと輝く。目鼻口はぴくりとも動かない。その顔は仁王像か閻魔《えんま》大王像のようだった。

続いてこの年、治承四年五月の以仁王《もちひとおう》の挙兵。

大番役の期間終了で帰郷できるはずだったが、緊急残留が命じられた。宇治平等院《うじびょうどういん》では以仁王と源頼政《よりまさ》の軍を攻め立てる軍勢の中にいた。しかも、地元の下野国《しもつけのくに》で小山氏と覇を競っている藤姓足利《とうせいあしかが》氏の若大将・足利忠綱《ただつな》が見事な活躍。十七歳にして宇治川の激流を渡る馬筏《うまいかだ》の要領を大音声《だいおんじょう》で発し、「続けや殿ばら」と、渡河《とか》の先頭に立った。

朝政はそれに従って後方で渡河。源頼政の軍の中には叔父・下河辺行義《しもこうべゆきよし》もいた。大勝に沸く平家軍の中でみじめな思いだけが残った。

早く京を抜け出し、東国に戻らなければと思ったが、その機会もなく、八月には関東で頼朝が挙兵。朝政は、似た境遇《きょうぐう》の地方の諸将とともに平家の遠征軍に組み込まれた。

五歳だった平治《へいじ》の乱（一一五九年）を思い出すと、母に手を引かれ、戦火の京を逃げ回った記憶がある。その記憶が平家嫌いの根っこかどうか分からないが、頼朝の乳母《めのと》だった母の影響で頼朝びいき。近年態度を明確にしていない父・政光も頼朝に味方するはずだと信じている。

「小山の家は当然、佐殿に従っているのであろうな。今ごろ。もしかしたら、富士川《ふじかわ》に対陣する佐殿の軍列に加わっておるのかも……。そしたら同士討ちだぞ」

「どうでしょうか。連絡が跡絶《とだ》えたのが不覚でしたが」

家臣の中には平家に弓引くなどとんでもないという者、しばらく様子をみるべきだという者も多かろう。水代六次郎はそれを指摘した。

「父上のこと。ぬかりはないと思うが」

とはいえ、軍旅の途上で連絡は取れない。

「若殿、なるようになります。あれこれ考えますな。不安が増しますぞ」

老臣が朝政の心中を言い当てた。

平家遠征軍の大将軍は平維盛《これもり》二十二歳。平清盛《きよもり》の長男・重盛《しげもり》の嫡男《ちゃくなん》で、小松権亮少将《こまつごんのすけしょうしょう》維盛と呼ばれる。右近衛権少将《うこのえのごんのしょうしょう》、中宮権亮《ちゅうぐうごんのすけ》に就いているからだ。

副将は平忠度《ただのり》三十七歳。清盛の異母弟、薩摩守《さつまのかみ》忠度である。平家武者としての輪郭がくっきりした人物で、武人としても歌人としても名高い。勅撰《ちょくせん》和歌集にも歌が載っている。JRが国鉄だったころ、無賃乗車のことを「薩摩守」といったのは「ただのり」の名をかけた洒落《しゃれ》。世に薩摩守の官職名を得た貴族、武士はいくらもいるが、最も有名な薩摩守である。

もう一人の副将は清盛の七男・知度《とものり》。甥《おい》の維盛とそれほど変わらない年か。

つまり大将、副将は清盛の孫、弟、子息といった親族で固めている。遠征軍の総指揮官とその次席で、名目上の旗頭である。実際に戦闘を仕切るのは、大将軍に作戦を具申《ぐしん》し、実戦部隊の諸将を統括している侍大将《さむらいだいしょう》の伊藤忠清《いとうただきよ》。この者が参謀総長である。

忠清は藤原秀郷《ふじわらのひでさと》の子孫であり、本姓でいえば、藤原忠清。伊勢《いせ》に本拠があり、〈伊勢の藤原〉で伊藤が苗字《みょうじ》になっている。

忠清は景綱《かげつな》の五男で、伊藤五とも呼ばれる。平家の有力家臣で、保元《ほうげん》の乱（一一五六年）では、「鎮西八郎《ちんぜい》」の異名で知られる源為朝《ためとも》の矢面に立って戦い、弟の忠直《ただなお》（伊藤六）は戦死。伊藤六を射殺《いころ》した為朝の矢はそのまま忠清の鎧《よろい》の左袖《そで》に突き立っていた。そう聞いた清盛が「そんなはずはなかろう。素早く二本射たのだろうよ」とあきれたという逸話がある。

それが四半世紀も昔のことだ。

治承四年九月十八日、三万余騎が新都・福原《ふくはら》（兵庫県神戸《こうべ》市兵庫区など）を出発。平家政権はこの六月に突如、福原に遷都していた。三万騎で出発した平家軍はゆっくり進み、路上、地方の武士を合流させ、十月十六日、駿河《するが》・清見《きよみ》が関（静岡県静岡市清水《しみず》区）に着くころには七万余騎となっていた。

維盛の前に、斎藤実盛《さいとうさねもり》がひざまずく。

通称・長井別当《ながいべっとう》。武蔵《むさし》・長井荘（埼玉県熊谷《くまがや》市）に住む坂東《ばんどう》武士だ。別当は役所の長官のことだが、この場合は荘園管理者ということか。今は平家に従っているが、源氏旧臣の生き残りの老武者である。維盛は源氏軍の実情、関東の武士について聞くため、この場に呼んだ。

保元の乱の前年、源義平《よしひら》（源頼朝の兄）と源義賢《よしかた》（頼朝の叔父）が戦った大蔵《おおくら》合戦（一一五五年）では、義賢の軍に属していた。敗れて義平に降伏。その裏で敗死した義賢の遺児、二歳の駒王丸《こまおうまる》を信濃《しなの》に逃した。木曾義仲《きそよしなか》である。

実盛は保元の乱、平治の乱で頼朝の父・源義朝《よしとも》の有力家臣として戦った。平治の乱で味方の山内首藤俊綱《やまのうちすどうとしつな》が重傷を負うと、「敵に首を取らすなとの悪源太《あくげんた》（義平）の仰《おお》せ」と言い、その首を落とした。さらに義朝の敗走を守り、比叡山延暦寺《ひえいざんえんりゃくじ》の僧兵による落ち武者狩りを切り抜ける際に機転を利かせた。

平治の乱の後、清盛はこうした忠誠心に厚く有能な源氏《げんじ》旧臣の多くを許して、その麾下《きか》に加えている。

維盛が斎藤実盛に訊《たず》ねた。

「長井別当実盛よ。坂東の武者《むさ》について聞きたい。おぬしほどの強弓の者は坂東八か国にどれくらいいるものか」

「あっははははは。御《おん》大将は、この実盛を強弓の者と仰せですか。わずかに十三束の矢をつがえる程度。そんな者は坂東にはいくらもおります」

実盛は豪快に笑った。矢の長さは十二束が標準。十三束は確かに長いが、坂東で強弓の者が引く矢といえば十五束だと答えた。束は拳《こぶし》一握りの幅で、十二束の矢は二尺七寸五分。八十三センチくらい。十五束だと一メートルを超える長さ。これだけ長い矢をつがえるには、弓も五人がかりで弦《つる》を張って作る五人張りの強い弓となる。

「鎧の二、三領も突き通す威力がありまする」

「大げさに申しておるのではないか」

構わず実盛は続ける。坂東武者の戦《いくさ》に向かう激しさを強調した。

「馬に乗れば落ちないし、悪路を走っても馬を倒すことはありません。戦ぶりは親も討たれよ、子も討たれよといった具合で、肉親が死んでもその死骸を乗り越え、ますます敵への憎悪を強くして激しく戦います。西国ではそうではありませんな。親が討たれれば孝養だといって喪に服し、子が討たれれば嘆き悲しんで戦になりません」

そのほかにも実盛の話はあちこちに飛んだ。老将として気を引き締めたいという気分があったが、ちょっと薬が効きすぎた。

この話は漏れ広がり、平家の兵は怖気《おじけ》づいてしまった。しかも、忠清の兵が旅の者を捕らえ、源氏の軍勢は二十万騎と聞き出したという話も広まった。平家の軍勢が富士川の前で軍を止めている間に源氏軍も対岸に到着。源平両軍が富士川を挟んで対陣した。

陣幕の中では鳩首《きゅうしゅ》会議が断続的に続く。

（もはや、負ける）

喉《のど》まで出かかった言葉は飲み込んだが、腹の中では確信に近い。

「源氏の軍、二十万騎というのは、いささか誇張だろう」

「それでも、それなりの数。少なくともわが軍よりは多いとみなければなりません」

「後退して軍勢を整える。上総介《かずさのすけ》（忠清）の申す手も悪くはないが、一戦も交えず退いてしまうのもどうか。一つ当たってみてからでも遅くないと思うが」

副将の忠度は歌人として名高く、好戦的な人物ではないが、清盛の弟として、不戦敗の不名誉はさすがに美意識が許さない。

維盛、忠度の意見も汲《く》み、忠清は自案を修正した。一戦して利のないときは尾張川（木曽川）あたりまで退き、態勢を立て直す。中途半端な方針が決まった。

〈2〉闇夜の脱走

夜も深まった。小山朝政《おやまともまさ》、その家臣・水代《みずしな》六次郎以下三十人の雑兵らは暗闇の中を密《ひそ》かに動き出した。

平家《へいけ》軍の陣の後方を大回りして富士川《ふじかわ》に向かい、一気に渡河《とか》する。

小山朝政の一隊は平家軍からの脱走を決行した。

夜明けになれば、源《みなもとの》頼朝《よりとも》の軍と戦うことになる。抜け出すなら、このタイミングしかない。

「脱出に関しては、この六次にお任せを」

平治《へいじ》の乱（一一五九年）では、源義朝《よしとも》の撤退を助けるため、小山政光《まさみつ》以下、少数の小山部隊は六条河原に残って決死の後駆《しりがり》（殿《しんがり》）を務めた。

古参の家臣や重臣はともに敗走して義朝を守り、新参者の政光らは戦場に残って戦い、その時間を稼ぐ。この後の逃走がまた至難の業。「もはや自害しかない。ここで死ぬ」とわめく政光を落ち着かせ、敗残兵をまとめて、うまく逃走させたのが水代六次郎で、政光は九死に一生を得た。

この老臣の武勲であり、自慢である。

水代六次郎にとって、この富士川の陣からの脱出は、それに比べれば、はるかに楽だというのだ。

松明《たいまつ》も持たず、馬は陣に置いたまま。星明りを頼りに足元に注意しながら歩を進めるのがやっとだ。

隊列が富士川に入る。水面の揺れる音にも気を遣う。

そのとき雷鳴がとどろいた。雷鳴がとどろいたように聞こえた。

富士川西岸の沼の水鳥が一斉に飛び上がり、その羽音が闇の空を覆ったのだ。

「しまった」

この大音響で動きがばれてしまう。全てが台無しだ。


平家の陣中は騒がしくなった。事態を確認するため、兵が陣中を駆け回り、脱走者が渡河した際、水音に驚いた沼の水鳥が飛び上がり、さらにその音に驚いた大きな水鳥の集団が飛び上がったという事情が分かってきた。すぐに脱走者を追跡せよとの命令が出された。

「まずい。追手がいるようだぞ」

小山朝政は当然、焦っている。極秘渡河の計画があっさりばれたのだ。

「暗くて見えませんが……、われらの数倍の兵かと」

「応戦するしかないか。追手に弓矢を射かけるか」

「若殿。この状態で応戦など危険です。まずは渡河しなければ。少しでも早く岸に上がらねばなりません。岸に上がってから兵を構えるべきです」

「そんなこと言っている間に背に矢を射かけられてしまう。追手は馬か。すぐに追いつかれてしまうぞ」

「川に入ってしまえば、馬といえども徒歩《かち》とたいして変わりません。振り返って応戦するなど、さほど効果はありません。逃げるときはとにかく逃げるのです。一刻も早く対岸に上がるべきです。若殿」

馬が川面を揺するような水音もだんだん近づいているようだが、こうなったら前を見るしかない。

「若殿、早く早く」

老臣・水代六次郎に続いて、若い家臣が報告する。

「追手は射かけてきません」

「何？　射かけてこない？」

暗闇ではあるが、これだけ近づいてきて、われらの位置が分からないわけではあるまい。

なぜ、追手が射かけてこないのかは分からないが、朝政としては命拾いをした思いだ。

ようやく岸に上がった朝政は自軍に素早く反撃態勢を整えるよう指示した。兵が弓矢を構えたが、そうしている間に追手が目の前に迫ってくる。

「よし」

朝政が一斉射撃を指示しようと、右手を振り上げたときだ。

「待て、撃つな、撃つな」

「われら敵にあらず」

既に声が届く位置まで追手は迫っていた。朝政は右手を前に振り下ろさず、真横にかざした。

「何だ。何ごとだ」

「われらも坂東《ばんどう》の者でござる。平家の軍を抜け出した」

次に渡河した部隊も同様だった。

「われらは追撃を命じられたが、われらも脱走の機会をうかがっていたのだ」

「何と」

対岸では平家軍が騒いでいたが、ついには西へ走り始めた。まさかの撤退である。

「どういうことだ。いったい」

「このままでは源氏《げんじ》方に走る兵が続出するとみて、ついに富士川の陣を払ったようですな。

ここまで兵が減っては、あすは手痛い敗戦となると悟ったのでしょう」

「そうか……」

「若殿。手柄ですな。わが小山の兵が平家軍を抜け出したことが平家撤退に結びついたのですから」

「そ、そうか？」

「早速、佐殿《すけどの》（源頼朝）に拝謁し、お褒《ほ》めの言葉をいただきましょう」

「えっ？」

「若殿のお手柄、ご報告なされませ」

「ま、待て。六次。待て待て。そんなことが公《おおやけ》になってみろ。後々まで物笑いの種だ。逃げ出した兵の功名とかな……」

朝政はぞっとした。そんな功名は嫌だ。褒められてもあまり嬉《うれ》しくない。

——羨《うらや》ましいですなあ。逃げ出して大軍を撤退させ、お手柄を得られるとは……。後々、同僚からこう、からかわれるに違いない。一応手柄話なので、言う方も遠慮がいらないし、悪意がないふりをできる。

「若殿。されば、いかにいたしますか」

「あれは水鳥の羽音に驚いて平家の軍勢が逃げたことにしよう」

「あまりに荒唐無稽《こうとうむけい》ですな。いかにも作り話っぽい。誰も信じないでしょう」

「だが、ほかに案が浮かばぬ。水鳥の羽音は意外と大きく、われらの渡河も、あれでばれてしまったのだからな」

朝政は苦し紛れではあったが、話を聞く側は真実か虚構かということは一切気にしない。あっという間に広まった。だいたい、この夜、水鳥が大きな羽音を立てたことも、平家の軍勢が夜半のうちに西へ撤退したことも事実である。くっつけるから、いかにも作り話のようになるが、断片的な証言はいくらでも出てくる。

水鳥の羽音と平家撤退の間の小山隊の脱走渡河を省くと、話は極端に面白くなった。

「信じられない光景だったよ」

源氏側の陣中では、朝になったら対岸の平家の軍勢が消え失せたとして、大騒ぎとなったが、やがて怪しげな目撃情報が駆けめぐった。

夜半、水鳥の羽音を敵襲と勘違いして一斉に逃げ出したといい、あの闇夜の中で対岸の様子を目の前で見たかのような話が出回っている。

兵が飛び出し、西へ向かって駆け出した。武具をまとわない者さえ多く、一帯に男女の喚《わめ》き声が響き渡った。陣中に招かれていた遊女が巻きこまれた。

「それにしても、滑稽《こっけい》だったたな」

こういう証言もある。杭《くい》につないだままの馬にまたがり、杭の周りをぐるぐる回る者もいた。

拡散させたのは街道宿の遊女たち。格好のネタとしている。

「討っ手の大将が矢一つ射ずして逃げてしまうなんて。戦で見逃げっていうのは本当にみっともないけれど、これは聞き逃げね」

「わらわは、逃げ出す兵に頭を蹴られてかち割られ、馬に腰を踏まれたのよ。もちろんお代は取りっぱぐれ。踏んだり蹴ったりよ」

「あなた、その割にはぴんぴんしていらっしゃるじゃない」

「あはははは」

落書も出回った。

ひらやなる宗盛いかにさわぐらん　はしらとたのむすけをおとして

遠征軍大将だった維盛《これもり》の「権亮《ごんのすけ》」をかけて風刺を利かせている。
平家《へいけ》を平屋、都にいる平宗盛《たいらのむねもり》を棟守と読み替え、「すけ」に支柱を意味する「助柱《すけばしら》」と
（平屋《ひらや》の棟守《むねもり》はどんなにか慌《あわ》てていようか。柱と頼む助柱を落としてしまった）

富士河のせゞの岩こす水よりも　はやくもおつる伊勢平氏《いせへいじ》かな
（富士川の淵瀬の岩を越す水よりも速く流れ落ちる伊勢の瓶子《へいし》だ）
瓶子は徳利《とっくり》。伊勢の産物の瓶子と伊勢平氏をかけ、水に流れてころころと転がる瓶子のように逃げ落ちたとからかっている。

富士河によろひは捨てつ墨染《すみぞめ》の　衣たゞきよ後の世のため
（富士川に鎧《よろい》を捨てたのだ。あとは墨染めの衣をただ着るがよい忠清《ただきよ》殿。平家の後世《ごせ》を弔《とむら》うために）
忠清の名にひっかけて「ただ着よ」と、その失態を嘲《あざ》笑った。墨染めの衣は僧衣。鎧を捨てたのだから武士を捨て、僧になって平家の後世を弔えばと揶揄《やゆ》する。

たゞきよはにげの馬にぞのりにける　上総《かずさ》しりがいかけてかひなし

（忠清は白黒二毛《にげ》の馬に乗り、逃げ足も速い。立派な上総しりがいを飾る甲斐もない）

二毛と逃げをかけて「にげ」、上総しりがいに忠清の官職、上総介をかけている。しりがいは馬の頭や尾にかける緒、ひもである。

〈3〉黄瀬川の再会

富士川《ふじかわ》東岸は大勝利に沸き立った。

大勝利といっても不戦勝だ。

源《みなもとのよりとも》　頼朝は馬から降りて兜《かぶと》を脱ぎ、手口を手水《ちょうず》で清め、京の方角を伏し拝んだ。

「これは全く、頼朝個人の功績ではない。八幡大菩薩《はちまんだいぼさつ》の御計《おんはか》らいだ」

周囲からは冷静な態度にみえたが、しみじみと感傷に浸って、静かに喜びを噛《か》み締めていたのだ。ほんの二か月前、石橋山《いしばしやま》で敗れ、命からがら山中に隠れ、みじめな敗走をしているときには思いもよらなかったことである。やっと三百騎の手勢を従えて踏み出した平《へい》家《け》追討の旗に今、数万騎が従っている。

「西へ」

そのまま、前のめりの気持ちになった。

「上洛《じょうらく》ぞ。いよいよ京を攻め、平家を追い立てる。維盛《これもり》を追って西へ」

そして、ぐっとその言葉をいったん飲み込んでから、ついに発した。

「清盛《きよもり》を討つ」

兵たちが沸き上がる。

遠巻きに見ていた小山朝政《おやまともまさ》も沸き立った。いよいよ頼朝に従って戦《いくさ》ができる。これまでの失点を取り返すチャンスが、こうも早く訪れようとは。

だが、陣を支えてきた武将たちが一斉に異を唱えた。

「お待ちください」

陣営の中で最大戦力を誇る上総広常《かずさひろつね》をはじめ、千葉常胤《ちばつねたね》、三浦義澄《みうらよしずみ》がそろって上洛に反対した。そして、頼朝の後見人ともいえる北条時政《ほうじょうときまさ》も広常らの意見に同調した。

関東《かんとう》一円をみれば、常陸《ひたち》の佐竹義政《さたけよしまさ》、秀義《ひでよし》をはじめ敵対している武士もいるし、まだまだ態度が定まらない武士が多い。まず、それらを従えるべきだ。関東の固めが先決だ。それが諸将の主張だった。

まさに道理。足元が固まらないままの遠征は危険だ。

加えて、各地で農業不振、ひどい不作が目立つ。平家軍が徴兵に苦労したのは、源氏《げんじ》びいきが増えたというより、この不作が大きいという見方も強い。関東も似たような状況で、兵たちが自身の土地を心配して戦に身が入らないとの懸念もある。今、上洛すれば立ち往生する可能性が大きい。

また、諸将の本音は、平家方の代官や国司を追い出せればよいという思惑だ。関東を京の朝廷から切り離し、半ば独立国のようにしたい。

今まで夢想以外の何ものでもなかったが、今はそのチャンスがある。

京の朝廷や平家政権は、関東どころではなくなっているようだ。

頼朝は諸将の主張をじっと聞いていた。

頼朝と坂東武士の主従関係は、まだ絶対服従を強いるものではなかった。平家打倒の旗頭ではあるが、共通の目的を持った坂東武士を束ねる盟主といった存在なのだ。

「そうか。分かった」

頼朝は鎌倉《かまくら》帰還を決めた。

ひとまず富士川から東に退き、この日は黄瀬川《きせがわ》で陣を張った。

「佐殿（頼朝）の本音は上洛に違いないだろうが……」

小山朝政は頼朝の冷静さ、我慢強さを感じた。

多くの武士が味方に馳《は》せ参じた理由、そして武士の本音が分かっているのだろう。

「ただ、われらはこの陣にいるのは、あまり好ましくないな」

朝政は気配を消し、早々に小山に戻り、軍勢を整えて出直すことにした。頼朝が関東に留まるなら改めて大軍を引き連れて合流しても、遅くないようだ。

また、この陣に小山の軍勢や父・小山政光《まさみつ》の姿が見当たらないことが不審だった。

「まだ、小山の地で、ぐずぐずと様子見をしているのであろうか」

事情が分からない。やはり、いったん小山に戻るのがよいようだ。

早々に陣を離れたため、このとき、頼朝に従っていた弟・七郎（後の結城朝光《ゆうきともみつ》）にも会わずじまいだった。

黄瀬川の陣で源頼朝には、さまざまな再会があった。

まず、富士川合戦の直前に逮捕された伊東《いとう》父子。頼朝追討の平家軍に合流するため伊豆《いず》の鯉名《こいな》の泊《とまり》（港）から船で海上に出ようとしたところを天野遠景《あまのとおかげ》に見つかり、生け捕りにされていた。

　この日、頼朝の前に引き出された。

頼朝の流人《るにん》生活を支えた親子である。だが、伊東祐親《すけちか》は頼朝の子、三歳の千鶴《せんつる》を殺し、さらに頼朝を討伐しようとした。そのとき、祐親の次男・伊東祐清《すけきよ》は頼朝にいち早く危機を知らせ、逃がしてくれた。命の恩人である。

　頼朝はその恩を忘れていない。家臣として仕えよと、祐清に恩情を示した。恩賞も与えると言った。祐清はこれを断った。

「父は既に敵として囚人《めしうど》となっております。どうして、その子息が恩賞を受けることができましょう。速《すみ》やかに暇《いとま》をいただきたく存じます」

　平家軍に加わるため上洛《じょうらく》するという。

「まあ、待て。祐親の処罰はまだ決めていない」

　頼朝は助命をにおわせた。祐親の婿《むこ》・三浦義澄の懇願もある。祐親の身柄は義澄に預けた。頼朝も祐親斬首にためらいがあった。この場では明言できないが、祐清が帰順すれば、祐親は許すつもりだった。

だが、祐清は父が助命を受け入れるとは思わない。祐親は頼朝と敵対する道を選んだのだ。今さら、その立場を変えるつもりはなく、許されることが武士の恥と感じるだろう。

祐清が思った通りだった。

祐親は決定が出ないうちに自害した。

黄瀬川の陣のハイライトは源義経《よしつね》の登場である。

富士川合戦翌日。

数十騎で参陣した二十歳くらいの若武者が、頼朝への面会を求めた。

「遠く奥州から馳せ参じた。子細は佐殿に直接申し上げたい」

色白の美男子で、若いながらも、なかなか威厳ある態度。

赤地の錦《にしき》の直垂《ひたたれ》の上に紫末濃《むらさきすそご》の鎧《よろい》を堂々と着こなしている。紫末濃の鎧は、上段が薄い色で裾《すそ》の方が濃い紫色の縅毛《おどしげ》で綴《と》じた鎧で、裾は彫金の飾りが打ってある。鍬形《くわがた》の前立てを付けた白星の五枚兜《かぶと》を深々とかぶっている。太刀は黄金づくり。馬もよく肥えた黒い馬で、格好は大将の風格。

旗は源氏の白旗。だが、怪しくもある。誰とも分からないのでは取り次ぎのしようもない。土肥《どい》実平《さねひら》、土屋《つちや》宗遠《むねとお》、岡崎《おかざき》義実《よしざね》らは結局、放っておいた。

だが、見た目は目立つので噂は陣内に広まった。

頼朝の耳にも入り、左右に言った。

「年齢からすると、それは奥州の九郎ではないか。早く対面しよう」

黄瀬川の陣はにわかに慌《あわ》ただしくなった。

人々が囁《ささや》き合う。

「奥州の九郎とは誰ぞ」

「頭殿《こうのとの》（源義朝《よしとも》）の末子でござる。側室に千人に一人という美女、常盤御前《ときわごぜん》がいらっしゃって、そのお子ということよ」

「仏門に入るという約束で清盛公はお許しになった。鞍馬寺に預けられたのだが、そこを抜け出たのよ。その後、奥州にいると聞いた者がいるらしく……」

「それはまことか」

「まことよ。異国に聞こえた李夫人《りふじん》、楊貴妃《ようきひ》、本朝の小野小町《おののこまち》、和泉式部《いずみしきぶ》も常盤より優れていることはあるまいといわれた美女でござるよ」

「そっちか」

頼朝の陣所に向かう義経は脱いだ兜を小脇に抱え、静かに進んだ。従うのは、三郎継信《つぐのぶ》、四郎忠信《ただのぶ》の佐藤《さとう》兄弟と伊勢《いせ》三郎義盛《よしもり》。第一の腹心・武蔵坊弁慶《むさしぼうべんけい》も遠くから義経の背を見つめていた。

その主従が進むと、人々が左右に分かれて道を作り、ざわざわと声を上げる。

陣所では、敷皮の上に座っていた頼朝が立ち上がって畳の上に座り直し、その敷皮に着座するよう義経に勧めた。

「兄者人《あにじゃびと》にござりまするか」

両手をついた義経は頭を上げない。頼朝はその手を取って、声を詰まらせつつ呼びかけた。義経が乳飲み子のとき以来の再会となる。

「奥州に下ったことをかすかに聞き及んでいたが、流人の身では便りを出すことも憚《はばか》られた。それなのに兄弟の縁を忘れず、駆けつけてくれたこと嬉《うれ》しく思うぞ」

頼朝は感激の面持ちで、後三年《ごさんねん》合戦の際、官職を辞して奥州の兄・源義家《よしいえ》の陣に駆けつけ、たちまち敵を打ち破った源義光《よしみつ》の話をし、その吉例と同じだと喜んだ。そして互いの苦労を語り、義経は兄への忠誠を誓い、平家打倒を誓った。

人々に感動を与える場面だった。

大幕の内に並ぶ諸将も、外から眺め、様子をうかがっている兵もみな涙で濡《ぬ》らした袖《そで》を絞った。

翌日、頼朝は敗走した平家軍を追わず、軍勢を鎌倉に戻した。

歴史の分岐点がここにある。

挙兵の名目であり、流刑の地での二十年を耐えた根源的理由でもある平家打倒にこだわって一目散に京を目指していたら、この後の歴史は全く違ったものになった。

水鳥の羽音は、富士川合戦での平家の敗因を可視化する。

東国武将たちの脱走による平家軍の自壊という現実的な原因は、単純な笑劇の中に隠れた。

小山朝政の富士川渡河は『延慶《えんぎょう》本平家物語』に見られる。

一口に『平家物語』といっても、写本にさまざまな形態があり、諸本といって、内容の違いで分類されている。スタンダードは、琵琶《びわ》法師が伝えてきた語り本の系統で、南北朝時代の琵琶法師、明石覚一《あかしかくいち》がまとめた「覚一本」。その「覚一本」の中でも、戦前の国文学者で「朧月夜《おぼろづきよ》」や「春が来た」の作詞者・高野辰之《たかのたつゆき》旧蔵の「高野本」が流布している。現在は東大国語研究所が所蔵。一方、語り本の系統に対して読み本の系統もあり、頼朝挙兵に伴う東国の動向にも多く紙幅《しふく》を割《さ》く。つまり長い。加筆されて長くなったとみられてきた。だが、読み本の一つ「延慶本」の成立は語り本よりも古いとする説も有力である。

延慶本が古態だから事実に近いかというと、それはまた別の問題で、小山朝政がこの時期、京にいたのか小山にいたのか、史料からは判断できない。ただ、朝政の参陣を求める頼朝の書状に対し、隅田《すみだ》宿に駆け付けたのが母と弟であることを考えれば、小山を不在にしていたとみても、あながちあり得ないことでもない。

朝政の富士川渡河もフィクションと切り捨てるには惜しい逸話である。〈水鳥の羽音〉こそ平家敗走の演出効果を狙った虚構か誇張なのだ。

第4話　坂東を制する

〈1〉佐竹攻め

治承《じしょう》四年（一一八〇年）十月、富士川《ふじかわ》合戦で平家《へいけ》軍を撃退した源頼朝《みなもとのよりとも》は、いったん鎌倉《かまくら》に帰還したが、十一月には常陸《ひたち》・佐竹《さたけ》氏を攻めた。

頼朝の周りには、主君を守るように多数の若手武将、有力御家人の子弟が従っている。小山朝政《おやまともまさ》の二人の弟もいた。五郎宗政《むねまさ》（後の長沼《ながぬま》宗政）と七郎朝光《ともみつ》（結城《ゆうき》朝光）である。

五郎は、朝政が小山に戻った後、鎌倉に出向き、頼朝に仕え始めたばかり。七郎は、母・寒河御前《さむかわごぜん》（後の寒河尼《さんがわに》）とともに隅田宿《すみだのしゅく》に参陣し、奉公を願い出て以来、頼朝に伺候《しこう》している。十四歳と年若いが、頼朝の身の回りの雑事をこなし、身辺警護も兼ねる近習《きんじゅう》で、こうした近習の中でも最年少の者として、大いに気に入られている。

小山氏は当主・政光《まさみつ》と嫡男《ちゃくなん》・朝政が不在の十月初めに寒河御前の機転で、いち早く臣従する姿勢を明確にした。このとき、七郎は頼朝が烏帽子親《えぼしおや》となって元服し、「宗朝《むねとも》」と名も与えられたが、不在の父・政光から「さすがに御殿《おんとの》、頼朝さまの一字を下にするのは畏《おそ》れ多い」と連絡があったとか、なかったとか。今は朝光と名乗っている。頼朝から授かった「宗」と「朝」の字を五郎、七郎の諱《いみな》（実名）の上にいただき、その下に政光の名を使って、上下関係をはっきりさせる念の入れようである。

また、北関東には、まだ反頼朝勢力があり、小山家は軍勢を鎌倉に送る余裕がないので代わりに若い五郎宗政、七郎朝光を仕えさせている。

つまり、人質と変わらない。分かりきったことだが、わざわざ口に出して言う者はいない。

同様な立場なのであろう。

頼朝の周りには臣従を誓った関東の武士、御家人の子弟らが多く伺候している。

頼朝の舅《しゅうと》にして最側近の北条時政《ほうじょうときまさ》の次男・義時《よしとき》や、有力御家人、三浦義澄《みうらよしずみ》の次男・義《よし》村《むら》らは頭が切れ、賢く、頼朝の評価も高い。

畠山重忠《はたけやましげただ》は父・重能《しげよし》や叔父の小山田有重《おやまだありしげ》が今なお京に滞在しており、十七歳の若武者ながら秩父《ちちぶ》平氏の中で頼朝方を代表する有力御家人として遇されている。また、工藤祐経《くどうすけつね》は少年のころ、流人《るにん》だった頼朝と交流があった縁で、これまた特に大事にされている若手御家人である。

そうした頼朝気に入りの若武者の中に、五郎、七郎や従兄弟《いとこ》の下河辺行平《しもこうべゆきひら》、政義《まさよし》兄弟も交じっている。


十一月四日に常陸国府（茨城県石岡市《いしおか》）に入った頼朝はその日のうちに、佐竹氏の金砂《かなさ》城を囲んだ。

金砂城は常陸北部、現在の茨城県常陸太田市《ひたちおおた》にある。

佐竹氏は頼朝と同じ河内源氏《かわちげんじ》の一族。頼朝は八幡《はちまん》太郎義家《よしいえ》（源義家）の流れだが、佐竹氏は義家の弟・新羅《しんら》三郎義光《よしみつ》（源義光）が祖である。

当主・佐竹隆義《たかよし》は在京中で不在。長男・義政《よしまさ》、次男・秀義《ひでよし》が城を守る。

頼朝は無理攻めをしない。

まず宿老たちと策を協議した。頼朝の傍《かたわ》らには北条時政。その前に居並ぶのは上総広常《かずさひろつね》、千葉常胤《ちばつねたね》、三浦義澄、土肥実平《どいさねひら》といった面々。佐竹の縁続きの上総広常が降伏を促す使者を送ったという。

「義政はすぐに参上すると申してきましたが、秀義は金砂城に籠《こも》ってしまいました。あの城を攻めるのは、ちと厄介《やっかい》でございますな」

一帯は山がちで、この時代には珍しい山城。攻めにくい。

「佐竹の権威というのは常陸国内隅々にまで及んでおります。その郎党（家来）も常陸の国中に満ちております」

「軽率に攻めないほうがよいでしょう。よくよく計略を練るべきです」

宿老たちは慎重だった。

「よい手はあるのか」

「ございます」

自信を示したのは上総広常。

その計略が大きくものを言った。

まず、密談を持ち掛け、橋の中央におびき寄せて佐竹義政を謀殺。橋のたもとで待っていた家来たちはどうすることもできず、逃走した。

続いて金砂城攻め。

正面を攻めるのは、下河辺行平、政義兄弟、土肥実平、和田義盛《わだよしもり》、土屋宗遠《つちやむねとお》、佐々木定《ささきさだ》綱《つな》、佐々木盛綱《もりつな》、熊谷直実《くまがいなおざね》、平山季重《ひらやますえしげ》らの軍勢。和田以外はそれほど多くの兵を抱えていない。
真っ先に突っ込んだのは熊谷直実と平山季重。この両名は常に先陣を争う。一番乗りや
大将首などの手柄を挙げることこそ武士の誉《ほま》れと考えている。
とはいえ、弓矢や石が上から降ってくるし、攻城軍は懸命に矢を射かけても山上の城に
はなかなか届かない。土肥や土屋の使者が頼朝の本陣に苦戦を伝えに来ている。
「あの山城は要塞《ようさい》。なかなか破ることはできません」
五日、再び、上総広常が動いた。
秀義の叔父・佐竹義季《よしすえ》を調略し、広常と義季が金砂城の背後に回って攻めた。
背後からの攻撃に不意を突かれ、秀義は常陸の最北部、花園城《はなぞの》（茨城県北茨城市《きたいばらき》）に逃
げ込んだ。
佐竹秀義の所領は没収。勲功の恩賞に充てられた。佐竹氏は完全に成敗されたわけでは
ないが、頼朝に対抗する力、常陸国内での影響力は失った。
七日、常陸国府の頼朝の陣に参上したのは、志田義広《しだよしひろ》と源行家《ゆきいえ》だった。ともに頼朝の叔

父である。

行家は源為義《ためよし》の十男。以仁王《もちひとおう》の令旨《りょうじ》を届けたことを自慢し、叔父であることを笠に着て好条件での待遇を求めてきたが、頼朝は、その理由もないので放っておいた。その後は自由行動が目立っている。

義広は為義三男。本来の名は源義広。通称は志田三郎先生《せんじょう》。

京では帯刀《たてわき》先生の職にあった。皇太子を護衛する武官を帯刀舎人《たちはきのとねり》といい、その隊長である帯刀長《おさ》を帯刀先生という。関東下向後は常陸南部の信太荘《しだのしょう》を開墾、本拠地とした。保元《ほうげん》の乱（一一五六年）や平治《へいじ》の乱（一一五九年）では中途半端に参戦し、しかも、敗者の側に属した。それでも命も所領も失っていない。

逃げ足は速い。

信太荘は八条院《はちじょういん》領。元は美福門院《びふくもんいん》領で、八条院（暲子内親王《あきこないしんのう》）が母・美福門院（藤原得子《なりこ》）から引き継いだ。その荘園管理を通じて平頼盛《たいらのよりもり》（清盛《きよもり》の異母弟）や、その母で美福門院に近い池禅尼《いけのぜんに》とのコネクションがあり、平家政権下でも断罪されず生き延びてきた。

つまり、志田義広は目立たないことで命脈を保ってきた。三十年近く、信太荘を管理。その立場を生かし、周辺の小豪族を従え、一定の軍事力、政治力を保ってきた。

だが、常陸の最有力武将・佐竹氏が頼朝に攻められ、弱体化したことで状況が変わった。弟・行家の勧めで頼朝に臣従する形をとったのだ。

両人の話は回りくどかった。

まず、行家はこの場に義広を連れてきたことを自慢した。そして、ともに頼朝の叔父であることを強調し、特別の立場を求めた。佐竹追放後の常陸を義広に任せろという話らしい。義広は常陸で頼朝の代理人を、行家は親族を代表し、頼朝の後見人として参謀、アドバイザーを買って出ようというのだ。

頼朝としては、いずれも不要かつ有害。恩着せがましい叔父に言質《げんち》を与えず、この面会を終えた。

直後の頼朝の動きである。

十一月十七日、鎌倉帰還。和田義盛を侍所《さむらいどころ》の長官に任命した。侍所別当《べっとう》である。

十二月十二日、完成された大倉御所《おおくらごしょ》に移る。鶴岡八幡宮《つるがおかはちまんぐう》の東に正方形に近い広い敷地があり、そこに新築の建物が並ぶ。京の貴族の邸宅のような寝殿造《しんでんづくり》の頼朝の公邸であり、後の鎌倉幕府の官庁である。奥には頼朝家族の生活空間である御寝所がある。諸将が集まる侍所の広間をはじめ、頼朝が政務を執り、諸将と対面し、会議を開く公的空間がある。

頼朝は仮住まいの屋敷を出て、いったん、鎌倉で最も大きな邸宅の一つ、上総広常の邸宅に向かい、そこで武士を集合させ、新造の御所へ向かった。和田義盛が隊列の先頭を行き、北条時政、義時父子をはじめ大勢の武士が従う。最後尾には十七歳の若武者、畠山重忠だ。

諸将は厩《うまや》に馬をつなぎ、侍所の広間に参集。二列に向かいあって座り、その数は三百十一人。和田義盛がこの出欠を記録。侍所別当としての初仕事といってよい。

鎌倉殿の前に御家人が並ぶ。

鎌倉を本拠に関東の武士を束ねる頼朝は「鎌倉殿」とか「御所さま」と呼ばれ、従う諸将は「御家人」と呼ばれるようになる。鎌倉殿・頼朝の家人《けにん》（家臣）ということで「御家人」である。

平家に味方した武士を処罰し、その所領を功績のあった武士に与える。頼朝はこれまでの旗頭、盟主的な存在から、恩賞の土地を与える立場となり、授かる者との主従関係が生まれる。土地所有の公認は武士が待ち望んだことだった。

頼朝は人心掌握に腐心しながら、鎌倉の形を整えつつある時期だった。

もはや、平家政権に対抗する非合法政権といえた。

〈2〉巨星墜つ

富士川《ふじかわ》の敗戦を聞いたとき、平清盛《たいらのきよもり》はかんかんになって怒った。

「こんなみじめな敗戦は見たことも聞いたこともない。大将軍権亮少将維盛《ごんのすけしょうしょうこれもり》は鬼界《きかい》が島に流せ。侍大将《さむらいだいしょう》の上総《かずさ》（上総介・伊藤忠清《いとうただきよ》）は斬首にしてしまえ」

怒りで血が上って頭が充血。赤くなって発熱し、湯気が湧いた。その矛先は、遠征軍総大将で清盛の孫・平維盛と、その参謀の忠清に向けられた。

周囲のとりなしで処分は撤回されたが、清盛は腹の虫が収まらない。だいたいの状況を聞き、この場合、撤退も仕方がないことは、実は分かっている。

だが感情が許さない。逃げ方もあるはずだ。

その後の清盛は安定性を欠いた。

治承《じしょう》四年（一一八〇年）の年末、都を福原《ふくはら》から京に戻した。これは唐突だった。

清盛は三男・宗盛《むねもり》を呼んだ。

宗盛は清盛後継者の地位を固めている。異母兄二人は清盛先妻の子。重盛《しげもり》（清盛長男）は治承三年（一一七九年）に四十二歳で病死。それ以前に基盛《もともり》（清盛次男）は二十四歳の若さで事故死。宗盛は兄弟の中で最年長者となり、加えて正室の長男という強みもある。宗盛と知盛《とももり》（清盛四男）、重衡《しげひら》（清盛五男）が後妻にして正室の時子《ときこ》の子である。

「以仁王《もちひとおう》挙兵のとき、令旨《りょうじ》を受けた源氏《げんじ》の者、全て潰すと申したが」

「申しわけございません。戦況必ずしも面白くなく」

宗盛はひたすら謝り、軍事のことは知盛が仕切っている、詳しいことは「直接、知盛にお尋ねになってください」などと責任回避の言動も出る。

清盛は目をつぶったまま宗盛の言い訳を聞き捨てた。そんなことはどうでもいいのだ。新たな提案を示した。

「源氏全てを潰すことはやめてだな、まず頼朝《よりとも》。頼朝の討滅に専念せよ」

「はい。関東が火だるまになってしまうとは全く思いもしなかったことで、早急に手を打つべしと思っていたところです。頼朝、本当に不都合な輩《やから》。全く怪しからん。ですが」

「いや、そうではなくて」

「そうではなくて？」

「わしが言いたいのは、平治《へいじ》のとき、本当は頼朝を死罪にするはずだった、このことだ。それを助けてやったのだ、このわしが。池禅尼《いけのぜんに》がとりなすのでな。それを思えば平家《へいけ》に、いや、このわしに感謝こそすれ、謀叛《むほん》など起こせる道理がない。全くの恩知らず。そうは思わんか。忘恩の徒、これを許してはいかん」

「はい。全く恩知らずですな、頼朝は。即刻関東を攻めましょう。徹底的に痛めつけようと思います。ですが……」

簡単ではないと、宗盛は言う。

今の関東の情勢は一年前には思いも寄らなかった展開。前年の治承四年八月に頼朝が挙兵したときは小さな地方の叛乱《はんらん》で、すぐに鎮圧された。ところが悪運強く生き延びていたと思ったら、瞬く間に関東一円の武将が頼朝に従った。平家についたはずの武家も次々と降伏した。

「火の消し方を間違えたたな。ぼやのはずが、あっという間に」

まさに、燃えかすから広がった燎原《りょうげん》の火。

「ここは、この宗盛自身が関東への出兵の指揮を執り、頼朝討伐に向かいたいと思います」

「それもいい。だが、それに加えて源氏の者どもに頼朝追討を命じよ。院の下文《くだしぶみ》を出させろ。だからな、源氏に源氏を討たせるのよ」

清盛は、以仁王の令旨を受けた源氏各氏を敵にする方針を撤回し、頼朝追討に専念せよというのだ。それも、いったん敵とした者を含めて源氏各氏を使えという。

「いや、しかし、源氏の中には、わが平家に深き恨み持つ者、以仁王の令旨を受け、わが平家に対する謀叛の旗を挙げた者もおります。いわば敵」

「では、彼らは頼朝と連携するかな。われこそが源氏の先頭に立たんと思う者もおれば、今は頼朝に従っているが、隙あらばと情勢をみておる者がおるかもしれん。そこが狙い目よ。ともかく下文を出してみろ。源氏は昔から同族争いがよくある。敵の敵は味方、これは基本ぞ。よく心得ておけ」

「ははあっ。ですが」

宗盛が恐る恐る言い出した。木曾義仲《きそよしなか》という者が平家追討に立ち上がり、信濃《しなの》などで味方を集め、多くの者がなびいている。関東に比べて都に近く、これはこれで捨て置けない。このことである。

「そんなもんは捨て置け。信濃の兵がいくらか集まったところで……」

清盛は、越後《えちご》の城《じょう》氏に背後を突かせれば、それで足りるのだ、それよりも頼朝だと言い続けた。頼朝追討へのこだわりが強い。

宗盛は父・清盛の言葉に従うしかない。

関東制圧が第一目標となり、宗盛は出兵を準備し、公卿僉議《くぎょうせんぎ》で「今度、宗盛が大将軍を承《うけたまわ》って坂東《ばんどう》に向かう」と言えば、諸卿は「前右大将《さきのうだいしょう》・宗盛卿、御《おん》自らご出陣とは。たいへんすばらしいことです」と追従《ついしょう》した。だが、多くの貴族は、軍事に関しては弟の知盛の方が頼りなる、あれこそ大将の器などと噂《うわさ》し合っていた。では、宗盛が政治の方に才能があるかといえば、そうでもない。

「宗盛卿は清盛公に似たところが何一つない」

死んだ重盛《しげもり》は政治家として、知盛は武士として、さすがに清盛の血を受け継いでいると思わせる。似ているというほどのことはないが、才能の一端を引き継いでいる。比べて、宗盛はどの方面においても人に秀《ひい》でた面がなく、本当に清盛の実子なのかと疑う者さえいる。

宗盛の関東への出陣は二月二十七日と決まっていて、準備は済んでいたが、急遽《きゅうきょ》、中止になった。その日夜半、都を駆けめぐったニュースは「清盛重病」である。

嘆く者あり、慌《あわ》てる者あり、喜ぶ者あり。

「あた、あた」

熱い熱いと繰り返す清盛。

比叡山《ひえいざん》で汲《く》んだ千手井《せんじゅい》の水を石の水槽に満たし、体を冷やそうと清盛を沈めると、水はぐらぐらと沸いて湯になってしまう。水を注ぎかけても熱した石や鉄のように水が弾け散る。まれに体についた水は炎となって火柱を上げるので、黒煙が邸内に充満するといった始末。

とんでもない熱病だ。

清盛の妻・平時子は従二位であり、二位殿《にいどの》と呼ばれる。

時子の見た夢がまた恐ろしかった。

猛火に包まれた空車が門の内に入ってくる。車の前後に立つ者は牛や馬の顔。車の前に「無」という文字だけの鉄の札を掲げている。時子が尋ねる。

「この車はどこから来たのですか」

「閻魔《えんま》王庁から清盛入道《にゅうどう》殿のお迎えに参りました」

「では、あの札は」

「東大寺の大仏を焼き払った罪により、無間《むげん》地獄の底に沈むという判決が下りました。その〈無間〉の〈無〉を書いて、〈間〉はまだ書いていないのです」

時子は恐ろしくなり、これを人に話した。もちろん清盛の前では話さないが、放っておけない話題はかなり早いスピードで広まる。すぐに清盛の耳にも入った。

「いいではないか。これまで多くの敵を葬《ほうむ》ってきたわしだ。ときに残酷なこともしてきた。行きつくところは地獄に決まっている。これは自信を持って言える」

閏《うるう》二月二日。二位殿時子が伏せる清盛の枕頭《ちんとう》に来て声をかけた。

「日に日にお具合が悪くなっているように見えます」

もう助からないだろう。病人の前で言い切った。気休めにもならない慰めの言葉など不要。ことここに至っては遺志を確認しなければならない。自身の役目でもある。

「言い残すことあらば、少しでも意識が明瞭なうちに」

——仰《おお》せおけ、と遺言を促した。清盛も分かっている。

「保元、平治よりこのかた、ただひたすらに忠義を尽くし、たびたび朝敵を平らげてきた。身に余る恩賞をいただき、かたじけなくも主上《しゅじょう》（天皇）の外祖父となり、太政大臣まで出世した。わが家の栄華は子孫にも及ぶ。今生《こんじょう》の望みなど一切ない」

清盛は栄華極まる人生を振り返る。これ以上望むことがあろうか。

「ただひとつ思い残すことは頼朝だ。わしがいかなることになってもひるむな。塔堂も建てるな、葬儀もするな。ただちに坂東へ兵を遣わし、頼朝の首をわが墓前に。それこそが孝養だ」

戦場ではないのに、安らかさとは程遠い死だった。最期《さいご》まで武士だった。

悶絶躃地《もんぜつびゃくじ》――悶え苦しみ地に倒れ、炎の中に逝《い》った。

治承五年（一一八一年）閏二月四日、平清盛死去。六十四歳。

〈3〉志田の蠢動

治承《じしょう》五年（一一八一年）閏《うるう》二月十九日、三善康信《みよしのやすのぶ》の書状が鎌倉《かまくら》に届いた。三善康信は下級貴族で、源頼朝《みなもとのよりとも》が流人《るにん》のときから、京の情報をこまめに伝えてきた。頼朝の乳母《めのと》の甥《おい》という関係だった。

御家人を集めた評定《ひょうじょう》（会議）。

「何と。平入道相国《へいにゅうどうしょうこく》が、清盛《きよもり》公が薨《こう》じられたと」

「みまかったか」

「御所《ごしょ》さま（頼朝）自らの手で討ちたかったお気持ちは察しますが、これは間違いなく鎌倉の慶事《けいじ》」

集まった有力御家人は大げさに清盛の死を聞いて頼朝への祝意の言葉を並べる。

「清盛の死。去年《こぞ》は佐竹《さたけ》追放、新田臣従《にった》。縁起がいいですな」

前年十一月の佐竹攻めに続き、十二月には様子見を続けていた上野《こうずけ》・新田荘（群馬県太田《おおた》市など）の新田義重《よししげ》が鎌倉に参上して臣従を誓った。新田は入道姿だった。

関東の制圧は目前だというわけである。

「西はどうだ」

頼朝が尋ねた。平家《へいけ》は前年の富士川《ふじかわ》合戦の復讐《ふくしゅう》戦とばかりに兵を東に進めている。

「まず、中宮亮通盛《ちゅうぐうのすけみちもり》卿、左大将維盛《これもり》卿、薩摩守忠度《さつまのかみただのり》卿、尾張《おわり》まで進み出ております」

平《たいらの》通盛（清盛の異母弟・教盛《のりもり》の嫡男《ちゃくなん》）、平維盛、平忠度の出兵が報告された。

「続いて」

さらに平宗盛の家人《けにん》・伊藤景高《いとうかげたか》（忠清《ただきよ》の甥《おい》）や平重衡《しげひら》がそれぞれ千余騎の軍勢を率いて京を出発したと報告を受ける。鎌倉からは、まず、和田義盛《わだよしもり》、岡部忠綱《おかべただつな》、狩野親光《かのうちかみつ》、宇佐美《うさみ》祐茂《すけもち》、土屋義清《つちやよしきよ》を遠江《とおとうみ》に派遣。安田義定《やすだよしさだ》と合流し、浜松荘の橋本宿《はしもとのしゅく》（静岡県湖西市《こさい》）あたりに布陣して備える。

「御所さま。御弟君《おんおとうとぎみ》・卿公《きょうのきみ》（義円《ぎえん》）、叔父上の十郎蔵人行家《くろうどゆきいえ》さまは三河《みかわ》、尾張で徴兵しております。いつ戦端が開かれるか分かりません。橋本の軍をさらに西に進めてはいかがと……」

「いや、その必要はない。義盛には、これ以上西へ進まぬよう、きつく申し伝えよ。深入りは不要とな」

頼朝は、平家の遠征軍の対応は、異母弟・義円を旗頭に、叔父・源行家、その子息、光家《みついえ》、行頼《ゆきより》が従う軍に任せ、鎌倉から送った和田義盛らの軍は平家の東進を防ぐことだけに専念させるという。

「それでは、義円さま、行家さまは見殺しになりませぬか」

「はっきり申すな」

頼朝は発言者を咎《とが》めながらもにやりと笑みを浮かべた。

梶原景時《かじわらかげとき》が追従《ついしょう》した。

「義円さま、行家さまは戦《いくさ》に不慣れ。恐らく負けます。ですが、平家の進軍を止めるとすれば、またとない忠義を果たすことになりましょう」

「これ、景時。言い過ぎぞ」

咎めたほうも、叱《しか》られたほうも、緩い表情である。

諸将も理解した。頼朝は、異母弟・義円と叔父・行家に対して特別親身に感じているようでもない。また、和田義盛らの軍勢を温存したいという思いもみえる。肉親よりも御家人を貴重な戦力と考え、大事に扱う頼朝の姿勢はこの場の宿老らに好感を持って迎えられた。

「武衛《ぶえい》の仰《おお》せの通り。鎌倉を守ることが何より大事。関東のことが先決。京に構うことはない」

上総広常は、頼朝を「武衛」と呼び捨てにする。御家人が使い始めた「御所さま」とか「鎌倉殿」とかもったいぶった言い方を嫌い、御家人中、最大兵力を誇る自負が目立つ。

梶原景時が上総広常の態度を不愉快そうに見るが、頼朝としてはそこに構う余裕はない。

もう一つ問題がある。

「常陸《ひたち》はどうだ」

常陸の志田義広《しだよしひろ》は、頼朝の叔父。佐竹攻めの後、常陸国府に参上し、配下に入ったが、その後も微妙な態度を取り続けている。鹿島《かしま》神宮領で勝手に徴税し、先月、頼朝はこれを咎めた。以降も神妙な態度を示さない。

「志田先生殿《せんじょう》の叛意《はんい》は明らか、かと」

「されど、常陸に兵を出す余裕はない。鎌倉を空けるのは危険すぎる」

「では、捨て置いていいのか」

諸将が懸念を示すと、頼朝が方針を示した。

「下総《しもうさ》には下河辺行平《しもこうべゆきひら》が戻った。下野《しもつけ》には小山朝政《おやまともまさ》がいる。この二人は命令を下さなくても、きっと勲功を挙げるだろう」

「では、小山、下河辺の両名にお任せになると」

「鎌倉から兵を出せないとなると、それが最善ではないか」

「大丈夫ですかな。彼ら両名では志田先生の兵力を凌駕《りょうが》できません。また、足利俊綱《あしかがとしつな》はいまだ平家に心があり、志田謀叛《むほん》とあらば、同調する可能性もこれあり」

志田義広が佐竹残党や常陸の小勢力を糾合し、藤姓《とうせい》足利氏の支援を得ると、それなりの兵力になる。小山、下河辺を従えることも可能。そうなると、上野《こうづけ》、下野の武士も従わせることができる。

「まさか、志田先生ごときが鎌倉まで攻め寄せることはあるまい。為義《ためよし》公の三郎殿はこの三十年近く信太荘《しだのしょう》を動かなかった。極めて出不精なお方よ」

上総広常は楽観視した。だが異論を唱える御家人もいた。

志田に独力で鎌倉を攻める兵力はないが、これらを糾合するると、たちまち北関東は政情不安に陥る《おちい》る。反頼朝派連合が形成されてしまう。ドミノ現象の危険がある。

結局、評定は、鎌倉守備の強化を確認して終わった。志田攻めの兵を鎌倉からは出さない方針は動かない。新しく決まったことはなかった。

「御所さま。この五郎、こたびの志田攻め、ぜひとも出陣したく思います。兄・朝政のためではございません。御所さまのお役に立ちたい、その一心でございます」

五郎宗政《むねまさ》が願い出てきた。

「よし、五郎宗政。鎌倉におる小山の郎党、七郎朝光《ともみつ》付きの侍を引き連れ、志田攻めのため下野小山に向かうがよい。まもなく、朝政より矢合わせ（開戦）の日時などの連絡があろうから、それに合わせて日取りを決めよう」

「七郎めも、出陣したく思います」

「いや、七郎。そなたは鎌倉に残れ。兄弟二人して鎌倉を離れては、小山の者は志田に味方するつもりかと疑うお人が出てこよう。それは口惜しい」

宗政が弟の朝光を制すと、頼朝は顔をほころばせた。

「ははは、宗政。はっきり申したな。わしは二人を微塵《みじん》も疑っておらぬが、常識としてはそうだな。誰かが残らねば不審がる者は出てくる。朝光、おぬしは残れ。そしてわしとともに若宮（鶴岡八幡宮下宮《つるおかはちまんぐう》）で祈禱《きとう》をせねばならぬぞ」

「ははっ」

「そうよ七郎。御殿《おんとの》の思し召しにかなう手柄はわし一人で立ててしまう故《ゆえ》、何も兄弟揃《そろ》って行くこともあるまい」

「ははは、宗政。勇ましい。おぬしらしいの。見事武功を挙げてこい。朝光、兄を誇りに思えよ」

「ははっ」

「宗政、朝光。わしはそなたらの兄・朝政を信じておる。兵力差からして志田に味方せざるを得なくなると案ずる者もおるが、わしはそうは思わぬ。志田先生は朝政と行平の両名が必ず仕留めてくれよう」

「ははっ。ありがたきお言葉。兄の、そして小山家とその一門、御所さまへの忠義は揺らぎません」

「そうとも。だが、肝心の父・政光《まさみつ》が京に行ったままだな。そのまま平家に使われておるかもしれん」

「そ、それは……」

宗政、朝光は反論できない。父・政光の京での動向は不明だった。

「あはははは。戯言《ざれごと》じゃ。政光はきっとうまくやる。わしは無論、そなたらの父も信じておる。ところで、朝政からの報告では、わが弟・範頼《のりより》を大将に立てるらしいな。わしも朝政の報告で知ったのだが、政光は範頼を長年匿《かくま》ってくれたとか」

「ですが、手前は父より聞かされたことはなく、ご舎弟・範頼さまについては何も知らないのです。異母兄のおる武蔵《むさし》・吉見《よしみ》で範頼さまをお育て申し上げたと、家臣から聞いたことがあるのですが……」

「そうか。宗政もか」

「はい。手前も何も知りません」

「平治の乱で生き別れた弟は多い。二十年も前の話だからな」

頼朝も異母弟・範頼についての情報は少ない。

そのころ志田義広は決断を迫られていた。これまでの日和見は通じない状況に追い込まれたと自分でも分かっていた。

頼朝追討の院庁下文《いんのちょうくだしぶみ》（命令書）も届いている。生前の平清盛が無理やり出させたものであることは分かっている。平家にはまだそれだけの力はある。富士川合戦では大敗したが、態勢を立て直し、今は頼朝を攻める軍を東海道に進めている。

こうした状況をじっくり見極め、考えを進めていた。

京を含めた日本の西半分を抑えている平家も東国の叛乱《はんらん》勢力を制圧できない。信濃に木曾義仲。関東に頼朝が立ち上がった。だが、その勢力が及ぶ範囲は不安定とみていい。なにしろ昨年、にわかに出現したに過ぎない。

志田義広は自分自身を振り返る。長年、信太荘を拠点に常陸南部で、平家に抗することなく、身を小さくして過ごしてきた。鎌倉の頼朝が、その平和を破った。

侵略者にへつらう道理があろうか。そんな気分になり、スイッチが入った。自分が弾け、世に出るチャンスが来たのだ。

志田義広は頼朝への敵対、鎌倉攻めを決意した。

〈4〉大将・源範頼

志田義広《しだよしひろ》が動き出した。

「前武衛《さきのぶえい》（源 頼朝《みなもとのよりとも》）追討の院 庁 下 文《いんのちょうくだしぶみ》が下されている。これは諸国の源氏《げんじ》に下されている。鎌倉《かまくら》攻めに協力せよ」

志田義広からの誘いが小山朝政《おやまともまさ》に届いた。もとより、協力するつもりはないが、老臣たちは「まずは、お味方すると返事なされませ」と強く勧め、とりあえず、それに従った。

「騙《だま》し討ちか。あまり好かぬな」

小山朝政はつぶやいたが、家臣がたしなめる。

「この程度の策をめぐらせることは当然です。謀《はかりごと》多きは勝ち、少なきは負けと申します。昔から言われていることにございます」

家臣の中には、志田義広と戦うことに危惧《きぐ》を持つ者もいた。

下野《しもつけ》には、小山の西側に藤姓足利氏《とうせいあしかが》が強い勢力を保っている。下野国内の最大勢力といってよい。藤姓足利氏は今なお、平家《へいけ》に味方する姿勢を崩していない。反頼朝の立場から、志田義広と藤姓足利氏が連携すれば、小山は東西から挟み撃ち。周辺の事情を考えれば志田義広の要請に応じるのが安全策と考える老臣もいる。

「だが、一時の有利不利で大局を見誤ってはならない」

朝政は思う。関東で頼朝に敵対することはいずれ破滅を招く。

「この流れは抗《あらが》いようがない」

このことである。

ただ、小山氏単独では志田義広、藤姓足利氏に対抗できない。そのため、頼朝の異母弟・源範頼《のりより》を旗頭にして、北関東の武士に志田討伐の協力を求めている。

源範頼は、遠江《とおとうみ》・蒲御厨《かばのみくりや》（静岡県浜松《はままつ》市）出身で、蒲殿《かばどの》、蒲冠者《かばのかじゃ》と呼ばれる。母は池田《いけだの》宿《しゅく》（静岡県磐田《いわた》市）の遊女。源義朝《よしとも》六男というが、頼朝の同母弟で義朝五男の希義《まれよし》より年上という見方もある。

朝政も、この頼朝の異母弟について知っていることはそれほど多くない。父・小山政光《まさみつ》や家臣・水代六次郎《みずしな》から聞いているのは基本的なことだけ。政光は京の中級貴族・藤原範季《ふじわらののりすえ》に頼まれて、範頼を預かった。

範季は政光と同年代で、関白・藤原忠通《ただみち》の六男・九条兼実《くじょうかねざね》（五摂家《ごせっけ》の一つ九条家の祖）の家司《けいし》を務め、後白河法皇《ごしらかわほうおう》の院司を兼ね、平清盛《たいらのきよもり》の姪《めい》を正室に迎えている。微妙な関係の藤原摂関家、後白河法皇、平家それぞれに関わりを持つ。

頼朝の生母・由良御前《ゆらごぜん》の父である藤原季範《すえのり》と似た名で紛らわしいが、藤原南家《なんけ》であることと以外、それほど共通点はない。

政光は後白河法皇（当時は上皇《じょうこう》）への小山荘寄進を通じて範季と知り合い、いろいろと面倒をみてもらったらしい。

平治《へいじ》の乱（一一五九年）の後、この義朝の遺児を匿った範季は、〈範〉の字を与えて元服させた。〈頼〉は源氏嫡流《ちゃくりゅう》の名によく用いられる一字。隠し育てていたのに、自身の名から一字与えたのは、律儀なのか、自己顕示欲なのか、怖いもの知らずなのか。

その後、この中級貴族は義朝遺児を下野の武士・小山政光に託した。政光が庶子《しょし》・吉見《よしみ》氏の所領、武蔵《むさし》北部の吉見郷で隠し育てたのは、小山郷では目立ちすぎ、平家政権下での危険を感じてのこと。自分勝手な理屈で吉見氏に範頼の保護を押し付けた。

（父の気性ならば、だいたいそうだ）

朝政は思った。

源氏旧臣であり、荘園寄進で後白河法皇の保護を受けながらも、政光は平家全盛期の二十年で小山郷を大きく発展させた。ずる賢い面もあり、大胆な面もあり、調子もいい。自己保身の嗅覚《きゅうかく》にも優れているはずだ。

「その父上が、清盛公を失い、煮詰まった平家のもと、京に留め置かれている。今回ばかりは間が悪いというしかない」

朝政は自虐的な言い回しで父・政光を案じた。

「若殿。お父上はこういうときこそ、お知恵が回りますぞ」

老臣・水代六次郎は楽観的な見方を示す。

「それこそ、悪知恵ではないのか」

「そうかもしれませんな。あははははは」

「ともかくも、志田先生《せんじょう》に備え、同志を集めねばならん。鎌倉殿のために吉見御所《ごしょ》・範頼さまを奉じている意図を分かってほしいが。わしの名では誰も従わぬからな」

小山朝政は源範頼を立て、周辺諸将に参陣を呼びかけている。

「何の。みな若殿に期待しております」

実質的主将は朝政だと、水代六次郎がいつになく前のめりの姿勢を示す。

「そうか？」

「みな、分かっております。小山についていけば鎌倉殿の理想に近付く。範頼さまは旗頭で、戦《いくさ》を指揮するのは若殿。さればこそ、坂東《ばんどう》の武者《むさ》が安心して若殿のもとに馳《は》せ参じましょう」

朝政の呼びかけの応じたのは以下のメンバーだ。

従兄弟《いとこ》の下河辺行平《しもこうべゆきひら》は副将格。既に打ち合わせを済ませ、別動隊を指揮する。弟の下河辺政義《まさよし》も従う。小山、下河辺の本家であった大田《おおた》氏からは大田行朝《ゆきとも》が味方。これも朝政の従兄弟。

朝政の母・寒河御前《さむかわごぜん》の実家、宇都宮《うつのみや》氏は当主・宇都宮朝綱《ともつな》が在京しており、朝綱の弟・八田知家《はったともいえ》、縁戚の宇都宮信房《のぶふさ》が兵を出す。また知家の本拠地、筑波山《つくばさん》の西方には競合関係にある多気《たげ》氏がおり、多気氏と配下の小栗《おぐり》氏が義広に味方しているが、小栗氏の中で小栗重成《しげなり》が知家について味方する。常陸の武将としては、湊河景澄《みなとがわかげすみ》、鎌田為成《かまたためなり》といった小勢力もついた。

平家寄りの藤姓足利氏は、足利俊綱《としつな》、忠綱《ただつな》父子が小山に敵対。だが、その一族である戸《へ》矢子有綱《やこありつな》（足利有綱）とその嫡男《ちゃくなん》・佐野基綱《さのもとつな》、同四男・阿曽沼広綱《あそぬまひろつな》、同五男・木村信綱《きむらのぶつな》といった佐野勢が味方になる。藤姓足利氏は分裂の気配があるのだ。長年、藤姓足利氏に従っていた小野寺通綱《おのでらみちつな》も味方。鎌倉方への転身の意図がみえる。

味方した武士の大半はそれぞれ小勢力だが、何とか態勢が整った。

〈5〉**野木宮合戦**

志田義広《しだよしひろ》が動き出したとの情報が入り、小山朝政《おやまともまさ》の弟・五郎宗政《むねまさ》はわずかな兵を率いて鎌倉《かまくら》を出発した。

「小山から朝政の書状が届いた。志田三郎先生《せんじょう》が小山に向かうとの通告があったと」

源　頼朝《みなもとのよりとも》が説明した。朝政は義広に味方すると返事し、野木宮《のぎのみや》（野木神社）で待ち伏せして討つ算段という。野木は小山郷の南。下野《しもつけ》の南端であり、武蔵《むさし》、下総《しもうさ》との国境《くにざかい》に近い。

「五郎宗政、ただちに出立し、必ずや志田三郎先生を討ちます」

宗政は若者らしくはきはきとしていた。横には、従兄弟叔父《いとこおじ》の関政平《せきまさひら》。政平は大方政家《おおかたまさいえ》の子で、小山政光《まさみつ》の従兄弟。兄・俊平《としひら》とともに常陸国《ひたちのくに》関郡（茨城県筑西《ちくせい》市、下妻《しもつま》市）を本拠とし、関を名字とした。志田義広の影響力が強い地域でもある。

関政平は一瞬、頼朝の視線から逃れるように目をそらした。

「頼むぞ、宗政、政平。鎌倉から援軍は送れぬが」

二人を見送った後、頼朝は北条時政《ほうじょうときまさ》に言った。

「あの関政平は二心《ふたごころ》あるとみたが、いかが」

「さすがは御所《ごしょ》さま。わずかながら動揺の気配がありました。お見抜きとは」

奥大道《おくだいどう》（後の鎌倉街道）を北へ進む下野への道中。

「待ち伏せとは何とも回りくどい。慎重な兄者人《あにじゃびと》らしい」

「小四郎殿（小山朝政）は、お若いのに策を練っていらっしゃる。さすがですな。よい家臣も多いのでしょう」

「家臣にも志田を恐れ、いまだにぐずぐず言う者がいるのでありましょう」

長沼宗政は武骨な外見に似合わず口が軽い。思ったことを腹にためておくことができない。関はちらっと見ながら、注意深く宗政の言葉を聞いた。ぼろぼろこぼれ出る言葉から、小山氏の内情は分からぬまでも雰囲気は読める。

「志田勢は三万騎とも聞こえております。よく集めましたな。常陸にはまだまだ志田先生を恐れ、従う者が多いのでしょう」

「ですが、いまや鎌倉殿に抗《あらが》うなど、先が見えているのでしょうか」

「なるほど、五郎殿はお若いのによくよく世情を見ていらっしゃる。さて、手前は一度所領に戻り、兵を集めて参陣いたす」

「それでは間に合い申さず。使者を遣わし、現地によこされたらよろしかろう」

だが、関はそれでも自領へ向かうと、途中で脇街道にそれた。果たして、志田の軍に加わった。


現在の栃木県野木町。小山市の南にある。栃木県、群馬県、茨城県、埼玉県の四県にまたがる渡良瀬《わたらせ》遊水地もすぐ近くで、川に沿った断層状の土地の高低差はあるが、基本的に真っ平な土地である。当時、遊水地はなく、渡良瀬川、利根川《とねがわ》は別々に流れていた。

小山の本隊は野木宮に籠《こも》って本陣を構えた。吉見《よしみ》御所こと源範頼《のりより》が総大将だ。

「範頼さま。志田先生は味方するとのわれらの返書も偽《いつわ》りと気付いておることでしょう。待ち伏せ策も読んでいるかもしれません」

「どうされる。小山殿」

「とにかく、機先を制すること。敵が仕掛ける前に仕掛けます」

「小山殿、そろそろ敵が現れる刻限のはずだが」

「ですが、街道筋の物見《ものみ》（偵察）からの報告はまだございません」

それは朝政にも不審だった。そこに若い家臣が駆け込む。

「志田の軍勢、間近まで迫っております」

「何？　なぜ今まで知らせがなかったのだ」

「思川《おもいがわ》に兵馬を広げ、一気に駆け寄ってきたようです」

冬は川が浅い。狭い道に長い列を作るよりも、河床《かしょう》を進軍する方が速い。

裏をかかれた。それでも兵が伏せてある場所に向かっている。やりようはある。

野木宮の前に志田軍が来た。とにかく大軍である。

小山本隊は兵が登々呂木沢《とどろきさわ》、地獄谷《じごくだに》の木々に上り、鬨《とき》の声を上げた。大勢の兵がいると
の偽装だ。怯《ひる》んだところを登々呂木沢、地獄谷の崖下に隠れていた兵が志田軍を襲撃した。

朝政の郎党・太田菅五《おおたかんご》が一騎駆けで志田軍の先端を突く。その後に朝政、水代六次郎《みずしな》、
蔭沢《かげさわ》次郎、和田《わだ》次郎、池《いけ》二郎、結城朝光《ゆうきともみつ》の郎党・保志《ほし》秦三郎らが続き、攻撃を仕掛ける。

敵は多勢だが、先制攻撃が利き、互角以上に戦っている。体格の良い下生井は、刀も抜か
ず、得意の組み打ちで敵兵をさかんに投げ飛ばしている。既に自身は馬から降りて、敵兵

を馬から引きずり降ろしたり、馬ごと投げ倒したりして、とどめは部下に任せ、次々と新たな敵兵を投げ倒した。得意技はすくい投げである。

朝政は緋縅《ひおどし》の鎧《よろい》。鹿毛《かげ》の馬に乗り、先陣で縦横無尽に駆けめぐって志田軍の先鋒部隊を散々に蹴散らした。

「若殿、大将自ら前に出すぎますな」

老臣・水代六次郎が忠告する。大将が討たれれば、その部隊はコントロールを失ってしまう。前に出すぎるのは危険だ。

「なんの。大将は範頼さまだ。わしが先陣を切らねば味方の将はついてこない」

源範頼を擁した小山朝政の本隊が先頭で戦う。朝政は実質的な主将だが、協力した諸将は朝政の家来ではない。勢力の大小はあれど、地方領主の武士という点では同格である。協力諸将を動かすためには朝政自身の奮闘を見せなければならない。

戦闘というものの経験がなかった範頼も勇猛を振るっている。

「志田先生、お覚悟を」

前に前に進み出た朝政の声が、敵将・志田義広に届く。

「ふふ。かかったな」

太刀を振るう朝政を嘲笑《あざ》うように、志田義広は余裕をみせた。

「何？」

「若殿、敵が、足利俊綱《あしかがとしつな》、忠綱《ただつな》の軍が西から攻めてきますぞ」

「小山の小倅《こせがれ》よ、挟《はさ》み撃ちだわい。成仏《じょうぶつ》せい」

小山本隊は東西両方向から攻められた。

「若殿、お退《ひ》きあれ」

「六次、まだまだよ」

小山本隊には八田知家《はったともいえ》、宇都宮信房《うつのみやのぶふさ》、小野寺通綱《おのでらみちつな》をはじめ北関東の諸将が続いている。ここで朝政が退くと、協力している部隊も退いていく可能性がある。しばし踏ん張らねばならない。

「古河《こが》から下河辺《しもこうべ》殿の兵、ご参戦」

「間に合ったか」

下河辺行平《ゆきひら》、政義《まさよし》兄弟が南から攻め上がり、志田義広本隊を側面から射かけた。さらに戸矢子有綱《へやこありつな》、佐野基綱《さのもとつな》、阿曾沼広綱《あそぬまひろつな》、木村信綱《きむらのぶつな》、大田行朝《おおたゆきとも》の部隊も南側から攻め上がって足利俊綱、忠綱の部隊の側面を突くように射かけた。これで挟み撃ち状態だった小山本隊は窮地を脱したが、奇妙な布陣となった。

　志田本隊とぶつかる小山勢の本隊を西からの足利氏の軍勢が攻め、挟み撃ちのような形となったが、南から志田勢を攻める下河辺などの諸隊と、足利氏を攻める佐野勢が戦場全体を半包囲する形となっている。

「これは、有利なのか、不利なのか……」

　小山朝政が問いかけると、傍《かたわ》らの水代六次郎が答えた。

「何とも言えませんなあ、若殿。決して劣勢ではありませんが、わが小山の部隊は危うい態勢ではあるわけで……」

「そうか」

「少し、退いた方がよろしいかもしれません」

「よし、範頼さまの本隊を少し退かせろ。だが、わしの部隊は前に出る。ここで一気に、志田先生を攻める」

「しばし、お待ちを。少し態勢を立て直してもよろしいかと……」

「いや、一気に攻めるぞ」

朝政の部隊と、南方からの下河辺の部隊を引き受け、ぎりぎり踏ん張っている志田軍を攻め崩すときだと感じ、朝政が兵に気合を入れる。

だが、少し早すぎたのかもしれない。敵兵は意外と踏みとどまった。

志田義広の姿は目の前。朝政は少し焦った。もう少しで勝ちが見えそうなのだが、志田本隊は崩れそうで崩れない。

「小癪《こしゃく》な」

義広の矢が朝政の右脚を射抜いた。朝政は声を上げて落馬した。

「それっ、小山小四郎の首を取れ」

義広が叫ぶ。一斉に志田軍が迫ってきた。

家臣らが攻め寄せる敵兵を懸命に防ぎ、太田菅五が朝政を引きずって野木宮に設営した本陣まで後退させた。

「範頼さまの本隊を守れ。範頼さまを退かせろ」

引きずられ、後退しながら、朝政が叫ぶ。一気に押され気味になったが、ここで軍勢が崩れてはいけない。

奥大道から十数人の騎兵が走り寄ったのはこのときだ。

五郎宗政だ。混戦の中、駆けつけ、まず、兄・朝政の鹿毛の馬を見た。騎上に兄の姿はない。

「兄者人……。さては討ち死にされたか」

戦場に到着したら既に主将の兄が討たれていたとは……。

「これはいかがしたことか。まさか、遅参とは……。あまりにも不覚。あまりにも不甲斐《ふがい》ない」

宗政は驚き、悔いた。

こうなっては、どうしようもない。生きて鎌倉に戻り、頼朝の前に姿を見せることはできない。討ち死に覚悟で志田義広に斬りかかるしかない。

「まず、矢を射かけて間合を詰めましょう」

こう言う家臣の進言も聞かず、太刀を振りかざして猛突進した。

当然、真正面から矢を射かけられる。

「敵が射かけようとも応射はならず。兜《かぶと》を傾け、錣《しころ》で防げ」

宗政の一隊は左右に広がらず、宗政を先頭に一直線の隊列で突進した。正面から矢の束が飛んでくる。兜を傾け、一瞬、前は見えなくなるが、恐怖心が去った。宗政が頭を上げたときは敵の前衛と至近。そのまま、ぶつかり、続く郎党が敵を蹴散らし、錐《きり》のように志田軍に穴を開けた。

「首を取るな。切って捨てよ。志田先生義広以外の首はいらぬ」

五郎宗政が叫ぶ。

敗戦の中、敵将の首の数を競っても意味はない。もはや、敵将・志田義広と相討ちするしかない覚悟だ。その狂おしい勢いに敵が怯《ひる》む。

志田の兵が左右に散り、あっという間に、宗政が志田義広に斬りかかる。そこに立ち塞《ふさ》がったのは、義広の乳母子《めのとご》・多和利山《たわりやま》七太の一騎。宗政が至近距離で七太を射抜く。宗政についていた小舎人《こどねり》が七太の首を取った。

七太の奮戦で、志田義広はようやく窮地を逃れ、南西に退いた。

小山勢が一気に志田勢を押し潰すような陣形となった。

「何だ、既に敗れたと思ったが、わが小山の軍は敵を圧倒しているではないか」

宗政はようやく戦況がみえてきた。

志田軍はもはや前に出ることはできない。

そこに、替え馬に乗った朝政と従う一隊が押し出す。右脚の腿を白い布でぐるぐると巻いているが、少し赤くにじんでいる。それでも勝利の興奮か、声を張った。

「五郎。よくやった。志田先生の兵、蹴散らしたな」

「兄者人、生きておわしましたか」

「おお、五郎。生きておるともよ」

勝敗が決した。志田軍のうち踏みとどまる者は地獄谷に死骸を晒《さら》し、逃げ出す兵は下河辺の部隊に追われた。志田軍が崩壊したので、足利俊綱の軍も独力で持ち堪えることはできない。西へ退き始め、佐野兄弟の兵に追われた。

「無人の鹿毛に驚き申した。もはや討たれたかと……」

「志田先生の矢を受け、不覚にも落馬してしまった。だが、大事ない」

小山朝政は兵に勝ち鬨を上げさせ、弟・五郎宗政と激戦を振り返った。そして、鎌倉に報告の使者を送った。

鎌倉では頼朝が七日間、鶴岡八幡宮《つるがおかはちまんぐう》に参詣して勝利を祈願した。七日間の祈禱《きとう》が終わり、神前にひざまずく頼朝はふと、声を漏らした。

「志田三郎先生の蜂起《ほうき》はどうなったであろうか」

思いがけず、声として出てきたのだ。

「義広は既に兄・朝政によって攻め落とされているでしょう」

頼朝は振り返った。後ろで御剣を持って控えていた七郎朝光がすらっと言った。その言葉に気負った感じがない。

なぜか勝利の確信を与えられた不思議な感覚があった。

「この少年の言葉は全くのご神託であろう」

果たして、鶴岡八幡宮から御所に戻ると、小山朝政、下河辺行平の使者が到着していた。

「五郎。わしは負傷して鎌倉に行けぬ。わしの代わりに鎌倉に向かえ。このたびの御大将・範頼さまを御所さまに会わせ、ともに戦った諸将を御前に。そして捕虜も連行せねばならぬ。大役だ。よろしく頼む」

「分かりました」

勝利の一報を伝える使者は既に急行させてある。奥大道を南に向かう行軍は威風堂々、悠々としたものだ。宗政は、自分が凱旋《がいせん》将軍になったような晴れやかさを感じていた。

頼朝の異母弟・範頼を大将軍として軍列の真ん中に立て、宗政はその傍らで兄の代理として参加武将を従える。生け捕った捕虜二十九人も引き連れている。

敵将の志田義広と足利俊綱、忠綱父子は取り逃がしてしまったが、関東一円から頼朝の敵が消えた。

この野木宮合戦の歴史的意義は大きい。

源範頼は、このとき唐突に歴史に登場した。

頼朝と義経《よしつね》の黄瀬川《きせがわ》の出会いのような名場面はないが、義経とともに平家追討の源氏軍を指揮し、源平合戦で大きな役割を果たす。

野木宮合戦を記す『吾妻鏡《あづまかがみ》』は、治承《じしょう》五年（一一八一年）の出来事としているが、別の項目に寿永《じゅえい》二年（一一八三年）のことと明記している部分があり、寿永二年説が有力である。治承五年の項目に記されているのは同書編集上のミスとする見方である。ただ、そうすると、前後関係の記事との矛盾が生じる。志田義広の鹿島神宮領侵略や足利俊綱の探索、平家軍勢の東進などさまざまな事象の記事が絡む。

野木宮合戦は治承五年閏《うるう》二月か、寿永二年二月か。なお疑問は残る。

第5話　平家追討使

〈1〉停戦の院宣

一ノ谷《いちのたに》の戦いは寿永《じゅえい》三年（一一八四年）二月七日。

正月二十日に木曾義仲《きそよしなか》を討ち、京から木曾勢を追い出した源氏《げんじ》軍はついに平家《へいけ》追討に動き出した。山陽道《さんようどう》を西へ進む。

「ようやく源平の雌雄を決するときが来た」

この緊張感が全軍を覆う。

源《みなもとのよりとも》　頼朝が、平家追討を命じる以仁王《もちひとおう》の令旨《りょうじ》を掲げて挙兵したのは治承《じしょう》四年（一一八〇年）八月。それから三年半が過ぎている。

若武者・長沼宗政《ながぬまむねまさ》は、この軍の総大将・源範頼《のりより》のそばで、兄・小山朝政《おやまともまさ》とともに馬を進めていた。範頼は頼朝の異母弟である。

長沼宗政二十三歳、小山朝政三十歳。

若武者といっても駆け出しではない。この時代の感覚では一人前の将であり、兄・朝政は中堅武将で、既に中年と言ってよい。

宗政は「小山五郎」と呼ばれることが多い。野木宮《のぎのみや》合戦の戦功で下野・長沼荘（栃木県真岡市《もおか》）を得て、自身の所領を持つ独立した御家人だが、周囲は小山三兄弟（小山小四郎朝政、長沼五郎宗政、結城《ゆうき》七郎朝光《ともみつ》）の次男、小山一族の者とみている。

「いよいよ平家との大戦《おおいくさ》。兄者人《あにじゃびと》、大いに手柄を挙げたく思います」

「五郎、気合が入っておるな」

「はい、抜け駆けをして一番乗りの名誉を得たいものです」

「五郎、やる前から抜け駆けを宣言するやつがあるか。われらは大軍を率いておる。一騎掛けや抜け駆けはみっともないぞ」

「なぜでございますか」

「われらは兵を動かし、戦を有利にし、お味方の勝ちに結び付ける。このことが御所《ごしょ》さま（源頼朝）の意に沿うことよ」

「ですが、兄者。御所さまは常に勇敢な者を褒《ほ》めておられます。わしも御所さまに褒められて名誉を得たい。そう思っております」

武勲はあるじに認められてこそ。この時代の武士は、先陣か大将首といった分かりやすい手柄を挙げることに懸命なのだ。生死をかけて戦う以上、栄達が得られなければ意味はない。こうした考えは武士として当然だった。

だが、朝政は範頼の側近幕僚としての立場もあり、範頼軍の勝敗そのものを重視している。各自が勝手に手柄を争い、作戦に従わないのではたまらない。しかも、身内が率先して公言しては示しがつかない。このことである。

源範頼の軍は五万六千余騎。平家追討軍の大手（本隊）である。異母弟・源義経《よしつね》の二万余騎が搦手《からめて》（別動隊）だった。

大手の侍大将《さむらいだいしょう》（参謀総長）兼軍目付《いくさめつけ》（軍監《ぐんかん》）は梶原景時《かじわらかげとき》で、文武に有能な武将。鎌倉では侍所《さむらいどころ》の所司《しょじ》、すなわち軍務省次官という立場で、頼朝がその能力を頼りにしている重要側近の一人だ。朝政も幕僚チームの一員ではあるが、自身が範頼に意見を具申《ぐしん》する出番はそれほどなく、梶原景時が、作戦立案にしても全軍の指揮にしても的確に進めるだろうと予想している。

搦手は侍所別当《べっとう》（長官）の和田義盛《わだよしもり》がその役割を担っている。

二月五日に摂津《せっつ》に到着。平家の根拠地、福原《ふくはら》（兵庫県神戸《こうべ》市兵庫区など）の間近に迫った。摂津・福原は播磨《はりま》との国境《くにざかい》に近く、平家軍は福原の東西に防御陣を構えていた。東の生田《いくた》、西の一ノ谷である。

源平の使者が往復し、七日卯《う》の刻《こく》（午前六時ごろ）をもって矢合わせ（開戦）と決まった。

範頼の軍は生田口に陣取った。福原を東側から攻める算段だ。平家軍は生田の森に濠をめぐらし、逆茂木《さかもぎ》を張って固い防御の姿勢を示している。

範頼の本隊と別れた別動隊の義経は敵の背後に回る迂回《うかい》路を進んでいる。福原を北の山中から攻め、さらに一ノ谷の砦《とりで》を落とす戦略だ。摂津から北上して丹波《たんば》に入り、山道を進んで播磨・三草山《みくさやま》まで一昼夜で駆けた。

三草山は平重盛《たいらのしげもり》（平清盛《きよもり》の長男）の子息たちが布陣していた。

平資盛《すけもり》、有盛《ありもり》、師盛《もろもり》、忠房《ただふさ》である。資盛は重盛の次男。通称は小松新三位中将《こまつしんさんみ》。少年のころ、殿下乗合事件《てんがののりあい》（一一七〇年）を起こしている。

有盛、師盛、忠房は重盛の四男、五男、六男。

彼らの戦意は低かった。清盛死後の平家は平宗盛《むねもり》（清盛三男）が仕切っている。彼は清盛の後妻・二位尼《にいのあま》（時子《ときこ》）の子。先妻の子だった重盛の系統を軽んじており、その反発から、資盛兄弟は宗盛に協力する意思が薄い。

三草山の西麓に陣取ったのも源氏軍襲来を警戒してのことではない。わざわざ遠回りして福原の北側から攻めてくるとも思っていない。戦闘が始まったときに即応できる場所でもない。山陽道、山陰道《さんいんどう》の武士の参陣を求め、少しでも兵を集めるため、ここに陣を構えていた。

兵を集めて勢力を盛り返し、宗盛に対抗する発言力を得ようという腹づもりだ。

だが、思うように兵は集まらなかった。

よって、義経の夜襲は完全な不意打ちだった。闇の中、敵の兵力が分からず、資盛と有盛、忠房はあっという間に敗走。海を渡って讃岐《さぬき》・屋島《やしま》（香川県高松市《たかまつ》）まで逃げた。師盛は一ノ谷の本隊に合流した。

戦闘らしい戦闘もなく、義経軍は無傷のまま強行軍を続けた。三草山から敵陣背後に迫りつつあった。

このころ、本隊・源範頼の陣は困惑が広がっていた。京からの使者がとんでもない密書を届けてきたのだ。

「法皇《ほうおう》さまからの停戦命令？」

後白河《ごしらかわ》法皇の密書。近臣の下級貴族が法皇の意思を示した書状で、平宗盛にも同様の使者を向かわせているという。停戦せよ、そしたら和平の仲介をしてやろう、という趣旨で、それ以上の具体的な内容はない。

範頼はちらりと小山朝政を見る。

（何か申せ）

範頼は朝政を側近幕僚として頼っている。平家全盛の時代、朝政の父・小山政光《まさみつ》が武蔵《むさし》・吉見《よしみ》郷（埼玉県吉見町など）で範頼を隠し育て、平家の追及の目を逃れてきたこともあるし、志田義広《しだよしひろ》（源頼朝の叔父）と戦った野木宮合戦では、朝政が範頼を総大将に担《かつ》いで戦った。

ここには朝政と弟の長沼宗政、さらに朝政の庶兄《しょけい》・久下《くげ》重光《しげみつ》、従兄弟《いとこ》の下河辺《しもこうべ》行平《ゆきひら》らが在陣。小山一族の戦力は範頼軍の中核を担《にな》っている。

だが、陣中には甲斐《かい》源氏・武田信義《たけだのぶよし》の三男・板垣兼信《いたがきかねのぶ》と四男・武田有義《ありよし》がおり、侍所次官の梶原景時がいる。源氏の有力者と鎌倉政権の軍幹部である。朝政は、彼らを差し置いて前に出るつもりもない。

議論は書状を手に立ったまま進んでいたが、床几《しょうぎ》に腰掛けて続けられた。

朝政にとっては、陣幕の中なので、正座でないのが助かった。朝政は杖を持ち直し、着座。野木宮合戦で脚を射抜かれて落馬した戦傷がある。このため、いまだに少々引きずるような歩き方になる。馬にまたがれば、まだしも楽な姿勢だが、踏ん張るときは、ちょっと力が入りにくい。しかし、戦場を何回も駆けてきた古株の武将には古傷の一つや二つはあるもので、目立つほどではない。

朝政が遠慮していると、武田有義、板垣兼信が相次いで発言した。

「敵にも矢合わせは七日と申し渡してある。もうあすじゃ」

「これは法皇さまの策略では？　われらを騙《だま》し討ちにするための」

これをきっかけに諸将も続いた。

「搦手、源九郎殿（義経）の軍には？」

「当然、われらからお伝えせねばならぬが」

「無理であろう。今さら」

義経の別動隊がどこにいるか、この陣の者は詳しく分からない。敵の背後に回っているはずで、大回りしなければ連絡できない。重鎮《じゅうちん》・千葉常胤《ちばつねたね》をはじめ諸将からは、停戦と思っている敵を攻めるのは卑怯《ひきょう》ではないかと武士の体面にこだわる建前論が出始めた。すると、従う意見が続出する。

「今さら停戦できないにしてもだな……」

「われらが敵を騙し討ちにすることにはならんのか」

「それは、まことに卑怯。そのような真似はしたくない」

「そうよな。武士として恥であろう」

だが、梶原景時が諸将を制した。

「われらは誰の指示で動いているのか。われらは鎌倉殿（頼朝）の兵でござるぞ。その鎌倉殿から命令の変更はない」

梶原景時はこの軍の参謀総長。その上、侍所の所司であり、自身が一族の大軍を率いる部隊長という実質的な戦力も有し、この場で最も発言力がある。

「院宣《いんぜん》は無視するにしかず」

「何と。院宣を無視するのか」

景時の意見をそのまま疑問形にして聞き返す声も出たが、鎌倉の御家人である以上、頼朝の指示に従うのは道理だ。だが、正論を押し通すと、臨機応変な対応を否定することにならないか。朝政はじっと考えていたところ、範頼は北条義時《ほうじょうよしとき》に意見を求めた。

「義時の意見は?」

「難しいですな……」

そのまま言葉を続けずに黙った。

北条義時は極端に口数が少ない。年齢は長沼宗政とさほど変わらない若者だが、源頼朝の最側近である北条時政《ときまさ》の次男だし、頼朝の信頼も厚く、諸将にも一目置かれている。そのため範頼も気を遣っている。義時は若さに似合わないクレバーな面があるが、自身の発言が頼朝の意向と裏読みされることを面倒に思い、そのため口も重い。

義時に聞き直すこともできず、たまりかねた範頼は朝政に助けを求めた。

「そうか……。では、朝政はどうすればよいと思う」

「敵の出方を見るしかありますまい」

朝政は差し障りのないことを言ったつもりだったが、意外にも受けがよかった。諸将は「ほう」とか「なるほど」とか声を上げた。朝政は続けた。

「勝ってしまえば、問題が起きても後のことはあれこれ考えることができましょう。負けてしまっては……」

「そうだな。負ければ、わしが責任を取らされるのか」

敵の出方を見るなど、勝敗を考えれば良策とは言い難い。

だが、主戦論の梶原景時も苦い顔をしながらも、まあ何とかなるかと言いたげに、主張にこだわることをやめた。体面にこだわる宿老らも、本音は戦で武功を挙げることを望んでいるので納得できるといった面持ち。何より、議論を終えることができる。

議論がだらだらと進んだためだろうか。必要ではあるが、続けても有益な結論が得られそうにない軍議を早く終えたいという無責任な空気が支配していた。

範頼は、朝政の言に従って中途半端な結論を示し、その場は収まった。ただ、範頼は諸将にくどくどと注意した。

「後の軍勢が続かないのに先駆けの功を逸《はや》るな。方々、これは鎌倉殿の仰《おお》せぞ。ゆめゆめ、お忘れめされるな」

〈2〉梶原の二度駆け

「抜け駆けをなさいませ」

梶原景時《かじわらかげとき》が声をかけたのは、河原高直《かわらたかなお》とその甥《おい》・河原盛直《もりなお》。伯父と甥だが、河原太郎、次郎の河原兄弟と名乗っている。

河原氏の本姓は私市《きさいち》。武蔵《むさし》七党の一つ、私市党。本拠地は武蔵国埼玉《むさしのくにさきたま》郡の河原（埼玉県行田《ぎょうだ》市）。引き連れる兵は少なく、自ら手柄を立てようと気合を入れていた。そこを梶原景時が見透かした。慎重論を吹き飛ばし、一気に開戦に持ち込む鉄砲玉に使おうと、抜け駆けを持ち掛けたのだ。

二人は逆茂木《さかもぎ》を乗り越えて敵陣の中に入った。

平家《へいけ》の兵が驚いた。だが、後が続いていない。河原兄弟を取り囲んだ。

「坂東《ばんどう》武士ほど恐ろしい者はいないなあ。へへへへ」

「大勢の敵の中に、たった二人で入って、さあ何ができるのか」

「よしよし。しばし、相手になってやろう」

平家軍が河原兄弟をあしらうが、河原兄弟は散々に弓を射て、次々と平家の兵を射倒した。余裕をみせていた平家軍は、にわかに慌《あわ》て、反撃。

「憎い兄弟め」

河原兄弟を囲むように弓を射かけ、最後は備中《びっちゅう》の武士・真名辺《まなべ》五郎が討ち取った。射抜かれた高直を担いで陣に戻ろうとした盛直の背を二の矢で射抜き、倒れた二人の首を取った。

源氏の陣では梶原景時が叫び、兵を動かした。

「私市党の方々、河原ご兄弟、討ち取られてしまったぞ。それっ、出あえ、出あえ」

梶原の思惑通り、戦線が広がり、両軍、一気に前に出てきた。


生田の森を守る平家軍の主将は平知盛《たいらのとももり》。

「あっぱれ。一人当千のつわもの」

河原兄弟の奮戦を褒《ほ》めた。敵への称賛は、敵の動きに合わせて出遅れた自戒も込められていた。

知盛は停戦の院宣《いんぜん》の意図を図りかね、本気で信じていなかった。油断なく構えていた。それでも、敵の出方を見る方針は範頼と同様で、そこに隙があった。

「勝機を見出《みいだ》そうと思うなら、やはりわが方から仕掛けなければな」

知盛が本気を出し、突入してきた私市党を鎧袖一触《がいしゅういっしょく》。

生田の森は戦闘が本格化した。

その勢いに乗る者もいる。

梶原の兵が逆茂木をこじ開け、騎馬武者が一気に攻め寄せる。中でも梶原景時の次男・景高《かげたか》（平次《へいじ》）が突出して前に出た。景時は兵を送って注意した。出過ぎるなということである。景高は一首詠んで聞かせ、兵を帰した。

「この歌を後方の父上に」

もの丶ふのとりつたへたるあづさ弓　ひいては人のかへすものかは
（武士が先祖から受け継いできた梓弓は、一度矢を射放ったらもう帰ってこない）

つまり、自分もいったん進み出た以上は引き返すことはできない。そんな一首を突進中に詠んだとは信じがたいが、和歌をたしなむ文才はほかの坂東武士にはない梶原父子の自慢でもある。

「平次を討たすな。続けや者ども」

梶原景時に長男・景季《かげすえ》（源太《げんた》）、三男・景茂《かげもち》（三郎）が続く。そして一戦して、ざっと退いた。兵力にものをいわせて一撃して敵を討ち、敵がひるんだ隙に後退する。いかにも戦《いくさ》巧者《こうしゃ》らしい兵の運用だ。

ところが景季がいない。自陣に戻った兵の中に景季の姿がなかったのだ。

「源太はいかがした」

景時がうろたえた。「上手の手から水が漏る」のたとえもある。まさか、敵陣に深入りして討たれたか。

「世にあらんと思うのも子のため。子が討たれては命あっても何のかいがあろう」

梶原景時は家臣が止めるのも聞かず、再度、敵陣に討ち入った。

平知盛は色めき立った。

敵将の中でも名の知れた武将が二度も陣中に攻め入ってきた。これを討たぬ法はない。

「梶原は東国に聞こえたつわものぞ。決して討ち漏らすな」

景時は縦横無尽に駆け回った。景季は馬を失い、崖を背にして五人の兵に取り囲まれていた。そこに父・景時が駆け寄った。

「源太、死するとも敵に後ろを見せるなよ」

親子で敵兵三人を討ち取り、二人に重傷を負わせ、窮地を脱した。

梶原景時の勇猛さを示した「二度之懸《にどのかけ》」である。

河原兄弟の抜け駆けと梶原父子の奮戦で生田の森は源平両陣営の総力戦となった。長沼《ながぬま》宗政《むねまさ》は兄・小山朝政《おやまともまさ》から、敵の総大将、平知盛の軍勢を集中的に攻めるよう指示を受けた。

「戦線をむやみに広げるな、的を絞れ。新中納言殿《しんちゅうなごん》（平知盛）を討て。新中納言殿の兵を崩さずして、われらの勝利はないぞ」

「兄者人《あにじゃびと》、新中納言殿は無敗の名将。最初から強兵と当たることもありますまい。平家軍には弱兵も数多《あまた》おりましょう」

知盛の周りの弱兵から崩し、徐々に孤立させる。宗政が自案を示した。知盛を相手にしては戦果を挙げる上で効率が悪いと懸念した。

平知盛は、治承《じしょう》四年（一一八〇年）の以仁王の挙兵や京近郊の叛乱《はんらん》を鎮圧し、寿永《じゅえい》二年（一一八三年）の播磨《はりま》・室山《むろやま》の戦いでも源行家《ゆきいえ》の攻撃を苦もなく退けた。逆に富士川《ふじかわ》合戦（一一八〇年）にしても、倶利伽羅《くりから》峠の戦い（一一八三年）にしても、知盛不在の平家遠征軍は大敗している。

「さればだ、五郎（長沼宗政）。強き兵にこそ当たれ。そこを崩さず、敵倒せるか」

「しかし、どうやって」

「数で崩せ。とにかく数よ。大軍をぶつけるしかない」

兵の強弱といっても、数の力である程度は何とかなる。

朝政の指示で小山の軍勢が前進。激しい戦闘状態に入った。

総大将・源範頼が聞いた。

「朝政、戦況やいかに」

「一進一退。されど、知盛卿の軍勢を破れば、その勢いで福原《ふくはら》、一ノ谷《いちのたに》に布陣する軍勢はたやすく討てましょう。平家の中に知盛卿より強い軍はありません」

「一進一退と申すが、押されておらぬか」

「若干」

朝政のやや忖度《そんたく》した報告を範頼は見抜いた。源氏軍はそれぞれが手柄を求めて気ままに戦をしており、連携に欠け、そのため数の力が効いていない。そこで、多少の損害を覚悟で宗政に知盛攻めを指示したのだ。

「平家の総大将・前内府宗盛《さきのないふむねもり》卿は福原におわすのか」

「恐らく。宗盛卿の軍勢はたとえ多くても、さして強兵とは思えません」

こうしている間に宗政の軍が突進。小山勢から兵が続く。

「朝政、知盛卿の兵に打ちかかっているのは」

「わが舎弟・五郎宗政。そして、あの一番の旗印はわが庶兄《しょけい》の久下重光《くげしげみつ》殿」

「おう、あれが一番の……」

久下重光は武蔵・久下郷（埼玉県熊谷市《くまがやし》）の小さな所領を持つ久下直光《なおみつ》の養子で、実父は小山政光《まさみつ》。頼朝《よりとも》が石橋山《いしばしやま》合戦で敗れた際、椙山《すぎやま》にわずかな手勢で駆けつけた。この逸話は『平家物語』にはないが、後の『太平記《たいへいき》』では、足利尊氏《あしかがたかうじ》の決起の際に駆け付けた丹波《たんば》の武士・久下時重《ときしげ》の旗印「一番」の説明として語られる。

「五郎の兵が出過ぎている。孤立させるな。菅五《かんご》、続け。波状攻撃だ。下河辺《しもこうべ》兄弟の兵も続くぞ」

「ははっ」

朝政は家臣・太田《おおた》菅五に命じて自軍の前進を促した。さらに蔭沢《かげさわ》次郎、和田《わだ》次郎、池《いけ》二郎といった朝政の郎党が続く。さらに従兄弟《いとこ》の下河辺行平《ゆきひら》、政義《まさよし》の兵を動かす。続く兵があれば、奮闘している知盛の軍勢も徐々に消耗していく。

範頼も全軍に指示した。

「小山の者どもを討たすな。それ、攻めかけよ」

引っ張られて大勢の兵が知盛を攻め立てる。知盛の軍は懸命に持ちこたえている。徐々に源氏の軍に統一的な行動がみられ、劣勢だった戦況を持ち直してきた。

〈３〉逆落とし

福原《ふくはら》の東側、生田《いくた》の森では激戦が始まり、西側の一ノ谷《いちのたに》に構えていた平家《へいけ》の後方部隊にその様子が伝わると、陣営はざわつき始めた。

「福原本陣の前内府《さきのないふ》（平《たいらの》宗盛《むねもり》）からは停戦の院宣《いんぜん》が出たと伺《うかが》っておったのだがな」

一ノ谷の守将・平忠度《ただのり》（清盛の異母弟）は緩めていた警戒態勢を立て直すよう配下に命じた。

「法皇《ほうおう》さまのことだ。何か悪戯《いたずら》を仕掛けたのではないか。それに、前内府宗盛卿がうかうかと乗ってしまったか」

忠度が悪戯と表現したのは、普通「陰謀」という。後白河《ごしらかわ》法皇は悪戯と同程度の理由で陰謀を仕掛ける人物だとの偏見があり、忠度としては、偏見ではなく、正確な観察だと自負している。それなのに、平家総帥《そうすい》・宗盛の言葉として、停戦に素直に従ったことは、今さらながらだが、迂闊《うかつ》だったと反省した。平家憎しの思いが強い後白河法皇の仕掛けとしては予想の範囲内とみなければならない。

「法皇さまは、ご自身の感情を優先されるお方だからな」

忠度は歌人としても武人としても有能で、常識人でもある。軍略の常道も心得ている。その常識故《ゆえ》に源《みなもとの》義経《よしつね》の戦略を読み損なった。

最西端の一ノ谷は、山が海に迫っており、そこに砦《とりで》を築き、一ノ谷城と称している。平野部は隘路《あいろ》になっていて大軍を投入しにくい。敵が大軍を大きく迂回して福原や一ノ谷を攻めてくるとは、想定していない。

三草山《みくさやま》から敗走した平師盛《もろもり》からの情報も重視していなかった。偵察部隊との偶発的な遭遇戦であろう、その認識を改められなかった。いずれにしても、生田の東陣に比べ、一ノ谷の西陣や福原の本陣は緊張感が足りなかった。

しかも、それは文字通り命取りだった。

義経の源氏《げんじ》別動隊が背後から攻めた。義経は別動隊を二手に分け、七千の兵を安田義定《やすだよしさだ》らに預け、本陣の福原を背後の山側から攻めさせ、義経自身は三千の兵で一ノ谷を攻めた。

その別働隊の別働隊をさらに分けて、義経は七十騎で裏手の崖から駆け下りた。世にいう「鵯越《ひよどりごえ》の逆落とし」だ。別働隊（もともとの義経軍）の別働隊（一ノ谷攻撃部隊）の本隊は土肥実平が指揮し、三千近い兵が一ノ谷城の門から攻めかかり、火もかけた。

不意を突かれて、一ノ谷の平家軍は総崩れとなった。


生田の森を守る平家の東陣は平知盛《とももり》が指揮している。その統率は見事で、源範頼《のりより》の源氏本隊は攻めあぐねていた。だが、西陣の一ノ谷城から煙が上がっているのが見えた。

生田で一進一退の攻防を続けていた源平両軍からどよめきが上がる。福原の本陣の軍勢も崩れている。

この機を逃さず、小山朝政が範頼に進言する。

「敵が浮き足立った今こそ押し出すときです」

「ならば、徹底的にやれ」

範頼が総攻撃を命じた。

次々と新手の部隊を押し出す。ようやく均衡が破れた。一気に知盛の東陣を突破、源氏の大軍が福原、一ノ谷まで攻め寄せる。

赤旗と白旗が入り乱れた。

平家側は総崩れになって混乱した。

浜へ走ってわれ先にと船に乗り、沖へ向かって逃げる。乗り過ぎて転覆する船があり、これ以上は乗せまいと船にしがみつく雑兵らの腕を斬る将がおり、従者に見捨てられる将もおり、醜《みにく》い同士討ちもあった。

清盛の甥《おい》・平教経《のりつね》（教盛《のりもり》次男）はこれまでの戦で不覚を取ったことのない歴戦の猛将だが、守るべき一ノ谷城を捨て西へ向かった逃げ足は速かった。播磨《はりま》・明石浦から船に乗って屋島に渡った。教経の兄・通盛《みちもり》と弟・業盛《なりもり》は戦死した。

平知盛も敗走中に従う兵も逃げ散り、最後は主従三騎となって船に乗ろうと、波打ち際まで駆けてきたが、児玉《こだま》党に取り囲まれた。迫る敵兵を十六歳の長男・知章《ともあき》が組み伏せ、知盛は危機を脱した。馬を泳がせ、何とか、沖に浮かぶ兄・宗盛の船に乗り込んだが、馬は乗せられない。船にそれだけの余地がなかった。馬は浜へ返すしかない。名馬を敵に渡すことになるが、自分を助けた馬を射殺することはできない。しかも、長男・知章と最後まで従った忠臣・監物頼賢《けんもつよりかた》を失った。

「どうして子を助けぬ親があろうか」

平知盛はわが身を恥じて号泣した。

平重衡《しげひら》（清盛五男）は捕らえられ、捕虜となった。


平家側の名のある武将も次々と討たれた。

一ノ谷の司令官、平忠度は岡部忠澄《おかべただずみ》を組み伏せたが、忠澄の従者に右腕を斬られて、ついには討ち取られた。歌人としても有名な忠度の戦死は京の貴族に嘆き悲しまれるほどだった。

平家の有力家人・平盛俊《もりとし》（盛国《もりくに》の子）は猪俣範綱《いのまたのりつな》を組み伏せたが、降伏すると騙《だま》され、範綱に討ち取られた。源氏の将兵の中には、なかなか卑怯《ひきょう》な者もいる。

清盛の甥・平敦盛《あつもり》（経盛《つねもり》の末子）は熊谷直実《くまがいなおざね》に討ち取られた。

直実は撤退する敵兵のうち、華美な武装の武者を見つけ、名のある大将に違いないとみて声をかけた。

「見苦しくも敵に背を向けるか。戻られよ」

取って返した武者を馬から落とし、直実が組み伏せた。見ると、わが子・小次郎直家《なおいえ》と同年代の美少年。たちまち同情の心が湧いた。どこに刀を立てるべきか分からない。いや、立てられない。

「お名乗りあれ。お助け申す」

「汝《なんじ》は？」

「ものの数といったほどの者ではございませんが」

謙遜《けんそん》しながら、武蔵国《むさしのくに》住人、熊谷次郎直実と名乗った。相手は対等に名乗り合う者ではないとして名乗らず、ただ堂々と首を取らせた。

「汝のためにはよい敵ぞ」

熊谷直実はくどくどと嘆く。それでも味方の将兵が後ろから近づいている。ここで助けても、この公達《きんだち》は逃れられないと悟り、泣く泣く首をかっ斬った。

首実検でこの平家の公達が敦盛だと分かった。

熊谷直実と平敦盛の話は、何かが京の貴族の機微に触れ、美談、悲話として好まれ、語られ、広まった。

ついには花の名にもなった。クマガイソウは直実の母衣《ほろ》姿が命名の由来。近い種類にアツモリソウもある。

〈４〉義経人気

一ノ谷《いちのたに》の戦いは一方的な結果で終わった。

「後白河法皇《ごしらかわほうおう》の停戦命令は何だったのか」

平　宗盛《たいらのむねもり》は厳重抗議したが、後の祭り。

宗盛は後白河法皇に、かなりくどくどしい書状を送っている。

「これはいったいどういうことでしょうか。事情は全く不審なものです。関東の武士には命じられなかったのでしょうか。それとも、武士たちが承知しなかったのでしょうか。あるいは、われらを油断させるため、にわかに奇策をめぐらされたのでしょうか。しっかりと詳細を伺《うかが》いたく思います」

ともかくも、平家《へいけ》は福原《ふくはら》の根拠地を失い、瀬戸内海に浮かぶ船団がとりあえずの根拠地となっている。陸地としては、臨時の内裏《だいり》を置いた讃岐《さぬき》・屋島《やしま》（香川県高松《たかまつ》市）と、知盛が抑えた関門《かんもん》海峡に浮かぶ長門《ながと》・彦島《ひこしま》（山口県下関《しものせき》市）だ。瀬戸内海の制海権を抑えている。この海軍力と西国武士の協力に頼るしかない。いずれにしても心細い状況に追い込まれている。

源《みなもとの》範頼《のりより》と源義経《よしつね》は討ち取った平家の大将首を晒《さら》すことを主張した。

平家追討のための出兵であり、源氏《げんじ》と平家の因縁であり、親の敵討《かたきう》ちのために戦ったのだ。平治《へいじ》の乱（一一五九年）で平清盛《きよもり》に敗れ、首を晒された父・源義朝《よしとも》の無念を何としても晴らしたい。二人はこの思いで強硬に主張した。

平通盛《みちもり》、平忠度《ただのり》、平経俊《つねとし》、平経正《つねまさ》、平師盛《もろもり》、平教経《のりつね》、平敦盛《あつもり》、平知章《ともあき》、平業盛《なりもり》、平盛俊《もりとし》の首が八条河原に晒され、平家を表す赤い木簡《もっかん》、赤簡《あかふだ》が付けられ、その木簡に名が記されていた。見物の人々が市をなすごとく群れ集まった。

京の人々に大きな心理的効果を与えた。

「平家は終わった」

誰もがそう感じた。

京では、凱旋《がいせん》した義経の人気が沸騰した。木曾義仲《きそよしなか》を滅ぼし、平家を討った若大将の活躍を、貴族も庶民も口の端に上らせ、興奮している。見てきたような口ぶりで「鵯越《ひよどりごえ》の逆落とし」が語られ、一ノ谷の戦いの勝敗を決したという話になっている。

当初、異母弟・義経の人気に感心し、わがことのように喜んでいた範頼だったが、そのうち機嫌が悪くなった。側近の小山朝政《おやまともまさ》に本音を吐き出した。

「朝政、これはどういうことだ。京の者はみな、九郎（義経）一人が平家を倒したように言い立てている」

ついには悔しいと言い出し、義経を憎み始めた。

「それに京の者はみな、九郎は美男子だと囃《はや》し立てるが、どっちかというと、九郎なぞは醜男《ぶおとこ》であろう。色白かもしれんが、出っ歯で目も小さく離れていて鼻も低い。美男子なもんか。背も低く、非力で弓矢の腕も大したことはない」

これはただの悪口である。

確かに範頼の言い分も当たってなくはないが、今は少々の欠点は目立たない。熱狂する京の人々が遠目に見れば、美男子に見えてしまう。背の低さはどうしようもないが、いかつい大男には見えないところも、かえって京好みの美男子の型にはまっているともいえる。

それでも朝政は範頼に同情した。確かに、義経人気はどうも納得できない。

「戦《いくさ》のことを知らぬ公卿《くぎょう》、京童《きょうわらべ》の口さがない噂《うわさ》など気になさる必要はございません。従った将兵の信頼はもちろん範頼さまにございます。それに、鎌倉《かまくら》の御所《ごしょ》さま（頼朝《よりとも》）にも正しい報告がなされております。鎌倉に戻れば分かることです」

「そうかの。大丈夫か」

「範頼さま指揮する大手（本隊）が新中納言殿《しんちゅうなごん》（平知盛《とももり》）の軍を打ち破ったのが勝因です。これは間違いないところ。九郎さまは、あくまで搦手《からめて》（別動隊）の指揮。どちらが主で、どちらが従か。御所さまがお間違えになることはありますまい」

朝政も範頼や義経とは別に鎌倉へ使者を送っている。ほかにも主だった武将が使者を送り、自軍の戦功を強調しているはずだ。朝政は、頼朝が適正な判断をすることに疑いを持っていない。だが、それにしても、異常に偏った義経人気は気になるところだ。

「朝日将軍義仲《よしなか》は入洛《じゅらく》の際、食糧は言うに及ばず、銭になればと、貧しき者の着物を剝《は》ぐようなことさえした。だが、九郎義経という若武者はどうだ。物も盗まず、乱暴狼藉《ろうぜき》もない」

頼朝が派兵した関東将兵の軍規を乱さぬ行動もすこぶる評判が良かったが、これも義経人気と結び付いた。

義仲の悪評を踏まえ、頼朝が厳しく京占領後の軍規について念を押したためだが、関東の武将は自分の所領を守るために頼朝に従った面もあり、もともと財産管理意識があり、強盗行為を恥じる性質があった。多くの武士は自軍の兵に軍規軍律を徹底させていた。

むしろ、義経に従う兵の中には、奥州の藤原秀衡《ふじわらのひでひら》の家来である佐藤継信《さとうつぐのぶ》、忠信《ただのぶ》兄弟の兵以外はアウトローも多く、略奪行為に抵抗感のない連中も少々いたし、盗賊出身者さえいたが、そうした行為を咎《とが》めたのは関東諸将である。

そうした事情も知らず、京の人々は義経を褒《ほ》めた。

戦勝を祝う六条堀川《ろくじょうほりかわ》の源氏館の宴会は大荒れとなった。

それぞれが自身の戦功のみを主張。酒が入って喧嘩《けんか》になった。

派手に言い争ったのは、一ノ谷の先陣を主張する熊谷直実《くまがいなおざね》、直家《なおいえ》父子と平山季重《ひらやますえしげ》。直実と季重は、治承《じしょう》四年（一一八〇年）の金砂《かなさ》城攻めでも功を競い争った仲だ。

「一ノ谷城に真っ先に打ち掛けたのは、わしと小次郎直家でござる」

「何の。熊谷父子が打ち掛けたのは一ノ谷城の門。このとき、平家は戦に応じなかった。城内一番乗りは、この季重でござる」

諸将もあきれた感じで眺めるしかない。

「熊谷殿はいつも自身の手柄に固執《こしつ》されます。まあ、武功を競うのは武士の常とは申せ、あそこまでいくと少々あさましい」

長沼宗政《ながぬまむねまさ》に声をかけたのは庶兄《しょけい》・久下重光《くげしげみつ》。

「そもそも、熊谷殿も平山殿も九郎御曹司《おんぞうし》（義経）についていくところ、密《ひそ》かに抜け出し、一ノ谷を西から攻める土肥実平《どいさねひら》さまの部隊に追いつき、夜陰に乗じて土肥隊も出し抜いて一番駆けを狙ったのでござる」

勝手に持ち場を離れた。重大な命令違反だ。だが、このころの武士は、作戦の重要性を理解せず、それよりも自身の武勲こそに美意識を持つ者が多数だった。

熊谷にしろ、平山にしろ、多少咎められようが、大きな武功を挙げれば、それで帳消しだという気分がある。宗政は武功第一の気持ちが分からないでもない。兄の小山朝政が口を挟んだ。

「その点、九郎御曹司はさすがだ。敵の虚《きょ》を衝《つ》く見事な戦をなされた。一ノ谷の平家は敵が空から降ってきたと慌《あわ》てふためいたということですな」

「そうです。九郎御曹司についていた武士の中には、これほど戦の才があるとはと見直し、心酔する者もいるようです」

重光が朝政に答えた。重光は年下の朝政に対して丁寧な対応をする。小山政光の嫡男《ちゃくなん》と庶子《しょし》という立場の違いもあり、所領の大きさでも小山氏は北関東随一の武家という認識がある。久下ほどの小領主といった武士は小山氏のような縁ある有力武将に協力し、従った方が戦場では有益と思っている。

勝ち馬に乗るということだ。

常に勝ち戦をする者についてこそ、武功を挙げる機会があるとの考えだ。一方で小領主こそ、抜け駆け、一番乗り、大将首で大きな武功を挙げて世に躍り出ようという考え方もある。

「だが、間違ってはならぬ」

朝政は、義経を褒めた上で念を押す。

「今回の戦、大手の大将は蒲冠者《かばのかじゃ》範頼さま、九郎御曹司はあくまで搦手の大将。大手の軍が生田の森で平家の主力を攻め通したことが勝ちに結び付いた。一番の旗印で駆けた久下殿の兵の働きも大事でござった。御所さまもお認めでございましょう」

「ありがたきお言葉。わが兵の働き認めていただければ、嬉《うれ》しいかぎりです」

この後、多くの御家人に鎌倉への帰還命令が出た。源義経と梶原景時《かじわらかげとき》を中心に一部の兵が残留、京の治安維持と平家への警戒にあたることになった。

このまま一気に平家を攻め滅ぼすと思っていたので意外だったが、多くの兵は西国の食糧不足に閉口していたので鎌倉帰還にほっとした。

〈5〉鎌倉出陣

「参州《さんしゅう》。頼むぞ」

源《みなもとのよりとも》　頼朝は稲瀬川《いなせがわ》に桟敷《さじき》を設け、派手やかな出陣を見送った。

源範頼《のりより》の平家《へいけ》追討軍、一千余騎の兵が鎌倉《かまくら》を出発したのは元暦《げんりゃく》元年（一一八四年）八月八日午《うま》の刻《こく》（正午ごろ）である。

この年、寿永《じゅえい》三年は四月に元暦に改元した。

範頼は鎌倉帰還後、六月に三河守《みかわのかみ》に任命され、その官職から「参州」と呼ばれている。

栗毛の馬に乗った範頼は紺村濃《こんむらご》の直垂《ひたたれ》姿。鎧兜《よろいかぶと》は着用せず、籠手《こて》、臑当《すねあて》、脇盾《わいだて》の軽武装だ。従う御家人は約三十人。

頼朝は、範頼に秘蔵の馬に鎧一領を添えて与えた。

範頼に平家追討使という臨時の役職を与え、出陣させた。平家追討軍の総司令官、遠征部隊の総大将である。

範頼に続くのは侍所別当《さむらいどころべっとう》・和田義盛《わだよしもり》。

さらに実戦部隊を指揮する武将たちが続く。

北条時政《ほうじょうときまさ》の子息・義時《よしとき》や源氏《げんじ》一族である足利義兼《あしかがよしかね》、武田有義《たけだありよし》を先頭にした軍列の中に長沼宗政《ながぬまむねまさ》、結城朝光《ゆうきともみつ》の兄弟もいる。だが、二人の兄、小山朝政《おやまともまさ》の姿は、見送る頼朝や北条時政の傍《かたわ》らにあった。

出兵の軍列は、千葉常胤《ちばつねたね》、境常秀《さかいつねひで》、三浦義澄《みうらよしずみ》、三浦義村《よしむら》、八田知家《はったともいえ》、八田朝重《ともしげ》、葛西清重《かさいきよしげ》、比企朝宗《ひきともむね》、比企能員《よしかず》、阿曾沼広綱《あそぬまひろつな》、和田宗実《むねざね》、和田義胤《よしたね》、大多和義成《おおたわよしなり》、安西景益《あんざいかげます》、安西明景《あきかげ》、大河戸広行《おおこうどひろゆき》、大河戸行元《ゆきもと》、中条家長《ちゅうじょういえなが》、工藤祐経《くどうすけつね》、宇佐美祐茂《うさみすけもち》、天野遠景《あまのとおかげ》、小野寺通綱《おのでらみちつな》といった顔ぶれ。最後尾には従える兵も少ない一品房昌寛《いっぽんぼうしょうかん》と土佐房昌俊《とさのぼうしょうしゅん》といった僧形の者もいる。頼朝の右筆《ゆうひつ》（書記）で、この戦いの公式記録員として派遣される者だ。


小山朝政は範頼本隊に一か月遅れて九月二日、第二陣を率いて鎌倉を出発した。

範頼に合流し、報告を済ませた後、陣中で弟の長沼宗政、結城朝光と再会した。

「兄者人《あにじゃびと》、御所《ごしょ》さま（源頼朝）の本隊はいつ鎌倉を発たれますのか」

宗政が聞いた。

「御所さまは多分、鎌倉を動かぬだろう。範頼さまには申し上げていないので、これは他言無用。兵の士気を落としてはならぬでな。範頼さまには、後で大軍を率いて上洛《じょうらく》すると伝えてよいとの仰《おお》せだったのだが」

驚く宗政に対し、末弟・結城朝光は冷静だった。

「御所さまは平家追討を悲願とされておりましたが、養和《ようわ》の飢饉《ききん》の間、西国の情勢を慎重にご覧になり、木曾義仲《きそよしなか》さまに先を越されても動きませんでした。やはり、鎌倉で武士の統治に力を入れるべきだと思い直されたのでしょう」

朝光は近習として身近に仕えていただけに頼朝の心情を推《お》し量《はか》ろうとする。初陣とは思えない落ち着きぶりだ。

「しかし、兵は兄者の後発部隊を合わせても二千騎。平家との最終決戦を迎えるならば万の兵馬は必要かと思いますが」

宗政が兵力について指摘。

「西国の武士を糾合せよとの仰せだ。それに御所さまの本心は和平にある」

「まさか。和平ですか」

「そうだ。和平だ。前内府《さきのないふ》（平 宗盛《たいらのむねもり》）は臆病《おくびょう》な人と聞く。強硬派のご舎弟・新中納言知《しんちゅうなごんとも》盛卿《もり》を倒せば、宗盛卿は万事休すと案外和平に応じるのではないか。これは御所さまのお見立てだが」

「まさか……」

「範頼さま出発前にも念を押されていたが、讃岐《さぬき》・屋島《やしま》の平家本陣から先帝《せんてい》（安徳《あんとく》天皇）をお救い申し上げ、三種の神器を無事に確保しなければならない。これは至上命題。決戦となって海中に没するようなことになれば……だ」

「なれば……？」

「負けに等しき勝ちよ」

「先帝はともかく……、三種の神器とはそれほどまでに大事なものなのでしょうか」

「何を言うか、五郎。この基本のところ間違ってはならんぞ。三種の神器を確保してこそ、御所さまのお立場もぐっと良くなる」

「御所さまのお立場とは、誰に対し……」

「無論、朝廷よ」

具体的に言えば、後白河法皇《ごしらかわほうおう》である。このころ、頼朝は武士による関東の実効支配を朝廷に黙認させようと腐心している。非合法政権のような出発だったが、後白河法皇を困らせた木曾義仲を討ち、今また、法皇と政治的に決裂した平家に代わる立場を得られるところに近づいている。

「御所さまは初め、上洛して平家を討ち、武士の棟梁《とうりょう》として朝廷を守護する、そうお考えだったのは間違いのないところです。京に上ることをお考えだったと。しかし、坂東《ばんどう》の武士の声は……」

荘園の実効支配、領有権の公認を求めるものだった。平家打倒の目的は土地支配から貴族の関係を断つことであり、京から離れている方がやりやすいというのが武士の本音。特に、前年末（一一八三年）に梶原景時《かじわらかげとき》に謀殺された上総広常《かずさひろつね》はあからさまにこのことを主張していた。頼朝はその声をじっくり聴いた。

「実は京から下ってきた文官の方々も、その意見に近いのよ」

小山朝政は範頼出陣後、留め置かれた一か月間の鎌倉の事情を説明し始める。

「この一か月の間、京から文官の方々がお着きになって公文所《くもんじょ》の寄人《よりうど》となられた。御所さまはこの方々とよくご相談になり、方策を練られたのだ」

鎌倉幕府の政策立案機関であり、頼朝の政治ブレーンの集まりである政所《まんどころ》の前身が公文所である。正式スタートは十月六日の吉書始《きっしょはじめ》だが、建物の工事は八月二十四日に立柱《りっちゅうじょう》上棟《とう》式が営まれ、一区切りがついている。二十八日には門が建てられた。

主要メンバーとなる大江広元《おおえのひろもと》（中原《なかはら》広元）、二階堂行政《にかいどうゆきまさ》（工藤行政）、三善康信《みよしのやすのぶ》（善信《ぜんしん》）ら下級貴族も鎌倉に到着。

公文所メンバーはこの三人に加え、広元の兄・中原親能《ちかよし》や足立遠元《あだちとおもと》らがいる。

足立遠元は若いころ、源義朝《よしとも》（頼朝の父）の側近武将として活躍。平治《へいじ》の乱（一一五九年）のとき、右馬允《うまのじょう》（右馬寮《うめりょう》の三等官）に任命された。文官中心の公文所の高官の中で唯一の武官。安達盛長《あだちもりなが》の甥《おい》だが、年長である。遠元の父・藤原遠兼《ふじわらのとおかね》が武蔵国《むさしのくに》足立郡に根拠地を持った。遠兼の弟・盛長もその一族で、安達を苗字《みょうじ》とするのは奥州合戦（一一八九年）の後に陸奥《むつ》国安達郡（福島県二本松《にほんまつ》市など）の所領を得てからだ。この時点では足立盛長だが、ややこしいので最初から安達盛長とする。

また、大江広元の姓は中原で、後に大江に改姓。二階堂行政は藤原南家《なんけ》の流れの工藤氏。二階堂の苗字は、邸宅近くに永福寺《ようふくじ》が建立され、この寺に二階建てのお堂があったことに由来する。つまり、このころの名は中原広元、工藤行政（藤原行政）だったが、ややこしいので、後に知られる大江広元、二階堂行政の名で最初から進める。

彼ら京出身の文官は以前から頼朝とやり取りがあり、来たばかりの鎌倉についてもよく知っている。三善康信は頼朝が流人《るにん》時代から京の情勢を知らせる役目を進んで引き受けたし、中原親能も京と鎌倉を忙しく往復している。その親能が、切れ者の弟・広元を推薦した。

「平家は今」

三兄弟は平家軍の現状を確認した。

二月の一ノ谷《いちのたに》の敗戦で本拠地・福原《ふくはら》を失い、内裏《だいり》は四国の讃岐・屋島に移った。ここに総帥《そうすい》・平宗盛がいる。さらに大軍を率いる平知盛は長門《ながと》・彦島《ひこしま》を抑えており、瀬戸内海の制海権はなお平家の手中にある。海軍力のない源氏は攻めにくい。

「山陽道《さんようどう》の武士を従わせ、船を調達できるようにせねばならない。九州に渡ることができれば、知盛卿の彦島を包囲するように攻められるのだが」

「随分と遠回りですな……。だが、やりましょう。兄者人。小山の力、西国にとどろかせたく思います。御所さまのお望みが和平ならば、知盛卿攻めのおりしか武功を挙げる機会はありませんな。われらは平家追討のため、坂東を離れ、はるばるここまで来たのです。ここで武功を挙げねば……。いや、手前、新たな所領を欲しているわけではありません。武士として手柄を立て、御所さまに褒《ほ》められたいと、ただ、そのために西国まで参ったわけで……」

長沼宗政は気合を示した。

〈6〉山陽道制圧

西へ向かう馬の脚は重い。

源氏《げんじ》軍に船はない。制海権は平家《へいけ》に握られたままだ。

「このまま西に進んでも、退路を断たれる恐れがありますな」

源範頼《みなもとののりより》軍の参謀総長と監視役を兼ねる侍所別当《さむらいどころべっとう》・和田義盛《わだよしもり》が懸念を示す。

「やはり、そうか」

範頼も従わざるを得ない。

「畿内から播磨《はりま》、備州《びしゅう》（備前《びぜん》、備中《びっちゅう》、備後《びんご》）を固めないと、西へは進めません」

この一帯の武家との交渉を進める。範頼軍は数千騎程度だが、公称二万騎と触れ回り、さらに京の義経《よしつね》軍、鎌倉《かまくら》からの頼朝《よりとも》本隊が支援する態勢が整っているなどと出任《でまか》せを言って従わせる。

西国武将を味方につけて数万騎の軍勢を整え、西に進む計画だ。

だが、兵糧《ひょうろう》の欠乏も問題になり、範頼は書状で頼朝に窮状《きゅうじょう》を訴えることにした。九州の武将との交渉が進まないこと、兵糧が絶えて多くの武士が東国に帰りたいと思っていること、船や馬の不足で進軍速度が上がらないことを書き連ねた。

使者は十一月十四日に出発した。

十二月七日、範頼軍は備前・児島《こじま》に向かった。平清盛《たいらのきよもり》の孫・行盛《ゆきもり》（清盛次男・基盛《もともり》の長男）が構えた城郭がある。これを攻めるのだ。藤戸《ふじと》（岡山県倉敷市《くらしき》）の浜からは狭い海峡を隔てた対岸の島。五町（約五五〇メートル）離れているにすぎないが、源氏軍は船がない。

手をこまねいていると、五百艘《そう》もの船を浮かべた平家軍が挑発する。若武者らが小舟に乗って軍扇を高く掲げている。ここを渡ってみろということだ。

「船があればなぁ……。あんな小勢はひともみに押し潰すことができるのだが」

「焦りは禁物ですぞ。参州《さんしゅう》殿（源範頼）」

和田義盛は範頼を制したが、やる気なさそうに敵を見るばかり。打開策が浮かんでいないようだ。

岸に大軍を並べているが、海を渡れなくては、どうしようもない。それを見越して平家の若武者が挑発しているのだ。小山朝政が範頼に言った。

「われらの勢いのあるところ、近隣の武士どもも分かれば、いずれ船の調達も楽になります」

「いずれな……。だが、今はあの小島一つ落とせぬでは……」

鎌倉を発ち、はや四か月ほど経っただろうか。まず、長門《ながと》・彦島《ひこしま》の平知盛《とももり》を攻めるとした範頼の遠征軍は、近畿、播磨など京周辺は抑えたものの、いまだ備前あたりをうろうろしている。船の調達が進まず、瀬戸内海の制海権を抑えられない上、兵糧にも苦労している状況なのだ。見通しは暗い。

たかが、小島一つなのだが、ここを抑えないと西に進んでも退路を断たれ、京との連絡を容易に切断され、下手をすると兵糧の調達、搬送にも関わる。そうすると、臣従したはずの山陽道《さんようどう》の武士が寝返る可能性も出る。とにかく、抑えないと後が怖い。

「一気に打開する手はないのか」

範頼はかりかりするばかり。

「ございません」

朝政はこう答えるしかない。彼らが無能なのではない。ものごとには手順があって、事態が理由もなく飛躍的に進展することはない。

だが、戦況を一変させる飛躍があった。

佐々木盛綱《ささきもりつな》が馬で海に入った。これを見て範頼が驚いた。

「あれをやめさせろ。佐々木を制止しろ」

範頼の言葉に従って佐々木に声をかけるのは土肥実平《どいさねひら》。

「佐々木殿、ものに憑《つ》かれたか。とどまり候《そうら》え」

盛綱を追うように声をかけるが、盛綱はそのまま進む。実平もあわてて追ううちに海に入った。

馬は水に浸かり、どんどん沈んでいく。腹が水に浸かり、鞍も水面に隠れるが、馬の頭も馬上の盛綱も水面を滑るように前に行くだけだ。下には沈まない。

「あれ。渡れるぞ」

範頼も声を上げた。

「浅いぞ。渡れるぞ。浅瀬がある。それ、渡れ、渡れ」

源氏の大軍がどんどん渡る。平家が弓矢を射かけるが、兜《かぶと》を傾けて身を守りつつ、矢の嵐の中を塊となって押し寄せる。平家の船に乗り移って乱戦となった。小舟がひっくり返り、沈み、平家軍はどんどん沖へと離れる。

源氏軍はついに児島に上陸。

平行盛軍は五百騎。源氏軍は数で圧倒できるはずだったが、すんなりとはいかない。船に乗り込み、沖から激しく矢を射かける平家軍には、矢で応戦するしかない。

乱戦は終日続いた。

平家の将兵はあるいは討たれ、あるいは船に乗って逃げた。

平家は四国の讃岐《さぬき》・屋島《やしま》へ撤退した。

「無念だ。多くの敵を逃がしてしまった。われらには船がない。逃げる平家を追うことができないとは。無念だ」

悔しがる源範頼に小山朝政が言った。

「範頼さま。これで西に進む上でずいぶんと楽になります。敵を逃がしたことよりも大きな意味があります」

「そうか？　左馬守《さまのかみ》行盛卿を惜しくも屋島に逃してしまったが……」

「それでも、ようやく、彦島の新中納言《しんちゅうなごん》殿（平知盛）を攻める態勢が整いました」

山陽道での平家の拠点を落とし、沿岸の武士を従わせることができる。大きな前進といえる。

「どうすればよい、朝政」

「備前の者どもに船を出させ、山陽道沿岸を警備させることができます。われらは後顧の憂いなく周防、長門まで駆けることができます」

苦労しながらも、ようやく西上への足掛かりをつかんだ。このことであろう。

この藤戸の戦いで一番乗りを果たした佐々木盛綱は頼朝に称賛された。

「馬で川を渡った者はおるが、海を渡った者はいない。世にもまれだ」

なお、盛綱は一番乗りの手柄を確保するため、浅瀬の位置を教えた恩ある漁師を殺害した。漁師の母親は佐々木を恨んで笹《ささ》を抜き去り、このあたりの山には以後、笹が生えなくなったという伝説がある。

〈7〉九州上陸戦

元暦《げんりゃく》二年（一一八五年）正月。

源範頼《みなもとののりより》の軍は最悪の気分で年明けを迎えた。前年十一月、範頼は鎌倉《かまくら》に書状を送って現地の窮状《きゅうじょう》を訴えたが、返事すら来ない。範頼はうろたえた。

「もはや、見捨てられたのではないか」

実は、十一月十四日に出発した使者はやっと正月六日に鎌倉に到着。道中散々な目に遭ったようだ。敵の目を避け、旅費が尽き、雪の山野をさまよい、一か月半もかかった。飛脚としては異常な遅さだった。

範頼の遠征軍は、山陽道《さんようどう》を固め、長門《ながと》・赤間関《あかまがせき》（山口県下関《しものせき》市）まで到達した。だが、関門《かんもん》海峡の彦島《ひこしま》を抑えている平知盛《たいらのとももり》に阻まれ、これ以上は進めない。船の調達は思うようにも進んでいなかった。

正月十二日、範頼軍は差し迫った危機に陥《おちい》った。

「もう無理じゃ。わしは鎌倉へ帰る。領国に戻るわ」

「侍所別当《さむらいどころべっとう》が何を言い出すか。そなたは、わが軍の柱ぞ」

「大した戦果もないまま、時を過ごし、ついには越年してしまった」

侍所別当・和田義盛《わだよしもり》が感情を爆発させ、範頼は大いにうろたえた。

小山朝政《おやまともまさ》はあきれた。遠征軍の参謀総長であり、軍を監督する立場にある侍所別当がこれでは、もはや全軍崩壊である。

これまでも和田義盛は、地味な作戦が苦手なのか、ろくな作戦立案がなく、厭戦《えんせん》気分が蔓延しても有効な手立てを示さなかった。戦場では常に前線に立ち、全軍を的確に指揮し、その武勇は知らぬ者はいない勇猛な武将だが、得手不得手はあるようだ。

それにしても何とかしてもらいたい。

朝政は控えめに献策し、宿老の間も奔走《ほんそう》して調整し、とにかく軍を西に進めさせた。士気の維持を考え、ときには遊女をあげて酒宴を催したり、ときには弟の長沼宗政《ながぬまむねまさ》をことさら叱責して引き締めたりと、硬軟両面の工夫を凝らした。空回りに近い手応えしか感じないときもあったが、ようやくここまで来たのだ。

それでこれである。

「朝政。これでは、どうにもならない。鎌倉に帰りたいのはわしも同じじゃ。頼りとする和田義盛があれでは、どうにもならない。われらはどうなる」

「範頼さま。ここまで来て平家と戦わず、鎌倉に帰るなど思いも寄らぬことです。お咎《とが》めどころか、鎌倉での居場所などありますまい」

「まさか、こんなところで年を越すとは思わなかった。こんな長期戦になろうとは。こんな細かい戦《いくさ》ばかり続けても消耗するだけだ」

「まもなくわれらに心を寄せる九州の武士、臼杵惟隆《うすきこれたか》と緒方惟栄《おがたこれよし》のもとへ参った使者が戻ってきます。渡る船さえあれば、彼らの協力のもと、九州勢を従えることができます。そうすれば彦島を攻める船も手に入りましょう」

「よい返事であろうな」

「よい返事です。船、兵糧《ひょうろう》、いずれも十分に期待できます」

「それにしても回りくどい。昨年二月、福原《ふくはら》を落としたときは、平家殲滅《せんめつ》など間近と思ったが、それから一年近くも経っている」

「ですが、この間に平家の陸の拠点はことごとく潰しました。いよいよ屋島《やしま》と彦島を残すのみです。われら山陽道を手に入れ、間もなく九州にも上陸します。平家は既に瀬戸内海の海面の上しか自由に動ける場所はありませんが、それも、間もなくわれらが取り囲むように制圧できるのです」

　そして彦島を攻め、平知盛を討てば、屋島の平宗盛《むねもり》はたやすく降伏する。これが源頼朝《よりとも》の方針であり、朝政も今の戦況からして、その可能性は大いにあるとみていた。

正月二十六日、待ちに待った朗報が届いた。豊後《ぶんご》の武士・臼杵惟隆と緒方惟栄が八十二艘《そう》の船を、周防《すおう》の宇佐那木遠隆《うさなぎとおたか》が兵糧米を献上した。

「ようやく豊後に向けて船を出せます」

全軍の士気が一気に高まった。歓声が上がる。

「ですが、周防にはどなたか残っていただかなければなりません。ここを失うと、われら九州から戻れなくなる可能性もあります」

「そうか。それに、御所さまは京、関東と連絡を取り合って計略をめぐらすようにと仰《おお》せであった。誰を選ぶべきであろうか」

範頼は人選に迷った。これはなかなか難しい。千葉常胤《ちばつねたね》が答えた。

「三浦《みうら》は精兵であり、手勢も多い。これに命じたらよろしいでしょう」

三浦義澄《よしすみ》、義村《よしむら》父子に白羽の矢が立った。

「千葉殿、それはないな。われらも九州に向かいたい。範頼さま、自分は一番乗りを目指してきました。この地に留まるならば、一体どうやって勲功を立てたらいいのでしょう」

「ですが、周防に軍勢を残し、九州に渡る兵と合わせて彦島を挟み撃ちにできます。彦島攻めでは大きな役割となるでしょう」

朝政が三浦父子の説得を試みる。義澄は強く辞退したが、勇猛な者を選び、あえて留め置くのだと範頼が再三命じたため、三浦勢が周防で陣を構えることになった。

ようやく範頼軍が船を出した。

一応、船団と呼べるほどの何艘《そう》かの大小の船を揃《そろ》えた。これに諸将の兵が分乗する。そうした中、下河辺《しもこうべ》行平《ゆきひら》は鎧兜《よろいかぶと》を売って自身と家来が乗るための小型の船を買った。

「行平殿、無謀でござろう」

宗政が驚き、朝政も従兄弟《いとこ》の行平を叱《しか》った。

「戦に必要な武具まで売ってしまってどうする。甲冑《かっちゅう》を着て、範頼さまのお船に乗り、戦場に向かうべきであろう」

「自分の身命はもとより惜しいとは思わないので甲冑はつけず、自分が動かせる船で一番乗りを思いのままにしたいと思います」

「何？」

「敵の矢に射られるならそれまで。大きな戦功を挙げずに生き残ることに意味がありましょうや」

長期行軍と慢性的な兵糧不足で兵の疲弊は極限に達している。兵を動かすためには多少乱暴な手段も必要だと行平はいう。

「つまり、やけくそになるのですな」

「宗政殿、はっきり申しますな。ははははは」

行平と宗政がからからと笑い続けた。

「五郎の笑い声は大きく、ときに耳障りなこともあるが、きょうは嫌な気分を吹き飛ばしたな」

「兄者！」

「よし、分かった。行平、思うようにいたせ」

朝政は突き放すように言ったが、彼の死地に向かう覚悟が、ほかの部隊を活気づかせるかもしれないと期待を寄せた。

「朝政兄。わが下河辺の武勇、しかとお見届けください」

「行平。われらも続く。そなた一人を死なせはしない」

従兄弟同士、固く手を握り合った。

豊後に上陸した範頼軍は筑前《ちくぜん》まで北上。真っ先に上陸した下河辺行平はどんどん先を行く。海岸沿いの道なき道。

「よし、一気に駆けるぞ。走らんか」

二月一日、筑前・葦屋浦《あしやうら》（福岡県芦屋《あしや》町）で原田種直《はらだたねなお》、賀摩種益《かまたねます》父子ら原田一族と激突。葦屋浦の戦いである。先陣は下河辺行平と追いついてきた北条義時《ほうじょうよしとき》、渋谷重国《しぶやしげくに》ら。範頼軍の主力部隊が到着した際は既に戦闘は始まっていた。

行平の軍勢はほとんどの兵が鎧兜を売ってしまったが、敵兵からの矢を恐れず、前線で駆けた。行平の前を行く兵がばたばたと倒れたが、ひるまず突進し、一気に敵兵に近づき、斬りかかった。早々に接近戦に持ち込み、敵兵と組み合う。無防備ではあったが、行平の兵は甲冑がない分、俊敏に動いて優勢に敵兵を討っていく。

組み合っては不利と、原田の兵は退却し、少し距離をとってから、また射かけてくる。範頼とともに戦場に到着した朝政は自軍や弟の長沼宗政、結城朝光を叱咤《しった》した。

「行平を討たせては小山の恥ぞ。前に出て敵を蹴散らせ。甲冑を着けた者は前に出て盾となれ。行平を討たすな」

「朝政兄、盾など不要。射るなら射てみよ、われら矢面で戦います。われらの武勇、お見届けくだされ」

朝政の下知に反応し、下河辺行平が声を張り上げる。

士気は一気に高まった。

さらに後続の兵が続々と戦場に到着し、原田の軍勢を包み込むように攻めていく。

原田種直は渋谷重国に射られて動けなくなったところを捕らえられた。

下河辺行平は種直の弟・美気《みけ》敦種《あつたね》を討ち取り、武功を挙げた。

範頼軍は九州北部の平家勢を駆逐《くちく》。彦島の平知盛を孤立させることに成功した。


小山朝政、長沼宗政、結城朝光の小山三兄弟や従兄弟の下河辺行平兄弟は見事に奮戦した。父子、兄弟、一族そろって参戦している御家人は数多いが、小山の軍制は少し独特なところがある。

朝政、宗政、朝光がそれぞれの部隊を指揮している。

元暦二年（一一八五年）の時点で、朝政三十一歳、宗政二十四歳、朝光は十八歳。若くても、それぞれ有力御家人並みの軍勢を引き連れている。独立した部隊であると同時に小山一族の部隊でもある。その将兵は朝政、宗政、朝光それぞれの家臣であるとともに、父・

小山政光の家臣でもある。

弟二人は『吾妻鏡《あづまかがみ》』で、小山五郎宗政、小山七郎朝光の名で記されていることもあれば、長沼宗政、結城朝光の名で登場する場面も混在する。周囲の御家人の認識も両面あったのだろう。

〈8〉屋島へ

源《みなもとののりより》範頼の遠征軍は九州北部を制圧し、目標としていた平《たいらのとももり》知盛が籠《こも》る彦島《ひこしま》を目の前にしていた。

少し議論があったのは捕虜とした原田種直《はらだたねなお》の処遇である。

「敵の主将ぞ。すぐに首を取り、晒《さら》すべきであろう。誰が勝者で誰が敗者か。九州の武者《むさ》どもにも分かるようにせねばならぬからな」

侍《さむらいどころべっとう》所別当・和田義盛《わだよしもり》は当然のように即時処罰を訴えた。範頼が渋面を作ると、小山朝《おやまとも》政《まさ》が代わりに制した。

「お待ちください。御所《ごしょ》さま（源頼朝《よりとも》）からは、九州で帰伏してくる者は丁重に扱えとの指示が来ております。捕虜についても、また、しかり」

「そのような指示、わしは知らん」

「範頼さまのところにたびたび文《ふみ》が」

実は朝政にも頼朝の書状が届いている。朝政だけでなく、北条義時《ほうじょうよしとき》や仁田忠常《にったただつね》、比企能員《ひきよしかず》、工藤祐経《くどうすけつね》ら頼朝が信頼する武将や、頼朝が気を遣っている武将には、細かな指示が書かれた書状が届いていた。範頼にはこういう指示を出した、範頼を支えてくれ、遠征軍は心を一つにして戦え、といった内容である。

範頼も戦地の窮状《きゅうじょう》を訴える書状をたびたび鎌倉《かまくら》に送っていたし、朝政も求めに応じて遠征軍の状況を説明する書状を送っている。頼朝は鎌倉にいながら、遠征軍の状況をある程度把握している。そのやり取りで、和田義盛をあまり評価していないことも、朝政は薄々感づいていた。おそらく北条義時も同様の情報、感触を得ているはずだ。

頼朝は和田義盛を不要戦力とみなしているのかというと、そうではなく、武勇や戦闘能力は評価している。ただ、遠征軍の参謀総長兼監視役という役割については見限っているようなのだ。

結局、範頼は原田種直の処分を先送りした。後に鎌倉に護送されることになる。

彦島攻めは攻撃方法の議論がまとまらず、少々日を送った。相手は平家《へいけ》精鋭による強力水軍。一方、源氏《げんじ》は海戦を不得手としている。有力諸将も二の足を踏んでいる。そんな中、葦屋浦《あしやうら》の戦いから半月ほど経った二月半ば、鎌倉からの使者が到着。新たな命令を伝えてきた。

「急ぎ、四国を攻めよ。いったい……、これはどういうことだ」

源範頼は書状を手に頭を抱えた。それを覗《のぞ》き込み、和田義盛も沸騰。

「鎌倉は全く、われらの事情を分かっていない。ここにたどり着くまで、どれだけの苦労をしたか。ときに飢《う》えとも戦い、全軍崩壊の危機も乗り越え、ようやくここまで来たというのに……」

範頼は傍《かたわ》らにいた北条義時に書状を渡し、義時は一読した後、目配せをして朝政に渡した。

「まあ、ご指示とあれば、従うしかなく」

「おう。それは分かっておる。分かっておるが……」

範頼はどうにも腑《ふ》に落ちないと困惑しきりの顔だ。朝政が続けた。

「全く思いがけないご指示。ですが、ここであれこれ言っても始まりません。とにかく船を調達し、海路、屋島《やしま》に向かわねばなりません」

讃岐《さぬき》・屋島は今、平家の本拠地であり、平宗盛《むねもり》が幼帝・安徳《あんとく》天皇を擁して仮の内裏《だいり》も構えている。最初からここを攻めるのであれば、よほど簡単な話であった。

頼朝は、平家の精鋭部隊、平知盛を討ち、平宗盛を降伏させ、安徳天皇と三種の神器を無事に確保する方針のはずだ。今、なぜ順序を変える指令が出るのかは朝政にも理解できないが、考える暇はなかった。


間もなく新たな情報が入ってきた。京を守備していたはずの義経《よしつね》軍が屋島に向けて兵を出したというのだ。経緯は分からない。頼朝が義経に新たな指示を出したのか。

「兄者《あにじゃ》。九郎判官《ほうがん》殿（義経）の判断ではございませんか」

長沼宗政《ながぬまむねまさ》、結城朝光《ゆうきともみつ》が兄の小山朝政に聞いた。

「まさか、九郎判官殿が独断で動くわけはあるまい」

「そうですな。梶原景時《かじわらかげとき》殿もいらっしゃるし……」

「そうか。案外、梶原殿かもしれんな。九郎判官を動かしたのは」

梶原景時は現実主義者だ。このままでは戦功を挙げられないと踏み、義経を動かして屋島の平家を攻め、宗盛を討つ大功を挙げようと計略を練り、頼朝の指示を取り付けたか。範頼軍が九州上陸を果たしたと聞き、平知盛が動けないと踏んだかもしれない。

頼朝は追認するしかない状況に追い込まれた可能性もあろう。

または、後白河法皇《ごしらかわほうおう》か。平家憎しで凝り固まっており、安徳天皇や三種の神器のこともかまわず、義経か頼朝に平家追討を命じたか。


この情報が知れると、諸将が色めき立った。

「讃岐・屋島は平家の本拠。ここで九郎判官殿が宗盛卿を討てば、戦《いくさ》は終わり。われらの手柄を挙げるところがなくなってしまう」

ここまで苦労に苦労を重ねて、最後に他人に手柄を取られるのは馬鹿らしい。諸将は屋島に急ごうとする姿勢を示した。最もその態度が強硬だったのは和田義盛だ。

「わしは大軍を率いて屋島に向かう」

侍所別当の立場を名目に軍を率いるというが、手柄に焦る姿勢があからさまだ。

だが、九州に残る者も必要である。彦島の平家軍に背後を衝かれないように兵を残さねばならない。

「小山殿がよろしかろう。一族の軍勢、それなりに多い」

和田が独断で指示した。

小山勢は範頼を守りつつ、平知盛の牽制《けんせい》役に回らざるを得なくなった。

範頼は「御家人と功を争うな」と頼朝に叱責《しっせき》されたことがある。自ら九州に残留した。

忸怩《じくじ》たる思いは見え隠れしている。だが、戦功を求める御家人たちを抑えきれないと、遠征軍は空中分解してしまう。

「兄者人。ここまで来て目の前の手柄が消えうせたような、このような恥辱《ちじょく》ありましょうか」

長沼宗政は頭頂部を赤くしたように怒りに震えている。

「五郎、こらえよ」

小山朝政は懸命に一族の者をなだめ、抑えた。

「屋島の結果がどうなろうとも、彦島における新中納言殿《しんちゅうなごん》（平知盛）との決戦が残る。新中納言殿は必ずわれらに戦いを挑んでこよう。われらの手番、必ずあるぞ」

「兄者、果たして、そうでしょうか」

朝政は自身の言葉に自信がない。平宗盛が全軍に停戦を指示した場合、それでも知盛が抵抗を続けるか。平家本隊が敗れ、兵のほとんどが逃亡して抵抗戦をしたくてもできぬということも想像できる。

さらに手を出せない屋島の戦況も気になる。心配は何といっても、義経の戦い方である。確かに義経の戦の才能は見事で、その戦術は想像を絶するものだ。それだけに、どういう結果を招くか全く予想がつかない。この不安がある。

「先帝《せんてい》（安徳天皇）にしろ、三種の神器にしろ……」

屋島の仮内裏とともに焼失してしまうか、御座船とともに海の藻屑《もくず》となる危険はないのだろうか。

だが、自分でコントロールできないことを心配するのも馬鹿らしい。もはや他人事である。

「先帝のことも、三種の神器のことも、御所さまから心せよと命じられたのだが、その御所さまの指示によって、どうにもならなくなったのだ。もはや……」

手に負えないと突き放すしかない。

義経は二月十八日未明、摂津《せっつ》・渡辺津《わたなべのつ》（大阪府大阪市中央区）から五艘《そう》百五十騎で出航を強行した。

暴風雨の中、拒む船頭に対して、船を出さねば、この場で射殺すると弓矢で脅し、逆に強烈な追い風の中、通常は三日程度かかる距離をわずか四時間で渡りきった。現在の高速艇ほどではないが、十〜十五ノットくらいになる速さだ。

阿波《あわ》・勝浦《かつら》から上陸。北上して屋島を背後から攻めた。

民家を放火し、平宗盛をはじめとする平家側は大軍襲撃と誤認し、海上に退去。宗盛は安徳天皇を守らねばならない立場だけに、その安全確保を優先した。

海上に逃れ、義経の軍勢が意外に少ないことを知ると、猛将・平教経《のりつね》（清盛の甥《おい》、清盛異母弟・教盛《のりもり》の次男）を先頭に反撃を開始した。

矢合わせの名乗り合いでは双方悪乗りしたのか、延々と罵《ののし》り合った。テンション高く、互いに挑発しているうちに興に乗ってしまったか。

教経の兵団の中から越中《えっちゅう》次郎兵衛《ひょうえ》盛嗣《もりつぐ》（平盛嗣）が船の先端に身を乗り出し、大声を上げる。悪口に関しては天下一品で、義経が出っ歯と信じられているのは、この者のせいである。

「源氏の方々、みな名乗られたのは聞き申したが、海上はるか隔てれば、仮名《けみょう》も実名も届きませんでした。きょうの源氏方の大将軍は誰でおわしますか」

陸からは義経の郎党、伊勢《いせ》三郎義盛《よしもり》が返す。

「語るも愚か、言うまでもない。清和《せいわ》天皇のご子孫にして、鎌倉殿の御弟《おんおとうと》、九郎大夫判官《たいふほうがん》殿でござるよ」

「そうでしたか。昔おりましたなあ、平治《へいじ》の合戦で父が討たれた孤児《みなしご》が。鞍馬《くらま》の稚児《ちご》をして、後に黄金商人に付き従って食料を背負って奥州へさすらい下った小冠者《こかんじゃ》が」

「舌が軟らかく、よく動くのをいいことに、わが主君のことをあれこれ言ってくれたな。そういう、わどもは、さてはあれだな。先年、砺浪山《となみやま》の戦（倶利伽羅《くりから》峠の戦い）で追い落とされて、命からがら食を乞《こ》いながら北陸道《ほくりくどう》をさまよい、泣く泣く京へ逃げ帰った者であろう」

「わが身は主君の恩を十分に受けており申す。何の不足があって、そのようなことをしようか。そう言うわどもこそ、伊勢の鈴鹿山《すずかやま》にて山賊《さんぞく》暮らしをして妻子を養い、生活している者だと聞いていますぞ」

ここで義経の軍勢の中から金子家忠《かねこいえただ》が進み出た。

「ええい、殿ばらどもよ、無益な雑言ばかり言い合っても勝敗はつけられぬぞ。去年《こぞ》の春、一ノ谷《いちのたに》で武蔵《むさし》、相模《さがみ》の若武者ばらの手並みは見たであろう」

「おお、金子十郎殿か。平治の合戦では、上臈女房《じょうろうにょうぼう》に変装された主上《しゅじょう》（二条《にじょう》天皇）に気付かず、みすみす御牛車《みくるま》をお通し申し上げた御仁《ごじん》よの」

平家側がどっと沸く。

ようやく開戦となり、激しく矢が飛び交う。教経は執拗に義経を狙う。狙われるのを分かっていても義経は先頭に立ち、部下の制止も聞かない。ついに、義経に従っていた佐藤《さとう》継信《つぐのぶ》が義経の前を守り、教経の矢を受けて戦死した。

結局、義経の活躍で平家は屋島への再上陸は果たせず、重要拠点を失った。

屋島を失った平家は、彦島を残して海上に漂う状況に追い込まれた。平家滅亡の流れが確定してしまい、最後の壇ノ浦《だんのうら》の戦いにむなしく向かうだけだった。

小山三兄弟は源平合戦後の所領の拡大ぶりで大きな戦功があったことは分かるが、軍記物語などに、屋島の戦いや壇ノ浦の戦いでの具体的な活躍の場面はない。壇ノ浦の決戦では陸上からの援護射撃、後方支援の役回りで終わったのだろうか。

そして、この屋島の戦いでは、小山三兄弟の動向とは全く関係のないところで、那須与《なすのよ》一《いち》が鮮やかに登場する。

〈９〉那須与一

元暦《げんりゃく》二年（一一八五年）二月十八日。

那須与一《なすのよいち》はこの一日にしか現れない。与一登場は軍記物語としての『平家《へいけ》物語』の最大の見せ場だが、いきなり登場して、その後は一切語られない。

後世の歴史家には、那須与一を架空の人物とみる者さえいた。フィクションの『平家物語』に登場するだけで、実録の『吾妻鏡《あづまかがみ》』には名が出てこないからだ。与一後日譚《ごじつたん》は『平家物語』から派生した創作か伝承。このような捉え方だ。

決定的な反論はできないが、与一は歴史の中に確かに実在した。物語そのものはフィクションでも、『平家物語』は実在の人物が登場し、史実に則った流れがある。おのおのの場面は、真実か創作か意識されずに詰め込まれた挿話でちりばめられているにせよ、歴史の出来事が反映された物語なのだ。

ちなみに『平家物語』には多くの異本があり、与一の「扇《おうぎ》の的」の物語も細かい部分に違いがある。日付や年齢が少し違い、与一を推薦する人物も違う異本もある。

異本の一つ『源平盛衰記《げんぺいせいすいき》』では、源 義経《みなもとのよしつね》はまず畠山重忠《はたけやましげただ》に「扇を射よ」と命じる。重忠は脚気《かっけ》を理由に辞退して那須兄弟を推薦。兄・那須十郎は一ノ谷《いちのたに》の戦いで崖から急滑降した際に肘《ひじ》を負傷し、いまだに手が震えているとして弟・与一に任せるという込み入った筋立てである。

後世の芸能にも大きな影響を与えた。能《のう》や狂言《きょうげん》、浄瑠璃《じょうるり》、講談、落語のさまざまな作品で語られている。与一（旧字は與一）の名も「与市」や「余一」「余市」とさまざまあり、狂言では「奈須与市語《なすのよいちのかたり》」と表記される。

そもそも細かいことをいえば、那須与一は「なすのよいち」であり、「なすよいち」とは読まない。那須氏のルーツは藤原氏。「藤原＝ふじわらの」「源＝みなもとの」「平＝たいらの」といった姓《かばね》、ルーツを示す氏族名とは違い、「那須」は地名を由来とした苗字《みょうじ》なので、「なす」でいいような気もするが、そうではない。苗字としては固まっていない段階の「那須の地の者」というニュアンスを示す「の」なのか、単に語調を整える「の」なのか。積極的に苗字に「の」を入れて読むこの時代の軍記物語も多い。関係があるのかどうなのか。

二月十八日の屋島《やしま》の戦いは、源平両軍激しくぶつかった後、夕暮れになり、平家の船は沖に離れ、戦闘そのものはいったん終わった。両軍とも敵を眺めるだけの状況となった。なお、与一が登場しない『吾妻鏡』は屋島の戦いを十九日としている。

悠長な時代と思うかもしれないが、当然といえば当然のこと。暗くなって見えなくなるのだから仕方がない。松明《たいまつ》でも灯《とも》せば相手に居場所を知らせるようなものだし、闇討ちを仕掛け合うのも不毛な消耗戦でしかない。

一時停戦で考える時間があり、平家総帥《そうすい》の平 宗盛《たいらのむねもり》は敗戦続きの流れを何とか変えられないかと、御座船の上で唸《うな》っていた。腹の虫が収まらない。

策をひらめいた。

現代的に考えると、戦術的な意味があるとは思えないことだが、随分と仕掛ける方に有利な神頼みを思いついた。

沖から、いかにも軍船とは異なる飾り立ての小舟が一艘漕《そうこ》ぎ出てきた。

「あれは何だ」

兵たちが見ていていると、舟は横向きになり、年のころ十八、九歳の女官が出てきた。たいへん美しい。『平家物語』に名は出てこないが、『源平盛衰記』では玉虫《たまむし》の前《まえ》。落語の

「源平盛衰記」だと柳《やなぎ》の前《まえ》とも紹介される。

実にしとやかで優美で、柳襲《やなぎがさね》の五衣《いつつぎぬ》に紅《くれない》の袴《はかま》を着ていた。竿を舟の縁板《へりいた》に立て、その竿の先に扇を挟み立てて持っている。扇は赤い漆《うるし》を塗った紅の地に金箔で日輪が描かれている。

その美婦《びふ》が陸に向けて手招きする。その手は夕陽の光を赤く透き通している。

義経は後藤実基《ごとうさねもと》を呼んで訊《たず》ねた。

「あれはいったい何だ」

「射てみよ、という挑発でしょう。ただし、大将軍（義経）が矢面に出て、あの傾城《けいせい》（美女）を見ているところを手練《てだ》れの者に狙わせて射殺そうという計略かと思われます。そうではありますが、やはり、扇は射落とすべきかと思います」

優勢に進めてきた義経の軍にとって、思わぬピンチである。

まず、挑まなければ源氏《げんじ》の恥。難易度の高い挑発だが、無視すれば、射落とせる弓の名手はいないと認めた、臆《おく》したと断定されても仕方がない。

もちろん、射損じても恥。外せば、神は源氏を見放し、逆に平家を見放していないことになる。そこに平家逆転の道が開ける。平家側が勝手に決めたルールだが、この場の全員がそう信じる。

神頼みが戦術を超え、戦《いくさ》の趨勢《すうせい》を決める。ここに現代からみる合理的な解釈は通用しない。

平宗盛は、われながら起死回生の妙案と、揺れる船上で悦に入っていた。神のご加護《かご》で劣勢を一気に挽回できるかもしれない、その可能性が大きい一策だと。

宗盛の左右も「さすが、ご妙案」と持ち上げる。だが、神頼みがそんな都合のいいものであるわけがない。そこに何かの落とし穴があるはずなのだが……。

義経としては、自軍の誰かが絶対に射落とさねばならない状況に追い込まれた。断崖絶壁に立ったような真剣さで後藤実基に訊ねた。

「見事射落とせる者は味方にいるか」

「上手の者、いくらでもおります。中でも下野国《しもつけのくに》住人、那須太郎資隆《すけたか》の子、与一宗隆《むねたか》こそ、小兵ではありますが、優れた者です」

「証拠はいかに」

「飛ぶ鳥を落とす〈かけ鳥〉にても、三つに二つは必ず射落とします」

「ならば、与一を召せ」

百発百中ではなく、三つに二つというのがいかにも本物。飛ぶ鳥を落とすなど並大抵のことではない。だが、与一は少年時代から飛ぶ鳥を百発百中に近い精度で射る訓練をしている。

地元・那須に、法師峠《ほうし》（栃木県大田原市《おおたわら》）の昔話がある。雲雀《ひばり》を射て修練する与一少年を通りがかりの法師が咎《とが》めた。「殺さぬように射なさるがよい」といい、法師が雲雀を射落とし、拾って差し出した。手に取ってみると、雲雀は再び空に舞い上がる。蹴爪《けづめ》を狙って射たというのが法師の秘術。与一は法師のいうように修練を続け、このあたりの雲雀は蹴爪がないという。なお、後をつけた家来によると、法師は金丸八幡宮《かねまるはちまんぐう》（那須神社）の社《やしろ》で忽然と姿を消した。

さて、与一は義経の御前に進み出た。

二十歳ばかりの若武者。濃紺《のうこん》で、前襟《まええり》と袖口《そでぐち》だけが赤地の錦で飾った鎧直垂《よろいひたたれ》に、萌黄色《もえぎ》で染めた糸で縅《おど》した鎧を着て、鞘《さや》の金具が銀作りの太刀を佩《は》いていた。この日の戦いで少々使い残した切斑《きりふ》の矢を背負い、箙《えびら》（矢箱）の矢は先端が頭より高い位置まで差し出している。薄い切斑に鷹《たか》の羽を交ぜて作ったぬた目（波紋状の模様）の鏑矢《かぶらや》も差している。そして、重籐《しげとう》の弓を脇に挟み、兜《かぶと》を脱いで高紐《たかひも》にかけて背負っている。その姿で、義経の前にひざまずき、言葉を待った。

「いかに与一よ。あの扇を射落とし、平家の者どもに見せてやれ」

与一、畏《かしこ》まって申す。

「射遂げること、確実とは申せません。射損じましたならば、これは末永くお味方、源氏の恥辱《ちじょく》となりましょう。確実にやり遂げられるお方に仰《おお》せつけられるのがよろしいかと存じます」

謙虚に答えた。というよりも予防線を張った。余興のように出現した扇の的が、源平の勝敗を決しかねない重大事であることは与一も感じ取っていた。

与一の答えに義経は瞬時に顔色を変えた。大いに苛立《いらだ》っている。

「鎌倉を発ち、西国で戦う武者はみな、この義経の命令に背くべからず。この言に少しでも異存のある者は、早々にここを去り、鎌倉に戻るべきであろう」

与一は義経の見幕《けんまく》に驚き、さらに畏まった。ここまで言われては重ねて辞退することはできない。決死の覚悟で答えた。

「されば、外れるかどうかは分かりませんが、お言葉でございますから、しかと承《うけたまわ》りました」

那須与一、絶対の自信はない。ないが、あの扇を必ず射落とさなければならない。外したら自害する。それだけを心に決めて馬を進める。

義経の前から下がり、たくましく肥えた黒い馬に小房のしりがいをかけ、寄生木のまろぼやの紋を摺《す》った鞍を置いて、うちまたがった。弓を持ち直し、手綱を繰って愛馬を波打ち際に歩ませる。馬は那須の駒込の池で生まれ育った「鵜黒《うぐろ》の駒」。

夕陽に照らされた赤い波。

ばさっ、ばさっと馬の腹を波が打つ。

味方の兵ははるか後ろから見送った。

「あの若者は確かにやり遂げると思われます」

こうした声に、義経は頼もしそうに見送る。

矢を射るには少し遠い。与一は一段（十一メートル程度）ほど馬を海に乗り入れるが、なお七段ばかり距離はあるようだ。

ころは、二月の酉《とり》の刻《こく》（午後六時ごろ）。向かい風となる北風も激しく、磯に打ち寄せる波も高い。小舟は波に揺り上げられ、揺り下げられる。扇も上下し、しかも風にひらひらとはためいている。

沖には、平家が船を一面に並べる。陸には、源氏の兵の馬の轡《くつわ》が一列に並ぶ。

与一は馬上で目を閉じ、祈った。

「南無《なむ》八幡大菩薩《はちまんだいぼさつ》、そしてとりわけ生国《しょうこく》下野の神々、日光《にっこう》の権現《ごんげん》、宇都宮《うつのみや》の大明神《だいみょうじん》、那須の温泉《ゆぜん》大明神。願わくはあの扇を射させたまえ。これを射損ずるならば、弓を折り、腹をかっ切って海中に身を投げ、進んで水神の餌食《えじき》となりましょう。二度と人前に出ることはありません。今一度生国に帰らせてもらえるならば、この矢外させたまうな」

金丸八幡宮の八幡神と日光二荒山《ふたらさん》神社、宇都宮二荒山《ふたあらやま》神社、那須温泉神社の神々に祈った。

目を見開くと、扇はぴたりと止まっている。

目を閉じて波音を聞き、心眼で上下する扇の動きを追っていた。その予測とぴたりと合い、上下に揺れ動く扇が止まって見えたのだ。

与一は鏑矢を取って弓につがえ引き絞り、弓の弦《つる》は満月のごとく弧を描く。矢は十二束三伏。標準の十二束（九十二センチ程度）より指三本分の幅ほど長いに過ぎないが、弓の張り具合は強い。

放った矢が扇に到達するときに上下する扇がどの位置にあるか予測した上で、頭の中でその位置へ一直線に補助線を引いた。

未来予測射撃。

引き絞って、引き絞って、はしっと矢が離れる。

鏑矢が唸った。風を切る音は浦々に響き渡る。

ひゃう、しゅるるっ。

扇の要から一寸（三センチ程度）ばかりのところを射切った。

扇がふわっと上がって、宙を舞う。一揉み二揉み、風に揺られて左右に踊りながらゆっくり着水し、海面に浮かんだ。

夕陽に照らされた紅色の海面に浮き沈みする黄金色の日輪。きらきらと光る。

一瞬の静寂《せいじゃく》と続く歓声。緊張感とその解放。

「射たりや」

敵も味方も称賛しない者はいない。どうして声を上げないでいられようか。

沖の平家は船端を叩いて感嘆し、陸の源氏は箙を叩いてどよめいた。

鳴り止まない喝采。

源平の勝敗が決した瞬間だった。
平家は続く壇ノ浦《だんのうら》の戦いで西海に沈んだ。

第6話　連判状

〈1〉十三人の合議制

「南無阿弥陀仏《なむあみだぶつ》、南無阿弥陀仏、南無阿弥陀仏、南無阿弥陀仏……」

朗々《ろうろう》と流れる弥陀名号《みだみょうごう》。

清らかな声ばかりでもない。しわがれ声、だみ声、かすれ声もある。戦場で声を潰したことがある者どもばかりだ。だが、その声はいずれも、亡き征夷大将軍《せいいたいしょうぐん》・源頼朝《みなもとのよりとも》を追慕する思いが深く込められていた。

正治《しょうじ》元年（一一九九年）十月二十五日、侍所《さむらいどころ》に多くの御家人が集まっていた。

「故幕下将軍の御為《おんため》、一万反《べん》の弥陀名号を」

亡き頼朝のためにと、結城朝光《ゆうきともみつ》が同僚に呼びかけ、この日の弥陀勤行《ごんぎょう》となった。夢のお告げがあったという。

頼朝はこの年の正月、五十三歳で急逝《きゅうせい》した。

相模《さがみ》川に架かる橋の落成儀式の帰路、急に意識を失い、落馬したのが前年末。容体は回復せず、正月十三日についに帰らぬ人となった。

御家人たちの悲しみ、嘆きは大きかった。

それから十か月である。

朝光は御家人たちに礼を言い、頼朝を懐かしんだ。

「忠臣は二君《にくん》に仕えず。故実にそう申す。特に手前は大きな恩を賜《たまわ》った。後を追うなとの遺言があり、出家遁世《とんせい》しなかったのが今となっては大いに悔やまれる。近頃は薄氷踏むがごとき状況。世をはかなく思うことばかりだ」

頼朝の後を継いだ現在の将軍・頼家《よりいえ》を直接批判しているわけではないが、仕えたくないと解釈されても言い訳できない一言だ。頼朝死後の政局も悲観している。

普通、口にできない不穏当な言動である。

ただ、結城朝光の場合、穏やかで実直な人柄もあり、頼朝への敬慕が強調され、咎《とが》める御家人はいないし、その雰囲気もない。

多くの御家人は明言しなくとも、同じ思いなのだ。

みな、この年の激動を思い起こさずにはいられない。

頼朝死後、鎌倉《かまくら》幕府の第二代征夷大将軍に就いた頼家は十八歳。若さをなめられたくないという気負いなのか、自分のカラーを出したいとの思いなのか、独断専行が目立つ。

その気ままな独裁を制御するかのように「十三人の合議制」が始まった。

鎌倉幕府有力者十三人が訴訟整理する制度。すなわち、十三人以外は直接、頼家に訴訟を持ち込めない。必ず、この十三人のうち数人が評議し、争点などを整理した上で頼家に提案する。

実際には、判決の素案も作るし、政策についても評議、立案、提案した。裁判だけでなく政策にも関わるシステムである。

十三人は、北条時政《ほうじょうときまさ》、義時《よしとき》父子に、大江広元《おおえのひろもと》、三善康信《みよしのやすのぶ》、中原親能《なかはらのちかよし》、二階堂行政《にかいどうゆきまさ》、和田《わだ》義盛《よしもり》、梶原景時《かじわらかげとき》、比企能員《ひきよしかず》、三浦義澄《みうらよしずみ》、八田知家《はったともいえ》、安達盛長《あだちもりなが》、足立遠元《あだちとおもと》といったメンバー。

広元、康信、親能、行政は文官。京の中下級官僚から転身して鎌倉幕府の政務担当者となった。広元は政所別当《まんどころべっとう》（長官）でいわば閣僚筆頭。親能は広元の兄である。康信は法名・善信《ぜんしん》。問注所執事《もんちゅうじょしつじ》で、最高裁長官といったところか。頼朝の流人《るにん》時代に京の情報を送り、支えてきた下級貴族だった。

遠元は頼朝の父・義朝《よしとも》に仕えて平治《へいじ》の乱（一一五九年）にも出陣した古い武人で、盛長の甥《おい》（盛長の兄・藤原遠兼《ふじわらのとおかね》の子）だが、盛長より年上である。盛長は頼朝の流人時代を支えた側近中の側近。

時政は頼朝の舅《しゅうと》であり、その挙兵を支えた最側近武将。その子息・義時は若いときに頼朝近習《きんじゅう》として仕えた若手、中堅武将を代表する年代でもある。

能員は頼朝の流人時代、その生活を支援した比企尼の養子であり、新将軍・頼家の乳母《めのと》父《ぶ》（養育係）であり、舅である。能員の娘・若狭局《わかさのつぼね》が頼家側室として長男・一幡《いちまん》を産み、能員の権勢は強化された。

義盛は侍所別当。鎌倉武士を統括する軍の最高司令官。景時はその次官、侍所の所司《しょし》である。義澄は相模《さがみ》の武士を代表する有力御家人の一人。義盛の叔父でもある。知家は北関東の御家人を代表する立場か。

十三人の合議は本来、頼家の判断を補佐する制度。だが、頼家としては、自由に手腕を振るうことを封じられている気もして、不快で疎《うと》ましく思っていた。

気分としては絶対君主でいたい。

頼家の最側近は幼少期より養育してきた比企能員だったが、頼家が将軍の地位に就いてからは、梶原景時の急接近とその重用が目立つ。

なにしろ役に立つ。

景時は侍所の所司として、武家に命令を出せる立場にある。侍所別当は和田義盛だが、実務となれば、理論家の景時にはかなわない。景時は頼朝の信頼も厚く、何といっても、頼朝にとって不都合な者を厳しく指弾し、排除してきた。御家人から嫌われる役目でもあるが、頼朝はその必要性を理解し、重用していた。

景時がいうには、将軍の権威は絶対であり、ナンバー2の台頭は派閥争い、ひいては組織の弱体化を招く。有力御家人は誰かが突出した力を持つよりも横並びが望ましい。頼家は、この理屈や景時の進言、献策を気に入り、重用している。

梶原景時の献策もあり、頼家は、近習五人に狼藉《ろうぜき》不問の特権を与えた。また、この五人以外は頼家に直接、面会できないお触れも出した。面会にいちいち近習を通し、将軍の権威を高める狙いだ。あえて下級武士の近習に特権を与え、特定の有力者が頼家への影響を強めるのを牽制《けんせい》する狙いがある。

この五人とは誰か。

そのことを記した『吾妻鏡《あづまかがみ》』正治元年（一一九九年）四月二十日の条は、小笠原《おがさわら》弥太郎長経《ながつね》、比企三郎宗員《むねかず》、同弥四郎時員《ときかず》、中野《なかの》五郎能成《よしなり》の名を挙げ、五人目は不明。何か月後の記事では頼家側近の五人として、小笠原弥太郎、比企三郎、中野五郎に加え、和田三郎朝盛《とももり》、細野《ほその》四郎の名が挙がっている（七月二十六日、八月十九日の条）。

小笠原長経は甲斐《かい》源氏の一族、加賀美《かがみ》氏の流れをくむ。長経の父・小笠原長清《ながきよ》が小笠原氏の祖。信濃《しなの》に勢力を広げるが、最初の地盤は甲斐・小笠原郷（山梨県北杜《ほくと》市）だ。比企宗員、時員兄弟は比企能員の子息。和田朝盛は和田義盛の嫡孫《ちゃくそん》。中野能成は信濃北部の中野郷（長野県中野市）の武士か。細野四郎は詳細不明。

頼家と御家人との間の不穏な緊張感が垣間見えるようでもある。

だが、御家人の派閥争い、暗闘は頼朝の生前にもあったのではないか。『吾妻鏡』は建《けん》久《きゅう》七年（一一九六年）から頼朝急死までの三年間の記録が欠落している。最後の勝者、この記録を支配できる者にとって都合の悪い事実があったのではないか。

そして、事件は突然、始まった。

〈2〉阿波局の忠告

「梶原平三景時《かじわらへいざかげとき》さまの讒訴《ざんそ》で、あなたさまが誅罰《ちゅうばつ》されると決定しています」

十月二十七日、北条政子《ほうじょうまさこ》の妹・阿波局《あわのつぼね》がそっと、結城朝光《ゆうきともみつ》に告げた。

人目を憚《はばか》り、囁《ささや》くような控えめな言葉だったが、朝光は頭をガンと強く打たれたような痛みがあった。

「何ですと、まことですか」

「それは、一昨日の侍所《さむらいどころ》でのご発言、景時さまに聞いた将軍家（源頼家《みなもとのよりいえ》）がお咎《とが》めになったとのこと」

「まさか……。亡き大御所《おおごしょ》（源頼朝《よりとも》）を懐かしむ一言が……」

「もしかすると……。言葉にするのも、おいたわしいことですが」

朝光は、その場でがくっと膝《ひざ》をついた。死罪ということか。

「もはやこれまで」

今さら言い逃れもできまい。弁解する機会はない。

だが、あまりに理不尽である。将軍・頼家に反逆する気持ちは微塵《みじん》もない。それなのに讒言《ざんげん》によって処罰されるなど思いも寄らぬこと。

忠誠第一に生きてきた自身が疑いを持たれることこそ腹立たしい。どう対処すればよいか何も思いつかないまま、兄・小山朝政《おやまともまさ》を訪ね、ことの次第を説明した。

「不用意な一言だな」

「不用意でしょうか」

朝政は、まず朝光の言動を咎めた。

「五郎（長沼宗政《ながぬまむねまさ》）はまさに悪口荒言《あっこうこうげん》の者で知られているが、七郎おぬしも」

同様だと、朝政は指摘した。

朝光も思ったことを腹にためず、すぐ口に出す癖《くせ》がある。やはり兄弟なのだろう、宗政と違いはない。それを言えば、朝政も二人の兄。だが、朝政はことさら言動は慎んでいるつもりだ。

同じ直言癖《ちょくげんへき》でも、宗政は言葉も強く、ややもすると他人に対して攻撃的で、自身の自慢も先走り、眉をひそめられる場合が多い。対して、朝光は裏表のない、率直さが好感を持って迎えられている。

人柄、言い方の違いもあり、受け取られ方は逆だ。

だが、侍所での朝光の言動は現体制への批判。

「梶原殿なら、そこを見逃すはずもない……、な」

「ですが、わが本心は」

「分かっておる。だがな、他人がどう聞くか。これを心せよ」

「…………………」

「反省は反省として、何とかせねばならん。小山にも類が及ぶことは必至。おぬし一人、結城家だけの問題ではないからな」

小山と長沼、結城は本家、分家の関係。小山朝政、長沼宗政、結城朝光の小山三兄弟は、固い結束力を誇り、戦場でも見事に連携して戦功を挙げてきた。このころになると、三兄弟はそれぞれ独立した御家人としてみられるようになったが、一族としての絆はなお強い。

「兄上、ご迷惑を……。申し訳ございません」

「そうだな……。三浦平六義村《みうらへいろくよしむら》殿に相談せよ。平六殿は北条義時《よしとき》殿の朋友《ほうゆう》。尼御台《あまみだい》（北条政子）ご実家の北条家が味方につけば、大いに有利となる」

じっと考え込んだ末に朝政が提案した。

「さようか……。そんなことがあり得ようか」

三浦義村。若いとき、ともに源頼朝の近習《きんじゅう》を務めた結城朝光の朋友である。また、父・三浦義澄《よしずみ》から引き継ぎ、三浦一族を率いる有力御家人である。

「それがあるのです。平六殿。手前は亡き父・小山政光《まさみつ》から財産を引き継ぎませんでしたが、大御所さまに数か所の所領を賜《たまわ》り、そのご恩は富士山、いや、須弥山《しゅみさん》よりも高いものです。その昔を思うあまりに同僚たちに言った言葉を梶原平三景時が曲解し、将軍家（頼家）に讒言し、逆賊とされ、死罪にされると告げられたのです」

「うーん……。ことは重大だよ、七郎殿。よほどの策を考えないとな。梶原平三の中傷で職を解かれた者は結構いるし、今でも恨みを持っている者もいるが……。相手が悪いな」

「座して死を待つつもりはありません。平六殿は手前よりはるかに策が出てくると思うて、こうして助力を得たいと参ったわけですが」

「うむ。相手は悪いが、将軍家のためにも、梶原を退治しないわけにはいかない。だが、弓を持って戦うとならば、また騒乱を起こすことになる。これはいけない。ここは年上の宿老に相談しよう」

「どなたに」

「まずは、侍所別当《べっとう》・和田左衛門尉義盛《わださえもんのじょうよしもり》さま、安達《あだち》藤九郎盛長《もりなが》入道。とにかく、梶原平三に対抗しうる方々を集める。これしかなかろう」

〈3〉有力御家人の受難

「それはそうと、七郎。おぬし、やはり将軍家（源《みなもとの》頼家《よりいえ》）のやりように危うさを感じておるのであろう」

三浦義村《みうらよしむら》はおもむろに問い、結城朝光《ゆうきともみつ》は率直に答えた。

「将軍家には何も……。だが、あの近習《きんじゅう》の者どもはいかん。兵を揃《そろ》え、甘縄《あまなわ》（鎌倉《かまくら》南部）の安達《あだち》屋敷を襲おうとしたが、安達弥九郎景盛《かげもり》にいったい何の咎《とが》があったのか。弥九郎の父・藤九郎盛長《もりなが》入道は亡き大御所《おおごしょ》さま（源頼朝《よりとも》）が流人《るにん》のころからそばに仕えていた比類なき忠臣、最古参の側近ぞ。それを……」

安達事件は、将軍・頼家と御家人の武力衝突に発展しかねない緊急事態だった。結城朝光が「薄氷のごとく」といった現在の時世と重なる。

この年、正治《しょうじ》元年（一一九九年）八月十九日、頼家が、小笠原《おがさわら》弥太郎長経《ながつね》、比企《ひき》三郎宗員《むねかず》、和田《わだ》三郎朝盛《とももり》、中野《なかの》五郎能成《よしなり》、細野《ほその》四郎らを集め、甘縄の安達屋敷を攻めようとした。将軍の母・北条政子《ほうじょうまさこ》が安達屋敷に入って使者を立て、頼家を叱責《しっせき》して衝突を防いだ。

「よく調べもせず、忠臣・安達盛長父子を誅罰《ちゅうばつ》しようとするのは何ごとでしょうか。それでも攻め滅ぼすというなら、まずこの母に矢を当てなさい」

頼家はやむなく兵を退《ひ》いた。

政子は翌日、安達景盛に頼家に対する誓約書を出させて、手を打ったが、その使者を通じて「頼家の側近に賢い者はおらず、ごますりばかり」と辛辣《しんらつ》に非難している。そのような愚かな連中ばかり重用し、政子の実家・北条氏を軽んじている姿勢や御家人を実名で呼びつける尊大な態度を挙げて、頼家を叱責した。

「この事件の伏線はだな」

三浦義村が説明を始める。

頼家が景盛の愛妾《あいしょう》に手を出したスキャンダルがある。頼家が艶書《えんしょ》（ラブレター）を送りつけたが、女がなびかないので埒《らち》が明かない。そこで「領国三河《みかわ》に不穏な動きがあるぞ。鎮めてこい」と虚言を弄《ろう》して景盛を派遣。強盗が乱暴狼藉《ろうぜき》を重ねているという訴えがあったというが、景盛の家来が方々を探索しても見つからなかった。その隙に頼家は中野能成に命じて女を拉致《らち》、小笠原長経の家に囲《かこ》って寵愛した。その後、御所の北にある屋敷に移した。ここは例によって頼家近習の五人しか近づけない。そして、鎌倉に戻ってきた景盛が愛妾を奪われたことで頼家を恨んでいると告げ口する者がおり、頼家は景盛を成敗しようということになったという。

「それは、まことか。平六殿《へいろく》」

「噂《うわさ》だ」

「しかし、危険な噂ですな」

「安達の件は、梶原平三景時《かじわらへいざかげとき》の讒言《ざんげん》かどうかは知らないが、平三の讒言は今に始まったことではないからな」

梶原景時の讒言といえば、畠山重忠《はたけやましげただ》冤罪事件がある。

文治《ぶんじ》三年（一一八七年）のことだ。代官の不始末があって、重忠は一時拘禁され、それは許されたが、そのまま武蔵《むさし》の所領に帰ると、梶原景時が頼朝に内々に告げた。

「重罪でもないのに拘禁されたことは大功を破棄されたようなものだと言って武蔵の領国に引き籠《こも》り、謀叛《むほん》を起こそうとする情報があります。一族がことごとく在国し、これはつじつまが合っています」

頼朝は、信頼する御家人を何人か集めた。

「これは、いかなるお疑いですか」

真っ先に重忠擁護の声を上げたのは、結城朝光。

「畠山殿は廉直《れんちょく》で道理をわきまえたお方。謀叛を企《たくら》むお方ではありません。みなさまもご存じでしょう。謀叛のことはきっと偽《いつわ》りです。使者を遣わし、その意をお尋ねください」

ほかの者も同じ意見だった。頼朝は下河辺行平《しもこうべゆきひら》に命じた。

「行平は弓馬の友であろう。重忠を尋問し、異心がなければ召し連れよ」

行平がすぐに武蔵・菅谷館《すがややかた》（埼玉県嵐山町《らんざんまち》）に向かった。疑われていると知って自害しようとする重忠を説得し、無事に鎌倉に同道。ことなきを得たのだ。


二人はそのような話を思い出し、語り合った。

夜半になって、使いを出していた和田義盛《よしもり》、安達盛長が三浦義村邸に来たので、義村は一部始終を説明した。和田義盛は梶原景時に対する敵意を露わにした。

義盛は侍所別当《さむらいどころべっとう》（長官）で、景時は侍所の所司《しょじ》（次官）だが、頼朝のために御家人を監視し、ときにその不行状を密告し、重用されてきた景時は、その実績で侍所の実権を握ってきた。頼家の代になっても同様である。

「何で、あの悪口の者を放っておいてよいことがあろうか。早く志《こころざし》を同じくする者の署名を集めて政所《まんどころ》に訴え出ようではないか。まずは訴えて様子を見よう。のう、藤九郎殿（安達盛長）」

義盛は、もし政所が動かなければ武力行使も辞さないという構えだ。

「うむ。わが家は謹慎中ではあるが、梶原の件については腹据えかねる思いがある」

「だが、その文面、誰に書かせたらよいだろうか」

「右京進《うきょうのしん》仲業《なかより》はどうでしょう。文才は確かとの評判の者です。かねて梶原に恨みを持っているようです」

三浦義村が名を挙げた中原《なかはらの》仲業は、政所の実務官吏である。政所発給文書の執筆を担当し、下級官僚とはいえ有能な実務者だ。

「よし。すぐ、ここに呼ぼう」

和田義盛は梶原景時を弾劾する文書作成に取り掛かった。

「これは戦《いくさ》ぞ。相手に反撃する時を与えては負けだ。あす朝までに多くの御家人を味方につけなければいけない」

〈4〉鶴岡八幡宮

翌十月二十八日。

巳《み》の刻《こく》（午前十時ごろ）には大勢の御家人が鶴岡八幡宮《つるがおかはちまんぐう》の回廊《かいろう》に参集していた。

中原仲業《なかはらのなかより》が作成した連判状に参集した御家人が署名し、花押を入れる。

「平六《へいろく》殿。恩に、恩に着ます。このように大勢の方が……」

三浦義村《みうらよしむら》に感謝した結城朝光《ゆうきともみつ》は深く感動していた。

前日は思いも寄らぬ疑いをかけられていることに驚き、死罪を受け入れなければならないと思った瞬間もあった。それに異議を唱えてくれる人がこれほど集まるとは。先の結果はどうあれ、これは感謝しかない。侍所別当《さむらいどころべっとう》・和田義盛《わだよしもり》を味方にする義村の意図が功を奏したか。

大勢の御家人を前に、中原仲業が自身で書き上げた訴状を読み上げている。

「鶏を育てる者はその天敵となる狸《たぬき》を飼いません。家畜を飼育する者は山犬を育てません」

すなわち、善良な御家人にとって天敵は梶原平三景時《かじわらへいざかげとき》。この天敵を生かしておけば、その讒言によってまた犠牲者が出るであろう。みな、こう理解しながら聞いている。声を上げて賛意を示す者も多い。

仲業の声を聞く義村は満足げな表情。結城朝光は感涙にむせている。

「三浦殿。わしからも礼を申す。わが弟のために手を尽くされ……」

結城朝光の兄・小山朝政《おやまともまさ》が歩み寄る。

「いえ、七郎はともに大御所《おおごしょ》さま（源頼朝《みなもとのよりとも》）に近侍した間柄。わが友でござれば」

「七郎。この場にはおわさぬが、北条殿《ほうじょう》、大江殿《おおえ》にも話は通してある」

朝政は三浦義村に謝意を示した後、朝光に向き直った。頼朝側近だった北条時政《ときまさ》、大江広元《ひろもと》は鎌倉幕府随一の実力者。幕政中心者としての立場上、景時糾弾に賛同できないが、将軍・頼家の判断に大きく影響するはずであろう。

「兄上、かたじけない。それにしても、大勢の方々がこんなにも早く、お集まりいただけるとは……」

「昨夜のうちに主だった方々に話してある。ぐずぐずしていては後手に回るからな」

しかし、連判状を作成するという対抗策は昨夜遅く、三浦義村の屋敷で決まった。こうも早く、賛同者が集まるのは不思議ではある。

「五郎、どういうことだ」

多くの御家人が参集、賛同したが、悶着《もんちゃく》もあった。長沼宗政《ながぬまむねまさ》が花押を拒んだのだ。記名は既に宗政の賛意を確認し、朝政が代筆していた。少し遅れて鶴岡八幡宮に到着した宗政はその書状に目を通し、その上で花押はできぬと言い出したのだ。

朝政は宗政を責めた。

「みなが七郎のために身を捨てて賛同してくれたのだ。実の兄のおぬしが……」

「兄者《あにじゃ》、これは梶原平三殿を弾劾する署名ではござらんか」

「知れたこと」

「七郎の罪を許してもらう書状と思い、同意と伝え申した。七郎が失言により苦境に立っていると聞いたので、七郎の真意に将軍家への叛意《はんい》はなかろうと思い、これを救うための同意でござる。ですが、この書状は……」

宗政が妙に正論ぶったことを言うので、朝政が遮《さえぎ》った。

「五郎、そなた梶原の権勢に怖気《おじけ》づいたか」

「では、兄者人《あにじゃびと》。梶原成敗が目的か」

「ちっ」

宗政の反論に、朝政は返す言葉もなく、舌打ちしか出ない。

朝光の冤罪を晴らすために協力するお人好しが何人もいるものか。みな、梶原斜弾だからこそ署名するのだ。朝光への援護は名目、きっかけに過ぎない。みな、それを分かっていて、あえて口に出さないのだ。

「五郎、もういい」

朝政は宗政との議論をぶち切った。

これ以上、御家人たちの前で醜態《しゅうたい》を晒《さら》せない。

連判状は実に六十六人もの御家人が署名した。和田義盛、三浦義村が大江広元に会い、提出することになった。

〈5〉**梶原失脚**

「結城朝光《ゆうきともみつ》殿。将軍家がお召しでございます」

「先日、侍所《さむらいどころ》にて将軍家に対して叛意《はんい》あるご発言があったとか」

朝光の屋敷に押しかけてきたのは小笠原長経《おがさわらながつね》と中野能成《なかのよしなり》。征夷大将軍・源頼家《みなもとのよりいえ》の使者だと、えらく居丈高《いたけだか》な態度での訪問だった。

（小賢しい連中め。傍《かたわ》ら痛いわ）

朝光は、このような連中に指示されるつもりはない。

毅然《きぜん》と言い放った。

「それは、手前に対する詮議《せんぎ》か。それであれば、侍所で詮議の場に臨むしかない。侍所よりの正式な召喚でなければ応じかねる」

「いや、これは将軍家が内々に審問いたそうと……。言い分をお取り上げくださろうという、よき機会かと存じますが……」

「ものごとには手順がござる」

「いや、将軍家がお召しなのですぞ。お分かりか」

「将軍家に直接お目通りしてお許しをいただき、侍所の正式な手続きを逃れるような真似はいささか卑怯《ひきょう》。手前にはできぬ」

「卑怯……？　卑怯ということはなかろう」

二人の使者はこれ以上の言葉を続けられなかった。

将軍・頼家の口から処罰が言い渡されれば決定事項となり、覆《くつがえ》しようがない。今の段階で頼家の面前に出ることはできない。

有力御家人が将軍の内意を受けない。これでは将軍の権威は地に落ちてしまうが、仕方がない。三浦義村《みうらよしむら》にも、兄・小山朝政《おやまともまさ》にも「処分が決まるまで動くな」と言われている。自身を助けるために動いた両人の策を無にするわけにはいかない。

梶原景時《かじわらかげとき》を弾劾する連判状は十日ほどの間、大江広元《おおえのひろもと》の手元に留まっていた。頼家にも上申されていない。

判断がつかなかったのである。

広元は自分の判断を決めないまま、頼家に政務報告をすることはない。フリーハンドで頼家に判断させるのは危険だと考えている。何ごとも広元自身が正解を見つけ出した上で、正解に導くような方法で情報を提供し、判断を誤らないように誘導する。

広元としては、景時の意図も分からないではない。

「将軍家の権威が固まっていないこの時期、みせしめに一人処罰することで将軍家の権威を固めるきっかけとしたかったのかもしれない。それが梶原殿の狙いでは……」

今、将軍・頼家が景時を失うのは大きな痛手となろう。

とはいえ、御家人の世論は景時排除に大きく傾いている。

広元はまず、北条時政《ほうじょうときまさ》、義時《よしとき》父子に相談したが、時政らは明確な態度を示さず、判断を広元に委ねるような言い方をする。

「大江殿。よろしく取り計らってくだされ。われらの言を将軍家がお取り上げになることもあるまい。わが孫ながら、将軍家は……」

「遠州殿《えんしゅう》（遠江守《とおとうみのかみ》・北条時政）は将軍家の外祖父、第一の側近でございましょう」

「側近とは名ばかり。わが北条は亡き大御所《おおごしょ》さまに忠義を尽くし、そのころより若君のこと、現将軍家のことを第一に思ってやってきましたが……」

後は察せよと言わんばかりだ。

北条父子の本音は景時排除である。景時が頼家の権威を背景に力を増せば、時政の強力なライバルになる。また、頼家が独裁体制を固める上でも景時は不可欠な人材で、その意味でも、頼家独裁をある程度抑制したい広元や北条父子とはいずれ対立する。そのときは広元も北条父子に同調せねばならない。

「だいたい、答えは出てしまったかな」

広元はじっと考えた。

十一月十日、ついに和田義盛《わだよしもり》が大江広元に迫った。

「連判状につきまして、将軍家はどう仰《おお》せでありましょうか」

「いや、あれはまだ将軍家にお見せしておりませぬ」

「これは何としたことですか。梶原景時の権威を恐れ、大勢の御家人の鬱積《うっせき》した感情を無視されますか」

「いや、そうではない。梶原の権威におびえていることはない。ただ、将軍家の周りには有能な人が少ない。梶原殿は追放するには、あまりに惜しい人材ではないか」

「あなた方がいるではありませんか。なぜ、いつまでも日延べをしているのか。連判状を将軍家に見せるのか否か。それはいつか。今、この場で返答願いたい」

和田義盛は猛烈な勢いで迫り、大江広元はすぐに上申することを約束させられた。


梶原景時はあっさりと追放された。

将軍・頼家は弾劾状を手にしながら景時に弁明を求めたが、景時は一切、言い訳をせず、相模《さがみ》・一宮《いちのみや》（神奈川県寒川町《さむかわ》）の館に謹慎した。

頼家も景時を守る姿勢は示さなかった。景時失脚を容認した。

十一月十八日、頼家は比企能員邸《ひきよしかず》に宿泊し、蹴鞠《けまり》を楽しみ、夜は宴会を開いた。比企時員ら頼家近習衆、北条時連《ときつら》（義時の弟、後の時房《ときふさ》）たちが連なる宴席に、梶原景時の一族で唯一、鎌倉《かまくら》に残っている梶原景茂《かげもち》を呼びつけ、意地悪く言った。

「平三《へいざ》（梶原景時）は権威を振りかざし、わがままな行いがあったから、御家人一同から糾弾された。ここにいる右京進《うきょうのしん》（中原仲業《なかはらのなかより》）がその訴状を書いたのだ」

「父・景時、特別な扱いもなく、何の根拠でそのような勝手ができましょうか。右京進の書いた訴状に遠慮しているのは、ご署名ご一同の武勇を恐れているからです」

景茂は謙虚に答えた。景時の復帰を請うわけでもなく、勝者に追従《ついしょう》するわけでもなく、その言動に卑屈なところはなかった。


その夜、小山朝政の姿は北条氏の屋敷にあった。

「さすが、梶原景時殿。形勢不利とみるや、さっと鎌倉を立ち退《の》きました。ですが、ご油断はなりません」

「やはり……。義時、そなたどう思う」

「父上、小山殿がよう分かっているかと思います」

「さすが、義時殿。さよう、梶原殿は国元で着々と兵馬を整えております。この鎌倉にも梶原殿のお味方、意外と多いかと思います。これは恐らく」

景時は用兵の才能もあり、挙兵の際は陽動作戦や将軍を利用することも想定できる。先手を打たれると、意外と手こずるかもしれない。

「小山殿、先手を打った方がよいと仰せられるか」

「ははっ、まさに。わが小山勢、お下知に従い、先兵となりましょう」

「義時、どうする」

「戦《いくさ》に持ち込ませないのが上策かと思案します。ただちに鎌倉に呼び出し、侍所《さむらいどころ》で正式に処分を決めてしまうのがよろしいかと」

「さすがでございます。梶原憎しで署名した方々の思いが熱いうちに……。梶原殿、こちら側はしばらく様子を見るだろうと思っているでしょう」

朝政は追従気味に義時の案に同意する。

「小山殿には梶原景時追放後の播磨《はりま》守護をお任せしたく思います」

朝政の歓心を得ようというのか、時政が唐突に言い出した。

「過分のお取り計《はか》らい、身に余る栄華でございます」

「いや、梶原与党からは恨まれることにもなる役回りかと存じますが」

「何の、望むところです。元はといえば、梶原景時がわが弟・七郎朝光を見せしめに処罰しようと企《たくら》んだことが発端。将軍家の権威付けのきっかけを作り、自身は将軍家第一側近の地位を狙ったわけですから」


十二月になって梶原はいったん鎌倉に戻ってきた。

弾劾状の件が議論され、景時は正式に鎌倉追放処分となった。屋敷も解体された。

年も押し迫った十二月二十九日、小山朝政が播磨守護に任命された。

明けて正治《しょうじ》二年（一二〇〇年）正月。

御所では連日、年始の宴会が開かれている。「椀飯《おうばん》」（垸飯、埦飯）という。

この、大盤振る舞いの語源である年始の椀飯は重要な儀式だった。主従関係の確認であり、これを開くのは家臣の中でも重要な位置にいる証《あか》しだ。忠義心を示し、財力を誇示する。

元日は北条時政、二日は千葉常胤《つねたね》、三日は三浦義澄《よしずみ》、四日は大江広元、五日は八田知家《はったともいえ》、六日は大内惟義《おおうちこれよし》、七日は小山朝政と続いた。そして、八日は結城朝光。

あえて兄・朝政とは別に椀飯を催すことが認められた。朝光が比類なき忠臣の一人であり、謀反の疑いはないと公認されたのだ。

鎌倉の世論は固まった。結城朝光は被害者であり、あとは、讒言した梶原景時をいつ、どのように討伐するか。このことである。

〈6〉梶原景時の変

正月十八日。大雪だったが、将軍・源頼家《みなもとのよりいえ》は大庭野《おおばの》（神奈川県藤沢《ふじさわ》市）で狩りをした。波多野経朝《はたのつねとも》が一本の矢で二匹の狐《きつね》を射止め、頼家にその武芸を褒《ほ》められた。

その帰り道、金洗沢《かねあらいざわ》（七里ヶ浜《しちりがはま》）で畠山重忠《はたけやましげただ》が宴会を開く。

「波多野次郎（経朝）が二狐を射たぞ。あっぱれ、あっぱれ」

同僚には、意味深長な謎をかける者もいた。

「大狐も射るのかな」

「大狐？」

「平三《へいざ》大狐よ」

「鎌倉《かまくら》追放となった梶原景時《かじわらかげとき》、このまま黙ってはいまい。どういう手にでるか分からないが……」

「われら相模《さがみ》の御家人は注意が必要だな。戦仕度《いくさじたく》も怠れぬ」

「いつ、戦があるか分からんということか」

「そら、そうよ」

鎌倉には今、その緊迫感がある。


梶原景時が一族もろとも征伐されたのは正月二十日。あっけなく決着した。

早朝、かねてから景時を見張っていた原宗房《はらむねふさ》から伝令が来て、その動向を伝えてきた。未明に所領を抜け出し、西へ向かったという報告だ。

北条時政《ほうじょうときまさ》、大江広元《おおえのひろもと》はすぐに梶原討ちを決定。三浦義村《みうらよしむら》、比企能員《ひきよしかず》を中心とした兵がすぐに追手として鎌倉を出発した。

深夜、駿河国清見関《するがのくにきよみがせき》（静岡県静岡市清水区《しみず》）で近辺の大勢の武士に囲まれ、梶原一族は討たれた。

景時三男の三郎兵衛尉《ひょうえのじょう》景茂《かげもち》は吉川《きっかわ》小次郎と相撃ち。景時と長男・源太《げんた》左衛門尉《さえもんのじょう》景季《かげすえ》、次男・平次《へいじ》左衛門尉景高《かげたか》は後退しながら最後まで戦ったが、多勢に無勢、討ち取られてしまった。その間、六郎景国《かげくに》、七郎景宗《かげむね》、八郎景則《かげのり》、九郎景連《かげつら》も相次いで討ち死にした。景季三十九歳、景高三十六歳、景茂三十四歳……と働き盛り。梶原父子は鎌倉幕府の中で一大勢力を誇っていたのだ。

その後も、景時与党の武士の逮捕、処罰が続いた。加藤景廉《かとうかげかど》は領地を没収された。景時の弟、梶原朝景《ともかげ》は出頭している。

二十八日には、甲斐《かい》の武田信光《たけだのぶみつ》がやってきた。景時が武田有義《ありよし》を将軍に立てようとした陰謀の証拠を、有義の屋敷に踏み込んで発見したと報告した。有義と信光はともに武田信《のぶ》義《よし》の子息。信光の密告の裏には兄弟間の家督争いが絡んでいるのかもしれない。ともあれ、これ以降、兄・有義は行方不明。弟・信光の系統が武田氏を継いでいく。

こうした騒ぎの中、二十三日に三浦義村の父・義澄《よしずみ》が死去。七十四歳だった。景時父子誅罰《ちゅうばつ》に向かった鎌倉の追手が帰還し、駿河の武士が戦果を報告に上がった日だった。

梶原景時の変。

事件はその後、こう呼ばれる。

有力御家人・梶原景時が謀叛《むほん》を企《くわだ》て、父子ともども討ち取られた事変である。

梶原一族滅亡後、何日も経っていない二月六日。

侍所《さむらいどころ》で数人の御家人が集まれば、自然とこの話題になる。

「館の橋でも落として立て籠《こも》り、少しでも持ちこたえればよかったのに、何もせず、逃亡中にやられてしまうとは、日ごろ言っていたこととは随分違いますな」

渋谷高重《しぶやたかしげ》が拙《つたな》く敗れた景時の戦法を揶揄《やゆ》。陰謀ほどには戦の仕掛けは手が込んでいないと嘲《あざけ》る気分が含まれている。

「急なことで暇がなかったのでは。難しいことなのだろう」

続いて畠山重忠は景時を庇《かば》うような言い方をしたが、同情しているわけではない。突き放しただけだ。

「畠山殿は武勇第一のお方だから、常に攻める側で、館に籠って戦うことは考えもしないのでしょう。近所の小屋を壊して橋の上に乗せ、火を付けて焼け落としてしまえば、造作のないことですよ」

信濃《しなの》の武士、安藤右宗《あんどうすけむね》がからかうように、追従するように笑った。

杖を手に小山朝政《おやまともまさ》が姿を見せた。事件の関係者の一人だけに、自然と注目が集まる。朝政はいつになく強い口調で言った。

「わが舎弟・長沼宗政《ながぬまむねまさ》は日ごろ小山家の武勲は宗政一人にあるようなことを言って自慢していたが、今回は梶原景時の権威を恐れて連判状に花押を入れず、名を落とした。今後、威張ったことを言わないようにしなければならないな」

朝政に追従して笑う者がいた。

「長沼殿はいつも、悪口でも何でも思ったことを言わずに済まないお方として知られておりますが、きょうばかりは兄の小山殿に反論することはできますまい」

「全くですな」

侍所には長沼宗政もいたが、苦い顔だった。この話が聞こえたからではない。

「七郎、すまなかったな。今回、梶原殿の件では同心できなかったが」

「五郎兄。よいのです。人それぞれ立場もございますから」

結城朝光《ゆうきともみつ》は兄・長沼宗政の言葉を受け入れた。これが嫌味ではないのが、ほかの御家人と違うところ。また、多くの御家人がそれを知っているところが朝光の人徳である。

「だがな、七郎。梶原殿は故幕下将軍（源頼朝《よりとも》）のころより、将軍の敵を探し出し、敵を排除することで忠誠を尽くしてきた方だ」

将軍・源頼家にとっては必要な幕僚の一人で、それを排除することに賛同できなかったと長沼宗政は自分の立場を主張した。

「五郎兄。梶原殿は陰謀を企《たくら》み、まさに墓穴を掘ったのです。陰謀を企む者はいつかその陰謀によって没落する。動機が正しいと申したところで、手段が陰湿なら非難されるのです」

「甘いな、七郎。梶原殿が陰謀を企んだのか、陰謀で消されたのか。よく考えてみよ。これまでのなりゆきをみれば、やはり梶原排除の陰謀があったとみるべきだな。兄者も一枚嚙《か》んでおるのよ、当然」

長沼宗政は兄・小山朝政が陰謀に加担していると、いきなり主張した。

「まさか、小四郎兄が……」

「いや、甘い。甘いぞ、七郎。あの手際の早さは最初から兄者と北条殿、三浦殿が計略を練っていた証《あか》し。梶原殿を失い、将軍家は片腕を失ったも同じだ。今、多くの御家人が将軍家に付くか、権勢ある北条殿に従うか迷い、じっと様子を眺めておるのだ」

「まさか」

「そのまさか、よ。鎌倉には坂が多い。上り坂、下り坂のほかにまさかの坂があるのだ」

長沼宗政は真顔だった。

〈7〉建仁の乱

梶原景時《かじわらかげとき》の失脚、追討から一年。鎌倉《かまくら》は落ち着きを取り戻したようにみえた。この年、正治《しょうじ》三年（一二〇一年）は、二月に改元して建仁《けんにん》元年となる。

二月三日、大番役《おおばんやく》で京に滞在している小山朝政《おやまともまさ》の使者が鎌倉に着いた。

「先月二十三日、三条東洞院《さんじょうひがしのとういん》の朝政宿舎を城《じょう》四郎長茂《ながもち》が攻め寄せました」

この報告に鎌倉中が騒然となった。

「城四郎は梶原平三《へいざ》の一味」

「梶原残党に、そのような力が残っていたとは」

「城四郎は越後《えちご》に大きな力を持っておわす。これはただならぬことに」

朝政は土御門《つちみかど》天皇の行幸を警護しており、留守だった。宿舎に残った小山家の兵が城氏の軍を必死に防いだ。

退却した城長茂は仙洞御所《せんとうごしょ》（後鳥羽上皇《ごとばじょうこう》の御所）に押しかけ、鎌倉幕府追討の院宣《いんぜん》を求めたが、得られず姿をくらました。朝政と畿内の御家人が直ちに長茂討伐に動いた。

一時、取り逃がしたものの、約一か月後の二月二十二日、城長茂と新津《にいつ》四郎を吉野《よしの》で誅殺《ちゅうさつ》。二十九日には、城資家《すけいえ》、資正《すけまさ》兄弟と藤原高衡《ふじわらのたかひら》が討ち取られた。

城氏は越後の御家人。もともと平家《へいけ》に与《くみ》し、城長茂は囚《とら》われの身となっていたが、梶原景時の助力で御家人の地位を得て、失地を回復。高衡は奥州藤原氏、藤原秀衡《ひでひら》の四男。奥州合戦（一一八九年）で捕虜となり、これも景時の働きで赦免となり、地位を回復していた。

梶原派は意外に広い人脈があった。

さらに四月に入り、越後から飛脚が来た。城長茂の甥《おい》、城資盛《すけもり》が叛乱《はんらん》を起こした。ただちに上野国磯部郡《こうづけのくにいそべ》（群馬県安中市《あんなか》）にいる佐々木盛綱《ささきもりつな》が越後に向かった。

「越後の御家人を動員して資盛を誅殺せよ」

この御教書《みぎょうしょ》を受け取ると、自宅に入ることなく、そのまま馬に乗り、飛び出した。家臣らは道中で追いつくありさまである。

城資盛の叛乱が治まったのは五月に入ってのことである。

佐々木盛綱に越後、佐渡《さど》、信濃《しなの》の御家人が従い、越後・鳥坂山《とっさかやま》（新潟県胎内市《たいない》）の城を激しく攻めかけ、盛綱の子、佐々木盛季《もりすえ》と海野幸氏《うんのゆきうじ》が先陣争いを演じた。だが、城氏の抵抗も激しく、特に城資盛の叔母、板額御前《はんがくごぜん》が奮戦した。弓矢は百発百殺の威力。その射芸は父兄を超えると評判になった。

信濃の武士、藤沢清親《ふじさわきよちか》が城の背後に回り込み、板額御前の股を射抜き、倒れたところを清親の郎党が生け捕りにした。板額御前の負傷によって城資盛は敗北した。

六月二十八日、囚われの身となった板額御前が将軍・源頼家《みなもとのよりいえ》の前に引き出された。有力御家人が居並び、小山朝政も列席していた。女性ながらに敗軍の将。だが、勝者におもねるところはなく、堂々とした態度にみな感心した。

「腹黒き御家人多い中、梶原景時殿こそ忠義心厚く、真に公平なお方。梶原殿失ったは将軍家にとって大きな損失でした」

よどみなく梶原擁護論を主張。そして居並ぶ御家人の中に小山朝政を見つけた。

「腹黒き御家人と言えば、まさに小山殿。陰謀を駆使し、梶原殿を貶《おとし》めた。それ故、兄・長茂は小山殿が大番役の折、急ぎ京に上ったのです。小山殿討ち果たし、仙洞御所（後鳥羽上皇）の院宣を賜《たまわ》る手はずでしたが、武運に見放され、ことなりませんでした。いずれにしましても、このような不忠の者、生かしておいては必ずや将軍家に仇《あだ》なしましょう」

朝政は板額御前には答えず、将軍・頼家に向き直った。

「小山の忠誠は永遠無私ですぞ。このような罪人、生かしておいても無意味」

「わらわの首はねられるなら本望。さあ」

「いや、待て。板額御前は流罪と決めておる」

頼家は今さら女武者を死罪にしようとは思っていない。城氏の叛乱は既に決着したことだという感覚があった。微妙な雰囲気になった。助け舟を出したのは甲斐源氏《かいげんじ》の一族、浅利義遠《あさりよしとお》だ。

「男であってもこの場に引き出されれば、涙をもって許しを請う武者《むさ》もおりますが、これほどの勇猛な女子《にょし》、罪人として配流にするには惜しいと思います。配流先が決まっていないのでありますれば、あえて、わが甲斐にて身柄を預かりたく……」

これに頼家がにやりとし、義遠をからかい、場が和んだ。頼家にとって、この場の緊張はストレスだったようだ。

「板額御前、見た目は美人だが、心根は勇猛な武者だぞ。やはり与一《よいち》義遠は変わったやつだな」

板額御前は義遠の妻として迎えられたという。

梶原景時の変、建仁の乱は幕を閉じた。

「兄上、先日は板額御前に罵倒《ばとう》され、将軍家の前で恥をかいたとか。元はといえば、手前を助けるために関わった梶原事件があって、今回のとばっちり。かたじけなく、申し訳なく思っております」

小山朝政に会った結城朝光《ゆうきともみつ》は丁寧に頭を下げ、詫《わ》びた。

「向こうが罵倒してきたので一喝してやったのだ」

小山朝政は苦虫を嚙《か》み潰したような顔で言い捨てた。

「陰謀を仕掛けた梶原殿が一族滅亡の憂き目に遭い、その与党も謀叛《むほん》を企《たくら》んで滅びました。皮肉な結果ですが、やはり、策を弄《ろう》せずとも、天は正しき道を行く者を見捨てないのかもしれません。これが天然の法理。源平合戦でも最後の勝者は大御所《おおごしょ》（源頼朝《よりとも》）でございました」

「源平合戦か……、懐かしいな。だが、勝者であるはずの九郎判官《ほうがん》殿（源義経《よしつね》）の末路は悲惨なものだった」

「兄上、何を仰《おお》せで……」

「つまり、謀《はかりごと》多きは勝ち、少なくは負け。このことよ。あの九郎判官殿は、謀が不得手なお方であった。戦《いくさ》の計略は見事であったが、政略がな……。その方面では天賦《てんぷ》の才を発揮できなかった」

それは美点ではなく、欠点なのだ。朝政は主張した。そして、その性格は結城朝光にも当てはまっている。それを指摘したいのだ。だが、弟・朝光はそれに頓着《とんちゃく》しない。

「兄上、詭道《きどう》、陰謀などいつかは破綻《はたん》します。謀略に謀略をもって相対するならば常に恨みを抱く者が現れ、延々と復讐《ふくしゅう》戦が続き、きりがありません。小山の三家、陰謀とは無縁であることが、ひいては家を守るのではと思います」

「七郎。そのようなお人好しでは鎌倉で生き残るのは難しいぞ。今の将軍家に公平な判断を期待するのは危ない。やるかやられるか、だ」

「では、兄上は先手を打たれたと仰せですか」

「まさに。板額御前の申したこと、図星よ」

「まさか。お戯《たわむ》れを」

「いや、真実じゃ。陰謀は仕掛けた方だけではない。仕掛けられた方も何か手を打たねばならない。上をいく謀略が必要なのだ。北条殿はいずれ梶原を排除せねば、将軍家への影響力を失う。梶原が邪魔なのは比企殿も同じ。わが小山も、あえて矢面に立つ形を受け入れたが、だからこそ北条殿の支援を得られた。独力でかなう相手ではないからな」

「しかし、それでも手前は、拙《つたな》い謀略で墓穴を掘り、恥を晒《さら》すくらいなら……」

「恥を晒すくらいなら何だ？　名誉ある滅亡を選ぶのか。今、多くの御家人は誰と手を組むのが有利なのか必死に考えている。無論、その相手は将軍家ではない。将軍家への忠誠だけで安泰だという甘い考えの者はいない」

「では、もはや陰謀から逃れられない、これからも陰謀が続くと仰せなのですか」

「…………」

「兄上」

「最後に勝ち残るのは誰であろうな」

梶原景時の変は御家人粛清時代の始まりだった。

第7話　執権義時との対局

〈1〉将門合戦絵巻

元久《げんきゅう》元年（一二〇四年）十月十四日。征夷大将軍《せいいたいしょうぐん》・源 実朝《みなもとのさねとも》の御台所《みだいどころ》（正室）を迎えるための一団が鎌倉《かまくら》を出発した。

下総《しもうさ》・結城《ゆうき》（茨城県結城市）に本領を持つ結城朝光《ともみつ》もその一団の中にいた。結城は生まれ育った下野《しもつけ》・小山《おやま》（栃木県小山市）に隣接する土地である。

朝光が先々代将軍・源頼朝《よりとも》の近習《きんじゅう》として仕え始めたのは、十四歳のころ。それから二十四年もの歳月が過ぎている。

父・小山政光《まさみつ》は下野随一の有力者、母・寒河尼《さんがわに》が頼朝の乳母《めのと》だったこともあって、若くして頼朝に重用された。源平合戦では十代で自前の兵を率い、戦場でも、鎌倉での行事でも、朝光は常に最年少の者として御家人の列に並んだ。

それが、この一団では引率者といった気分だ。この一団の侍の中で最も年長の部類で、最も格上の御家人だからだ。

まず、一団の代表者が若い。

北条政範《ほうじょうまさのり》。執権《しっけん》・北条時政《ときまさ》の四男で、宗時《むねとき》（故人）や義時《よしとき》、時房《ときふさ》の異母弟《いぼてい》だ。十五、六歳の若さで従五位下、左馬権助《さまのごんのすけ》。官位は、二十五、六歳離れた兄・義時（従五位下、相模守《さがみのかみ》）とほぼ同格だ。母は時政の後妻・牧《まき》の方《かた》。時政は、あるいは先妻の子・義時を差し置いて「政範を嫡男《ちゃくなん》に」と考えていたかもしれない。

周囲は「北条殿の跡継ぎは義時殿」とみている。義時は実績十分で頼朝の信頼が厚かった。若いときから大きな戦《いくさ》に出陣し、頼朝の治政や御家人統制を間近でみて、その要点を心得ている。大江広元《おおえのひろもと》ら文官とのつき合いも深い。

だが、将軍は頼朝、頼家《よりいえ》、実朝と代替わりした。政範の成長を見て時政は、「新将軍側近に」と思い始めただろうか。娘と変わらない年の牧の方を後妻に迎えてから四半世紀の年月が流れ、その後妻の発言力も増している。

ともかくも政範を上洛《じょうらく》団の先頭に据えた。箔《はく》をつけ、実朝正室の信任を得る目論見《もくろみ》もあったろうか。

その一団が迎え入れるのは、実朝の正室となる坊門信清《ぼうもんのぶきよ》の息女・信子《のぶこ》。藤原《ふじわら》家の姫である。信清の父・藤原信隆《のぶたか》の私邸が七条坊門小路沿いにあり、苗字《みょうじ》「坊門」の由来となった。藤原北家道隆流《ほっけみちたか》（道隆は藤原道長《みちなが》の兄）の名家である。

実朝は武家から正室を迎えず、あえて公家《くげ》の娘を選んだ。将軍の嫁取りについては同族源氏《げんじ》の有力御家人・足利義兼《あしかがよしかね》の息女で話が進んでいたが、実朝が承知しなかったといわれている。

「だが、どうであろうな」

朝光は馬上、横に並ぶ畠山六郎重保《はたけやまろくろうしげやす》に視線を移した。尊敬する畠山重忠《しげただ》の嫡男で、道中、親しげに声をかけることも多い。

「それは、将軍家（源実朝）がまだお若く、ご自身の判断ではなかろうというお疑いですか」

「うん。比企《ひき》の件もある。同じ轍《てつ》は踏まず、というのが執権殿（北条時政）の本音ではないか」

朝光の率直なものの言い方は相変わらずだ。それでも軽々しい人物とはみられないのは、有力御家人としての威厳と、その人徳のためか。だが、思ったことを腹のうちに収めるといった芸当が苦手なのは若いころとあまり変わらない。

「執権殿はわが祖父。何とも……」

重保にとって北条時政は母の父だ。苦笑いをするしかない。

「すまぬ。答えにくいことだったな」

実朝の兄・頼家が将軍のときは、その養育者で舅《しゅうと》の比企氏と、母の実家・北条氏の権力争いがあった。前年のことである。時政がこれに懲《こ》り、有力御家人が新将軍の取り巻きとなるのを好まなかったとみるのが自然であろう。

「公家のご息女を……」

そうアドバイスしたのは、京の事情に明るい牧の方かもしれない。

また、深読みすれば、一時、実朝の正室候補に挙がった足利義兼の息女の母は、時政と先妻の間の娘だから、牧の方が時政先妻系の台頭を嫌って、何かしら難癖をつけたとも考えられる。

（執権殿もすっかり年を取られた。最近では牧の方の言いなりと噂《うわさ》する口さがない連中もいるが……）

朝光は頭の中でつぶやいたが、さすがに口には出さなかった。

この一団は有力御家人の子弟が中心。

朝光と同年代は、千葉常秀《ちばつねひで》（父は千葉胤正《たねまさ》）や和田宗実《わだむねざね》（父は杉本義宗《すぎもとよしむね》）、土肥維平《どいこれひら》（土肥遠平《とおひら》の長男）ら。ほかは、畠山重保をはじめ、八田知尚《はったともなお》（父は八田知家《ともいえ》）、葛西清宣《かさいきよのぶ》（葛西清重《きよしげ》の弟）、佐原景連《さはらかげつら》（父は佐原義連《よしつら》）、宇佐美祐茂《うさみすけもち》（父は工藤祐継《くどうすけつぐ》）、佐々木盛季《ささきもりすえ》（父は佐々木盛綱《もりつな》）、多々良明宗《たたらあきむね》、長井《ながい》太郎、南条平次《なんじょうへいじ》、安西《あんざい》四郎といった若いメンバー。鎌倉でもまあまあの美男子が揃《そろ》っている。京を意識したのか、どういうわけか、実朝は容貌優れた者を選んだ。

「ところで……」

畠山重保が声を落とし、やや険しい顔つきになった。

「左馬助殿《さまのすけどの》（北条政範）は、お顔色がよろしくないようにお見受けしますが」

政範の官位は左馬権助だが、周囲は「左馬助殿」と呼ぶ。

「初の大役と長旅。いささか緊張されておるのではあるまいか」

結城朝光は何気なく言って、何気なく振り返った。別に大したことはあるまいという気分しかなかった。だが、政範の様子を見て気分が一変した。

「あっ」

確かに、政範は顔面蒼白《そうはく》。これは少し休ませねばならない。

「左馬助殿」

朝光が馬から降り、声をかけたとき、政範は馬上から転げ落ちた。

「いかがされた」

朝光に続いて重保が駆け寄り、政範を抱き起こした。大勢の武士が駆け寄った。

「いかがされた」

「左馬助殿！」

落馬した青年は荒い息を続けていた。


十一月三日、一団は京に入った。政範は少し症状が改善し、何とか旅を続けた。

六角《ろっかく》東洞院《ひがしのとういん》に平賀朝雅《ひらがともまさ》の邸宅がある。

一行はまず、この屋敷に入った。京では朝雅が坊門家との交渉のほか、いろいろと話を進めていた。

朝雅は源氏一門の中で家格も高く、門葉《もんよう》筆頭の地位にある。

妻は政範の同母姉。牧の方自慢の婿《むこ》なのだ。朝雅は京都守護の要職に就いている。京の治安を守り、朝廷と幕府の連絡役もこなす。後鳥羽上皇《ごとばじょうこう》にも近い。

朝雅の父・平賀義信《よしのぶ》は信濃《しなの》・平賀郷（長野県佐久《さく》市）を本拠とし、十七歳で平治《へいじ》の乱（一一五九年）に出陣。源義朝《よしとも》（頼朝《よりとも》の父）の敗走に最後まで従った。このため、頼朝に厚遇されてきた。祖先には源義家《よしいえ》の弟・義光《よしみつ》がいる。

上洛《じょうらく》してすぐ、結城朝光は一人、とある画工を訪ねた。

「掃部頭入道《かもんのかみにゅうどう》（藤原親能《ちかよし》）より預かりし代金である」

「確かに。では、早速に鎌倉の将軍家のもとにこの絵巻をお届けいたします」

将門《まさかど》合戦絵巻。二十巻を蒔絵《まきえ》の櫃《ひつ》（箱）に納めた豪華なものである。朝光らの鎌倉帰還より一足先に十一月二十六日には鎌倉に到着し、実朝を喜ばせている。

「左馬助殿はいささか、父母の期待を気にかけすぎておられるようだな」

朝光と重保は無理をせぬように言ったが、政範は小康状態を保つと、決められた行事に参列し、任務を果たした。

十一月四日、平賀朝雅の邸宅で酒宴があった。

「左馬助殿。酒宴は無理されるな。酒は控えた方がよろしいであろう」

朝光の気遣いに対し、政範は気丈に振る舞った。

「いや、私は執権の子。童《わらわ》ではございませんので酒くらい飲めないようでは格好もつきません」

政範はこの席にも顔を出し、上機嫌で供応を受けた。だが、やはり途中で体調を崩し、退席した。この後、平賀朝雅と畠山重保が口論となった。

朝雅は武蔵守《むさしのかみ》だが、武蔵の武士は「武蔵国留守所総検校職《るすどころそうけんぎょうしき》」（武士団の統率役）を世襲する畠山重忠に従っている。これが朝雅には面白くない。朝雅はこの年四月に三日平氏《みっかへいし》の乱を鎮圧。伊勢《いせ》、伊賀《いが》の平家《へいけ》残党を討ち滅ぼし、鼻息も荒い。ついつい畠山重保にあたる形になったが、重保も負けずに言い返した。

口論の直接の原因は分からない。些細《ささい》なこと、言葉尻を捕らえてのことだろう。

「畠山、図に乗るなよ」

「何を仰《おお》せられますか」

「父の評判を笠に源氏一門であるこのわしに意見しようというのか」

「私は、父の評判を笠に着たことなど一度もありません」

「いいか、わしは将軍家と縁戚の源氏一門。畠山は元をたどれば平氏であろう」

「いかにも。わが祖は平良文《たいらのよしふみ》公。坂東《ばんどう》平氏こそ、古くから坂東の地に根付いた武士であり、八幡《はちまん》太郎義家《よしいえ》公に従った坂東武士の子孫であります」

「何だ、わが源氏一門に対抗して由緒を誇るつもりか」

「源氏がどうの、平氏がどうのとの仰せこそ、鬱陶《うっとう》しいこだわりでございましょう。われらは将軍家にお仕えし、功を挙げることで武士の忠義を示せばよろしいのです。門地《もんち》、出自《しゅつじ》などは二の次でしょう」

「鬱陶しいだと。門地は二の次だと。よくも申したな。功を誇るその姿勢がまさに父の評判を笠に着ていると言うのだ」

「いや、それがしは」

「まあまあ、お二方《ふたかた》」

同席者が両者をなだめる。最後は一団の中では別格の御家人である結城朝光が収めるしかなかった。政範を見舞っていたが、騒動を聞いて酒席に戻り、両者を一喝。

「いい加減にせぬか」

だが、源氏門葉《もんよう》に対抗意識を持っているのは朝光も同様。重保以上に、戦功ある有力御家人が家格を誇るだけの源氏門葉に見劣りするはずはないと思っている。それはそれとして、この場は年長者として若者の喧嘩《けんか》を収める役に回った。

大いにしこりが残ったが、すぐにそれどころではなくなった。

翌五日子《ね》の刻《こく》（午前零時ごろ）、政範急死。

十三日、飛脚が鎌倉に到着し、その知らせがもたらされた。時政、牧の方の悲嘆は何ものにも比べようがなかった。

北条氏の御曹司《おんぞうし》が急死し、全く不吉な気分で将軍・実朝の御台所となる坊門信清の息女を同道。晴れやかなはずの一行は、明るい気分にもなれず、表立っては鎮痛な面持ちもできず、みな無表情なまま東海道を下った。一行が鎌倉に入ったのは、十二月十日である。

鎌倉帰参から数日後、結城朝光は将軍・実朝のお召しに従い参上した。

「京ではさまざまに苦労をかけた」

「お言葉、痛み入ります」

「将門合戦絵巻が京より届いている。見事なものだ。そなたの祖先、藤原秀郷朝臣《ひでさとあそん》は平将門を討ったまことの英雄と聞くが」

「まさにその通りでございます。この場面は、わが嚢祖《のうそ》（遠い祖先）秀郷公が将門の影武者を見抜き、将門のこめかみを射抜く場面でございますな。将門は鉄身でございましたが、こめかみだけが生身。秀郷公はまさにそこを射抜いたのでございます」

「鉄身に影武者か……。そのような者がおるのか」

「はい、将門はとてつもない者。ほぼ不死身だったそうです。手前も平家との戦、奥州での戦と従軍しておりますが、そのような者は見たこともありません」

「すなわち、不死身の将門を倒した秀郷公は武神なのだな」

「まさにその通りでございます」

「だが、なぜ、将門合戦絵巻という。なぜ、負けた将門の名を冠しているのか。秀郷ではなく……」

「将門記《しょうもんき》という読み物がございます。この絵巻は、この将門記を絵にしたものです。戦をご覧になった方が描いた絵ではございません」

「将門記は敗れた将門のことを書いたのか。勝者の秀郷ではなく」

「確かに将門は逆賊ですが、百姓、民人《たみびと》の心を知る者でもありました。将門の心は坂東の武士に少なからず根付いております。坂東を朝廷から、あるいは京の公卿《くぎょう》の手から切り離したいとの思いです。坂東の地に京より独立した……、そう、新たな国としようとしたのが将門。わが祖・秀郷公にも同じ思いがありました。新しい国ではないにしても、もう少し自由で、もう少し豊かな地にしたいとの思いです。秀郷公と将門はまさに坂東への思いを一つにしておりました」

自らが開墾した土地に所有権がなく、田畑を耕して育てた作物は国司に税として納め、京の貴族に上納し、手元にはわずかなものしか残らない。農民らの怒りや悲しみを、将門は代弁して叛乱《はんらん》を起こした。秀郷も同じような思いはあったが、叛乱だけでは展望がない、農民の怒りは代弁できても救うことはできないと、将門を討伐する側に立った。

「朝光、おぬしの説明は納得がいかぬ。どちらが悪でどちらが善だ。秀郷と将門、どちらが善なのだ」

「善悪は糾《あざな》える縄のごとく。将軍家。将門の戦いについては、手前でよければ、いずれ講釈いたしましょう。この絵巻が違ったように見えてくるかもしれません」

「この絵巻が違う絵になるわけはあるまい」

「見る方の目が変わるのです」

「見る目が変わって……、善悪も変わると申すか」

「あるいは」

「それは納得がいかない。私はどちらが善で、どちらが悪か知りたい。なぜなら」

「将軍家……」

実朝は前年（一二〇三年）、十二歳で将軍に就いて日が浅い。朝光は、その少年将軍に現実を説こうとしている自分自身をおかしく思った。自身が現実追認より理想を追うタイプであり、そのことは何度となく、兄や友人に指摘されてきた。

「私は正しき道を行きたいと思っているのだ。将軍とはそうしたものではないのか」

実朝は正義の純粋さを信じていた。

〈2〉畠山重忠の乱

元久《げんきゅう》二年（一二〇五年）六月二十二日、武蔵《むさし》・二俣川《ふたまたがわ》（神奈川県横浜《よこはま》市旭《あさひ》区）で大軍が激突していた。

大軍の激突といっても、片や数千騎、片や百数十騎。

十倍、二十倍以上の戦力差があり、一方的な殺戮《さつりく》となるはずだ。ところが、戦況はほぼ互角。ほとんどの軍勢が戦闘に参加していないからだ。

結城朝光《ゆうきともみつ》もまた傍観者の一人だった。黙って戦況を眺めている。左右には、兄の小山朝政《おやまともまさ》、長沼宗政《ながぬまむねまさ》、従兄弟《いとこ》の下河辺行平《しもこうべゆきひら》、義弟の宇都宮頼綱《うつのみやよりつな》の姿もある。

「畠山重忠《はたけやましげただ》が鎌倉《かまくら》を攻める」

この驚愕《きょうがく》情報によって、北条義時《ほうじょうよしとき》の指揮に従うため、朝光らは鎌倉を飛び出した。畠山重忠の武勇を知らぬ者はいない。人望も厚い。武蔵の武士、関東一円の武士を率いてくるのだろうか。そうなると、鎌倉にとっては一大事。これまでにない重大危機となる。

事情が分からないが、大慌《おおあわ》てで参陣した。

朝光は「急げ、急げ」と郎党を励まし、兄たちに追い付き、北条の軍に追い付いて戦場に到達した。畠山重忠の軍と北条軍が遭遇したのは午《うま》の刻《こく》（正午ごろ）。

畠山の軍は、重忠の次男・小次郎重秀《しげひで》、郎党の本田《ほんだ》次郎近常《ちかつね》、乳母子《めのとご》の榛沢《はんざわ》六郎成清《なりきよ》らわずか百三十四騎。重忠の弟、長野《ながの》三郎重清《しげきよ》も畠山六郎重宗《しげむね》も従軍していない。

「これは……。畠山殿の鎌倉攻めなわけがない」

「この数では……。夜間の奇襲でもあるまいに……」

「畠山殿がおびき出されたのか。これは謀略ではあるまいか」

そうした思いが頭をよぎると、もう攻めることはできない。

この陣は北条義時を総大将に、足利義氏《あしかがよしうじ》、八田知重《はったともしげ》、波多野忠綱《はたのただつな》、松田有常《まつだありつね》、土屋宗光《つちやむねみつ》、河越重時《かわごえしげとき》、小野寺秀通《おのでらひでみち》らそうそうたる顔ぶれの御家人が出陣し、また別動隊として北条時房《ときふさ》、和田義盛《わだよしもり》が関戸《せきど》（東京都多摩《たま》市）方面から攻めることになっており、軍兵は雲霞《うんか》のごとく、山に連なり、野に満ちている。

だが、今、畠山重忠の奮闘を目にしている御家人たちは結城朝光と同様に畠山の冤罪を疑い、攻めることができないでいる。


ここはいったん本拠地・武蔵の菅谷館《すがややかた》（埼玉県嵐山《らんざん》町）に撤退し、籠城《ろうじょう》して戦うべきだと家臣が意見したが、重忠はそれを退けた。

「梶原景時《かじわらかげとき》は相模《さがみ》・一宮《いちのみや》（神奈川県寒川《さむかわ》町）の館を捨て、途中で殺された。命を惜しむようでもあり、あらかじめ陰謀の企《くわだ》てがあったようにも思われた。そのように推察されては面目がない」

重忠は体面を重んじた。

既に長男・畠山重保《しげやす》が今朝、鎌倉・由比ガ浜《ゆいがはま》で誅殺《ちゅうさつ》されたことを聞いた。無念にも罠《わな》にはまったことは明らかなようだ。逃れられないならば、その死にざまは名誉で彩られるべきだ。これが畠山重忠の思考法だろう。戦死を望む重忠の心情は結城朝光にも分かったが、どうしても攻め立てる気になれなかった。

朝光の従兄弟・下河辺行平も戦況を見守り続けていた。

「十八年前を思えば……、互いに挑み戦い合う方が楽しかろうと語り合ったが……」

かつて、重忠に謀叛《むほん》の疑いがかかったことがあった。

源頼朝《よりとも》存命中の文治《ぶんじ》三年（一一八七年）、重忠は代官の不始末を咎《とが》められた。罪は許され、武蔵に引き籠《こも》り謹慎したが、「領国に兵を集めている」と挙兵を疑われた。

頼朝は幾人かの御家人を集め、意見を聞いた。結城朝光が重忠を擁護し、重忠の朋友《ほうゆう》である下河辺行平が使者に立ち、重忠の籠る武蔵・菅谷に向かった。

疑われていると知った重忠は腰の刀を取って自害しようとし、行平はその手をつかんで押しとどめた。

「貴殿も行平も将軍の後胤《こういん》。挑み戦い合うことも楽しかろう。だが、（頼朝が）貴殿の朋友・行平を選び、使者とされたのは、無事に連れて来させるためのお計《はか》らいぞ」

将軍の後胤とは、重忠の祖先・平良文《たいらのよしふみ》（平将門《まさかど》の叔父）も、行平の祖先・藤原秀郷《ふじわらのひでさと》も鎮守府《ちんじゅふ》将軍だったことを指している。重忠を鎌倉へ同道。頼朝は二人と雑談し、この話題には触れなかった。ことなきを得たのだ。

「あのときは難なく疑いは晴らされたのに、今回はあっという間にことが進んでしまった。畠山殿に弁明も反撃の機会もなく……」

朝光は十八年前を振り返る。頼朝は、御家人の動向を監視し、ときに密告もした梶原景時の意見を重く用いたが、一方でほかの御家人の意見も聴いた。そこに拙速な判断を防ぐ仕組みがあった。景時の役割を十分に理解した上での起用で、景時も自身の役割を理解していた。


「どうした。それが坂東《ばんどう》武士か。命を捨てて敵に向かう者がこのように少ないとは、将軍家のご将来は危ういな。さあ、われこそは坂東武士だという方は挑まれよ。武士としてのお姿をお見せあれ」

畠山重忠が叫ぶ。叫ぶというより、敵を叱責《しっせき》していた。

傍観者が多い中、先陣を争っていたのは安達右衛門尉景盛《あだちうえもんのじょうかげもり》。主従七騎で真っ先に駆け、重忠を喜ばせた。

「金吾《きんご》（安達景盛）は弓馬の旧友ぞ。先陣を進んできたのは感心だ。小次郎重秀、命を捨てて戦え」

金吾は衛門府《えもんふ》の唐名《とうめい》「執金吾《しっきんご》」のことで、景盛の官職「右衛門尉」を指した通称だ。

戦いは、申《さる》の刻《こく》終わり（午後五時ごろ）になって、ようやく決着がついた。畠山重忠は愛甲季隆《あいこうすえたか》の矢を受け、首を取られた。畠山は何十倍かの敵を引き受けて数時間も奮闘したのだ。

畠山重忠四十二歳。重秀二十三歳。


なお同日、北条義時の後妻・伊賀《いが》の方《かた》が男児を出産した。皮肉な巡り合わせか、単なる偶然か。

ちなみに、義時には既に何人か子がいる。長男・泰時《やすとき》はこのとき二十三歳。母は御所の女房《にょうぼう》で側室だったので、出世が約束されていたわけではないが、若くして賢さをみせており、後に義時の地位を継ぎ、名執権《しっけん》と謳《うた》われる。

さらに、正室・姫《ひめ》の前《まえ》の産んだ朝時《ともとき》（十三歳）と重時《しげとき》（八歳）、側室の産んだ有時《ありとき》（六歳）がいる。比企朝宗《ともむね》の娘である姫の前は、頼朝気に入りの有能な女官で大変な美人。義時は熱を上げ、一、二年に渡って恋文を送り続けたが、姫の前はなびかない。みかねた頼朝が義時に「絶対に離縁しません」と起請文を書かせて取り持った。だが、比企能員《よしかず》の変（一二〇三年）で北条氏と比企氏は敵対。結局、離別している。

姫の前離別後の正室が伊賀朝光《ともみつ》の娘・伊賀の方。この日生まれた男児は、後の第七代執権・北条政村《まさむら》である。

畠山重忠の乱は翌日に、もう一幕あった。

六月二十三日、陰謀の首謀者として稲毛重成《いなげしげなり》の一族が三浦義村《みうらよしむら》に討たれた。重成はしきりに北条時政、牧の方に、畠山重忠に謀叛の疑いありと吹き込む一方、重忠には「鎌倉に不穏の動きあり」との情報を流して、鎌倉に呼び寄せたというのだ。

稲毛重成と弟の榛谷重朝《はんがやしげとも》は、畠山重忠の従兄弟。畠山、稲毛、榛谷は坂東平氏の流れをくむ秩父氏の一族である。

義村は鎌倉・経師谷《きょうじがやつ》で榛谷重朝、重季《しげすえ》、秀重《ひでしげ》父子を討った。

義村に従って稲毛重成を討ったのが大河戸行元《おおかわどゆきもと》だ。結城朝光や小山朝政の従兄弟にあたる。大河戸氏は小山の親族としては不遇《ふぐう》をかこった。治承《じしょう》四年（一一八〇年）の頼朝挙兵時は平家《へいけ》に味方し、大河戸父子は逮捕され、身柄は三浦氏に預けられた。所領はほとんど没収。当主・大河戸行方《ゆきかた》（小山政光《おやままさみつ》の兄）は許された直後に病死する不可解な出来事があった。三男の行元は武蔵・高柳《たかやなぎ》（埼玉県久喜《くき》市）を本拠とし、高柳行元とも名乗ったが、兄弟の没落で行元の系統が大河戸氏本家をつなぐ。

以後、平家追討、奥州藤原氏追討の戦に従軍している。

御家人として復活し、三浦への恩もあった。稲毛誅罰《ちゅうばつ》は畠山事件の証拠隠滅ともいえる汚れ仕事。行元は三浦義村の手先として引き受けざるを得ない立場だった。

〈3〉執権時政追放

「執権《しっけん》殿。尼御台所《あまみだいどころ》（北条政子《ほうじょうまさこ》）の命により、このお屋敷を封鎖いたします」

畠山重忠《はたけやましげただ》を討ってから二か月後の閏《うるう》七月十九日。

結城朝光《ゆうきともみつ》は、兄・長沼宗政《ながぬまむねまさ》や朋友《ほうゆう》・三浦義村《みうらよしむら》らとともに北条時政《ときまさ》邸に押しかけた。その行動は迅速だった。まず、邸内にいた将軍・源実朝《みなもとのさねとも》を守り、北条義時《よしとき》の館に送った。そして、武装兵が時政を取り囲み、引導を渡した。

「尼御台《あまみだい》の命でござる」

朝光がこう叫ぶと、屋敷を守る時政の家来は早々に抵抗の姿勢を解いた。

「将軍家（実朝）を排し、女婿《じょせい》・武蔵守《むさしのかみ》（平賀朝雅《ひらがともまさ》）を将軍に就かしめる陰謀。既に露見しております」

「神妙になされませ」

黙っている時政にさらに迫った。

「執権殿。ご返答いかに」

ついに、時政が抗弁した。苦り切った顔で低く唸《うな》った。

「何を証拠に……」

「この鎌倉《かまくら》で罪科を問うのに証拠が要るとは知りませんでした」

長沼宗政が言い放つ。畠山重忠の乱を意識しての皮肉だ。

三浦義村が時政の前に進み出た。

「執権殿。畠山重保《はたけやましげやす》殿を討つよう、手前に命じられたこと、お忘れでございますか。ご命令により、由比ガ浜《ゆいがはま》まで駆けました。ですが、畠山殿の謀叛《むほん》、偽《いつわ》りであったことは既に明らかになっております」

時政が義村を鋭く睨《にら》みつける。言葉を絞り出すが、がっくりと肩を落とした。

「おぬしら……」

北条政子の命令によって、北条時政は鎌倉追放、隠居が決まり、出家した。観念したのかすぐに伊豆《いず》に引き払った。後を追って出家する御家人はかなりいた。

陰謀の首謀者は北条時政の後妻・牧《まき》の方《かた》であり、実家の牧氏。鎌倉中にこう喧伝《けんでん》された。

この政変は〈牧氏の変〉といわれる。

ここまでの流れはこうだ。

元久《げんきゅう》元年（一二〇四年）十一月、平賀朝雅と畠山重保の口論。北条政範《まさのり》の急死。

元久二年（一二〇五年）六月、畠山重忠の乱。

同年閏七月、牧氏の変。北条時政追放。平賀朝雅は京で誅罰《ちゅうばつ》。義時が執権に就き、時政は十年後に病死するまで二度と政界に復帰することはなかった。

「結局、畠山重忠殿は冤罪《えんざい》でありましたか」

「確かに。畠山殿が謀叛など……。あり得ぬ話です」

「黒幕は前執権《さきのしっけん》殿（北条時政）……。いや、その奥方・牧の方」

「侍所《さむらいどころ》では、できぬ話よな」

鶴岡八幡宮《つるがおかはちまんぐう》で参詣の武士が語り合っていた。

「聞くところによるとだな」

六月二十一日、北条時政と義時、時房《ときふさ》の父子間で論争があった。時政が「畠山重忠の謀叛、明らか」と即時討伐を主張したのに対し、義時と時房兄弟は畠山討伐に反対した。それでも、時政の後妻・牧の方は義時邸に使いを出し、重ねて畠山討伐を主張した。

「畠山重忠の謀叛は既に露見しており、あなた（義時）の申すことはその悪事を許そうとしているものです」

そうこうしているうちに翌二十二日、北条時政の命令として、三浦義村が畠山重保を討った。重保は親戚の稲毛重成の招きによって二日前に鎌倉に来ていた。

こうなっては、北条義時は、父の北条時政に従うか、最後まで畠山重忠に味方するのか、二者択一しかない。

そして、同日、鎌倉に向かっていた畠山重忠を北条義時率いる鎌倉の大軍が迎え撃った。これが畠山重忠の乱である。

翌日、鎌倉に帰参した北条義時、時房兄弟は、畠山重忠に従う兵は少なく、謀叛でないことは明らかだと言い、北条時政は何の反論もできなかった。

「そういう話らしいですぞ」

「父の陰謀と長年の友情……。どちらか選ばねばならぬとは、これは究極の選択ですな」

「そのとき、新執権殿（義時）は、長年、畠山殿と親しくしてきたことが忘れられず、悲涙を抑えることができませんとお嘆きになったとか」

「それはそうでしょう……」

「いかにも。この鎌倉で畠山殿の件、悲歎しない者はおりません」

〈4〉宇都宮頼綱の嫌疑

関東はいまだ静まらない。

それだけならまだしも、小山《おやま》氏が唐突に危機に陥《おちい》る事変が起きた。

事変の第一日、八月七日。

「宇都宮《うつのみや》弥三郎頼綱《よりつな》の謀叛《むほん》が発覚した」

尼御台《あまみだい》・北条政子《ほうじょうまさこ》の邸宅に小山朝政《ともまさ》が呼び出された。

北条政子と執権《しっけん》・北条義時《よしとき》、大江広元《おおえのひろもと》、安達景盛《あだちかげもり》らが協議する間、朝政は別間で待たされた。朝政はこのとき、曳柿《ひきがき》の水干袴《すいかんばかま》を着ていたと『吾妻鏡《あづまかがみ》』にある。

水干は直垂《ひたたれ》よりはやや改まった礼装である。

協議が終わったらしく、朝政が呼ばれた。北条家の従者が、杖を預かるという。朝政は若いときの戦傷で歩くときは杖を使っている。

(杖の中に刃《やいば》を隠しているとでもお疑いか)

まあ、この用心深さが北条殿らしいと、朝政は侍の指示に従った。

北条義時の前に蹲踞《そんきょ》した。正座するまで膝《ひざ》を折り曲げられないので蹲踞の形になり、腰を少し浮くように膝をついた。普段なら、正座して、曲げられない右脚だけを伸ばすところだが、この場は少々緊迫感があった。脚を投げ出す形になるその姿勢をためらった。

北条政子は部屋から下がっており、正面の義時はじっと黙っている。横の大江広元が口火を切った。

「尼御台のお言葉である」

広元は北条政子の言葉を代弁する形をとって重々しく口を開く。

(将軍・実朝《さねとも》ではなく、北条家に従え)

朝政はその意味を感じとった。広元の態度が北条家の優位性、新執権・義時の威厳を演出している。

「宇都宮頼綱が悪事を企み、将軍家を滅ぼそうとしている」

「証拠はございますか」

朝政は努めて穏やかな口調で答えた。それでも義時は黙ったまま、ききっと顔を歪《ゆが》め、場は緊迫した。続けて広元が答える。

「領内で兵を集め、鎌倉へ向けて進軍するとの風聞がある」

「何のために」

「今回の遠州入道《えんしゅうにゅうどう》（元遠江守《とおとうみ》、北条時政《ときまさ》）の件に関連してのことであろう。頼綱は遠州入道の婿《むこ》。遠州入道がその兵力を頼りにしておったのではないか。宇都宮といえば紀清《きせい》両党の勇猛なことは存じておろう」

紀清両党とは、本姓が紀《き》氏である益子《ましこ》氏、本姓・清原《きよはら》氏の芳賀《はが》氏を指す。宇都宮氏の最有力家臣であり、軍事的支柱。両党の勇猛な武者が宇都宮家の隆盛を支えている。

「紀清両党の強さは申すまでもないことですが……」

「ならば」

広元が小山家挙げて宇都宮討伐の務めを果たすよう説いた。

小山氏の祖先・藤原秀郷《ふじわらのひでさと》が平将門《たいらのまさかど》を追討し、褒賞を得て以来、代々、下野国《しもつけのくに》の治安を守る職に就いているはずである。その職は跡絶《とだ》えることなく、小山氏に継がれている。ならば、下野国の危機を放っておくことはできまい。寿永《じゅえい》二年（一一八三年）に志田義広《しだよしひろ》の蜂起《ほうき》を朝政が退治して多くの人が感心し、源頼朝《みなもとのよりとも》から恩賞を得たのは武芸の誉《ほま》れだ。どうして宇都宮の謀叛に対処しないのであろうか。

「ですが」

志田義広の蜂起を防いだ野木宮《のぎのみや》合戦は治承《じしょう》五年（一一八一年）だったのだが……と思いつつ、そこは素通《スルー》りして、朝政は宇都宮退治を固辞した。

頼綱とは兄弟のような関係で、頼綱の父が病弱だったこともあり、頼綱の幼少期から面倒をみてきた。末弟のように接してきた。それを討伐するのはあまりに薄情である。朝政は私的な家族感情にそって主張した。完全な論点ずらしである。

義時、広元をあきれさせた後、素早く論点を変えた。

「どうしてもと仰《おお》せなら、追討は他の者にお命じください。ただし、朝政は反逆には同意しません。万一にも頼綱が攻め寄せるなら、鎌倉守備に全力を尽くします」

小山と宇都宮はともに下野の有力御家人。競合ではなく、連携して下野に二大勢力が共存する道を選んだ。無用な緊張関係を生じさせないためである。

小山朝政にとって、宇都宮は母・寒河尼《さんがわに》の実家。父・小山政光《まさみつ》も頼綱を猶子《ゆうし》として養育した。猶子とは「猶《なお》、子のごとし」ということである。相続関係のない養子といったところだ。

頼綱は宇都宮氏を継ぐ立場であり、小山氏の相続には一切関与しないが、父の業綱《なりつな》が病弱だったこともあり、養育は小山氏が面倒をみようということである。武芸を磨き、武士の当主として育てるため、政光が力を貸し、疑似的父子関係を結んだのだ。


北条政子の邸宅から帰宅した小山朝政は、すぐに使者を出して弟の長沼宗政《ながぬまむねまさ》、結城朝光《ゆうきともみつ》を自邸に呼んだ。自身の意思を伝えるためだ。

「兄者人《あにじゃびと》、相州《そうしゅう》殿（相模守《さがみのかみ》・北条義時）のご命令を、弥三郎（宇都宮頼綱）討伐をお断りになったのですか。相州殿は新執権ですぞ。これは間違いなく小山の危機。まかり間違えば、小山の家が潰されることになりましょうぞ」

長沼宗政はまず兄の判断に驚き、その危うさを指摘した。

「では五郎、弥三郎討伐に従えばよかったか。謀叛の証拠なぞないのだ。いや、疑わしいどころではあるまい。明らかに冤罪《えんざい》であろう」

「まあ、確かに弥三郎が謀叛なんぞを企《くわだ》てるわけもなく……」

宗政の結論を待たず、結城朝光は朝政に賛同。北条義時に喧嘩《けんか》を売る兄・朝政の意図は不明だが、少なくとも宇都宮頼綱を討伐する気にはならない。

「確かに、畠山重忠《はたけやましげただ》殿の件を思えば、あのような後味の悪いことはまっぴらごめんでございます。兄上のご判断に従います」

「そうであろう。だが、相州殿の意図がつかめないな。なぜ、弥三郎討伐を言い出したのか。畠山殿の事件を思えば、畠山殿を陥《おとしい》れた罪で一族の稲毛《いなげ》殿、榛谷《はんがや》殿が討たれた。その例に倣《なら》えば……」

その図式でいくと、宇都宮を討ち、その後に冤罪だったとして、その罪を全て小山にかぶせる。こうして宇都宮、小山という北関東有数の兵力を誇る御家人の力を削ぐのが狙いか。

「まさか……」

「では、七郎はどう思うのだ」

「分かりませんが、相州殿としては、実父である遠州入道《えんしゅうにゅうどう》（元遠江守、北条時政）は誅罰《ちゅうばつ》したくないが、その戦力は削ぎ落したい。ことさら継母《けいぼ》である牧《まき》の御方《おんかた》につながる方々を狙い撃ちにするご意向かと……」

既に討たれた平賀朝雅《ひらがともまさ》も、宇都宮頼綱も牧の方の娘を妻としている。

「しかし、兄者、勝ち目はあるのですか。相手は新執権。そもそも、遠州入道の謀略といいますが……」

宗政は最初の懸念に戻った。無実の罪で義弟である宇都宮頼綱を討ちたくない。これはいい。だが、北条義時に逆らい、勝算があるのか。ここを間違うと、道筋は違っても畠山重忠の二の舞になってしまう。

「相州殿、実父を追い出し、執権に就いたばかり。足元が固まってはおるまい。わが小山と宇都宮を敵に回すほどの危険を冒すことができるか。そこはつけいる隙があると思うのだが」

小山朝政は、弟である長沼宗政、結城朝光に対し、ここは三家が小山一族として団結することを求めた。脱落は敗北につながる。三家の団結は危機を乗り越えるための絶対条件であると、説いた。二人の弟は最終的に朝政の方針に従うことを確認した。

危機勃発五日目、八月十一日。

小山朝政は、宇都宮頼綱に釈明文を書かせた。謀叛など一切企てていないという弁明と誓約。朝政自身も頼綱の弁明を保証する添状を書き記し、揃《そろ》えて北条義時に提出した。これに、義時は返答を出さなかった。許すとも許さないとも言ってこない。

北条義時の自邸である。

将棋盤の両側で向かい合う義時と大江広元。

「どちらが優勢と見ますか、前大膳大夫《さきのだいぜんだいぶ》殿（大江広元）」

「もちろん私の方です」

「いや、この盤面ではございません。弥三郎（宇都宮頼綱）が詫《わ》びてくるのは当然として、左衛門尉《さえもんのじょう》殿（小山朝政）が添状まで出して庇《かば》うとは……。進んで火中の栗を拾うような方とは思わなかったので、いささか戸惑いました」

「そうですか。ですが、義時殿。返事をしなかったのは妙手《みょうしゅ》ですな。あえて駒を進めなくてもいい場合もあるわけで……」

「次の手をどうすべきか。明らかにわが方が優位だったはずですが、なぜ次の手が難しいのか。ここがどうにも……」

「そうですな」

「少し急ぎ過ぎましたか」

「いや、将軍家お若く、執権交代の今こそ、武家が何を頼りにまとまるべきか示すことは必要でしょう。特に東国武士は実力本位。もはや武家をまとめる権威は、将軍ではなく、実力者の執権殿。これを示す機会ではあると思うのです」

「私も若いときから大御所《おおごしょ》さま（源頼朝《よりとも》）のそばでさまざま学んだつもりですが、やはり先を読む目はまだまだです。何しろ、宇都宮との、いや小山殿との対局、まさか、こんなに難しくなるとは」

「そうですな。畠山殿と比べると……」

「数段読みにくい。重忠殿のことはまことに残念でしたが、あれで武蔵《むさし》は随分とすっきりしました」

　義時が指摘したのは、武蔵守の立場と源氏門葉《もんよう》の権威を振りかざす平賀朝雅と武蔵の最高実力者・畠山重忠が一度に消え、鎌倉の意向が直接届きやすい環境になったことだ。

「右兵衛尉《うひょうえのじょう》さま、お越しにございます」

　従者が来客を告げた。義時の盟友、三浦義村《みうらよしむら》である。

「遅くなりました」

「おお、平六兵衛尉《へいろくひょうえのじょう》（義村）。今、あの件を談じていたところだ」

「ともかく小山殿の次の手が読めず、こちらの手も迷うところなのですが」

三浦義村が北条義時と大江広元を交互に見てからかった。

「お二人が打つ手に迷うとは珍しい」

「三浦右兵衛尉殿には、何かいい手がおありですかな」

大江広元が丁寧に問いかけ、義村が答えた。

「小山朝政殿は確かに腹の中に何か一枚、二枚ありそうな感じですが、弟の長沼宗政殿、結城朝光殿は思ったことを口に出す、裏表のない方々。何を考えているのか分かりやすい。亡き大御所の近習仲間でもあります。特に手前は七郎朝光とは長年の友人。直接口説いてみましょう。将軍家への忠義を表向きに、いまや執権・北条殿に逆らうのはいかに損かを親身に説けば、わが友情からの厚意と受け取ってくれるでしょう」

「さすが、平六兵衛《へいろくびょうえ》。策略においては鎌倉一のお人かもな」

「執権殿。分かっていたのではござらんか。まだ固まっておらぬので人に言わせた。若いころから変わっていないよ、おぬしは」

三浦義村と北条義時は顔を見合わせると含み笑いをした。互いに打つ手が合意したといった雰囲気を醸し出した。

小山朝政は相変わらず、北条義時の真意が読めないでいた。状況は悲観的ではないと判断しているが、無論、楽観できる状況でもない。

「相州殿、結論が出ず、協議を続けているのであろう。ひとまず悪くはない」

「そうですな、兄上」

「だがな……。弥三郎めに遠州入道（北条時政）の娘である内室（妻）とは離別せよと勧めたが、離別はせぬと、はっきり言いおったわ。甘い男よ、弥三郎は。七郎。宇都宮に出向き、弥三郎を説得してくれぬか」

「分かりました」

翌日、早朝に朝光が出立。三浦義村が朝光の邸宅を訪ねたのはその直後だった。

その日、小山朝政は長沼宗政と善後策を練っていた。

「兄者、鶴岡八幡宮《つるがおかはちまんぐう》の放生会《ほうじょうえ》が機会かもしれませんぞ。将軍家に直接、許すとお言葉をいただいてしまえば、先手を取れるかと思いますが」

放生会は鳥獣、魚などを野に放し、殺生《せっしょう》を戒める宗教儀式。鶴岡八幡宮では八月十五日がその日だが、文治《ぶんじ》三年（一一八七年）から行われ、そのときは幼名・千法師丸《せんほうしまる》と名乗っていた小山朝政の長男が流鏑馬《やぶさめ》の四番射手に選ばれ、朝政は面目を施《ほどこ》した。ちなみに三番射手は下河辺行平《しもこうべゆきひら》、五番射手は三浦義村。

信心深い頼朝は放生の行事をことのほか大事にした。治承《じしょう》四年（一一八〇年）の挙兵の際、山木兼隆《やまきかねたか》追討の決行を八月十七日と決めたが、佐々木《ささき》四兄弟の到着が遅れ、延期論が出たとき、頼朝は「年来、十八日は正観音《しょうかんのん》を安置し、殺生をやめている」と大まじめに言った。佐々木四兄弟が参上して事なきを得たが、流刑《るけい》の地で二十年も読経《どきょう》に明け暮れた頼朝にとって、神仏への誓いに嘘偽《うそいつわ》りはあってはならないという価値観は重い。

そうした由緒のある放生の儀式の日に、実朝が御家人処罰の決断を下すことはないだろうというのが、宗政の読みだ。

朝政も、宗政にしては妙案と思ったが、問題はある。

「相州殿の頭越しにか。不愉快に思うだろうな」

「事態はとっくに愉快ではありません」

「…………………」

事態の発覚から九日目、八月十五日。鶴岡八幡宮の放生会。激しい雨で将軍・実朝は外出しなかった。朝政、宗政の兄弟が実朝に目通りを願う場面はなく、当てが外れた。

十日目、八月十六日。宇都宮では頼綱が出家した。家来六十人以上も出家。翌日、鎌倉に向けて出発した。

使者から連絡を受けた朝政は、いよいよ大詰めに近づいていると感じた。

「急場危機だな」

一人つぶやき、頼綱の鎌倉到着を待った。


十三日目、八月十九日。

出家した宇都宮頼綱の一団が鎌倉に入った。北条義時邸に向かったが、義時は対面を拒んだ。義時はなお意思を表明しない態度を取った。

「だんまり戦術では相州殿にかなう者はいない。弥三郎、しばし待て」

結城朝光は頼綱をそのまま待機させ、方々に連絡を取っている。

結城朝光のもとに小山朝政が合流した。

「七郎。大丈夫か。相州殿は弥三郎との対面を拒まれたと聞いたが」

「弥三郎と家臣六十余人が今、自邸に入り、南無阿弥陀仏《なむあみだぶつ》の名号《みょうごう》を唱えております。誰の目にも叛意《はんい》のないのは明らかでしょう」

「相州殿も弥三郎を討つ理由がないということか。それはいいのだが……」

やはり、相手は動かない。頼綱のミスを待つ策なのか。何か不穏当な動きを示せば、謀叛の傍証として責めるつもりか。

「あとは将軍家のご判断に委ねるのがよろしいでしょう」

「相州殿のお許しなく、将軍家への拝謁か？　話をこじらせるだけだ」

「いや、弥三郎の拝謁を願い出るのではなく、弥三郎に異心のない証《あか》しを、ただそれだけをお見せしようかと思います」

「だが、お若い将軍家は、相州殿を差し置いて許すと断言もできまい」

「いいのです。お言葉をいただかなくとも。今、何か断言できないのは相州殿も同じでありましょう」

「それはそうだろうが……」

朝光は、あせらず丁寧に対応した。

「出家、剃髪した頼綱の髻《もとどり》です」

「えっ、これを?」

「侍所《さむらいどころ》を通して、将軍家に提出します」

将軍・実朝は頼綱の髻を受け取り、そして再び朝光に預けた。

了解したという合図だ。

特に言葉はなかったが、往来の使者は常に礼儀に則ったやり取りだった。実朝が頼綱に同情していること、厳しい処分を下す意思がないことが分かった。その雰囲気は鎌倉の御家人たちに伝わった。それだけでよかった。

北条義時側の動きはない。

そのまま、宇都宮頼綱は自身の隠居と三歳の嫡子・弥三郎(後の宇都宮泰綱《やすつな》、幼名は父・頼綱と同じ)への相続、弟・塩谷朝業《しおのやともなり》の鎌倉出仕などの手続きを進めた。

危機は去った。

〈5〉余談のこと

征夷大将軍《せいいたいしょうぐん》・源実朝《みなもとのさねとも》は畠山重忠《はたけやましげただ》の乱のことは忘れていなかったし、将軍たるものの善政を心掛けねばいけないということも常に念頭に置いていた。いささか観念的な正義に傾いているのは、若さと、実践の場から遠ざけられていることもあろう。

畠山重忠の乱から八年後の建保《けんぽう》元年（一二一三年）。

畠山重忠の末子で出家した重慶《ちょうけい》に関する情報が鎌倉《かまくら》に寄せられた。日光山別当《にっこうさんべっとう》の法眼《ほうげん》弁覚《べんかく》の使者である。

「大夫阿闍梨《たいふあじゃり》重慶が日光山の麓《ふもと》で浪人を集め、祈禱《きとう》に心を尽くしております。これは謀叛《むほん》の企《くわだ》てに間違いないでしょう」

九月十九日、実朝は長沼宗政《ながぬまむねまさ》に重慶の逮捕を命じた。実朝はよくよく念を押した。

「誅殺《ちゅうさつ》せぬよう、生け捕りするように」

宗政は自宅へ戻らず、御所《ごしょ》からそのまま下野《しもつけ》・日光（栃木県日光市）に向かった。家臣らは飛び出した宗政を追って急いで走り出したので、鎌倉中が少し騒動になった。

七日後の二十六日夕暮れ、宗政は重慶の首を持って鎌倉に帰参した。

将軍・実朝は怒りのあまり、宗政に会おうともしない。源仲兼《なかかね》が使者に立った。

「重慶を誅罰《ちゅうばつ》せぬようにと申したではないか」

源仲兼は実朝の言葉をそのまま伝えた。言葉を取り繕《つくろ》わず、直截《ちょくさい》な表現で伝えた。そうせよとの実朝の指示だった。

「畠山重忠は罪なく誅殺されたのだ。重慶が恨みを持つのは当然で、その陰謀については、よくよく事情を聴き、処分すべきであった。誅殺は軽はずみである」

長沼宗政は反論した。

「重慶法師の企ては疑いようもなく、また、生け捕るのは簡単でしたが、女房《にょうぼう》や尼たちの進言で赦免《しゃめん》されるであろうと推察したので誅殺いたしました」

事情において同情すべき点は多々ある。だが、それを理由に謀叛《むほん》の企てが許されるなら、御家人は何のために幕府を守るのか。武をもって奉公する意味が失われてしまう。この点を強調しなければならない。

その確信があり、さらにとんでもなく思い切ったことを言った。

「このようなことでは、今後、誰が忠節を尽くすでしょうか。このことは将軍家の過失です」

もともと放言癖《ほうげんへき》のある宗政だが、これは死罪も免れないほどの暴言である。

「当代（実朝）は歌や蹴鞠《けまり》は得意でも武芸は廃れているようです。女性を重んじて勇士を軽んじられるのでしょうか。没収の地は武勲ある者に与えられず、女房らが賜っております。例えば、榛谷《はんがや》四郎重朝《しげとも》の遺領は五条局《ごじょうのつぼね》が賜り、中山《なかやま》四郎重政《しげまさ》の地は下総局《しもうさ》が賜りました」

このほかにも宗政の暴言は数えきれない。仲兼は顔を青くして一言も言わず、座を立ち、宗政もそのまま退出した。当然、出仕停止である。

その半月ほど経った閏《うるう》九月十六日。

「舎弟五郎には、ほとほと手を焼き、本意ではないのだが」

兄・小山朝政《おやまともまさ》が実朝に詫《わ》びた。

「五郎宗政へのご不興を許されますよう」

悪口暴言で出仕停止は致し方ないが、謀叛人を誅罰する武勲を挙げながら、罰を受けたままでは御家人たちはどう思うか。これを穏やかに説いた。それは実朝にも重々分かっていた。御家人は賞罰の公平さを信じればこそ、忠義を尽くすものだと。

宗政は出仕した。

早速、将軍への謝罪に向かった。相変わらずだが、宗政は謝罪よりも言い訳、自己弁護に言葉を尽くした。今回の数々の暴言を詫びながらも、あくまで忠義の心より出たのだと、その正当性を強く主張した。これには将軍の側近らも慌《あわ》て、源仲兼は宗政の発言を止めようとした。

「宗政殿。十分に分かり申した。下がられよ」

だが、実朝は仲兼を制して宗政に感謝した。

「いいんだ。私にここまで忠告してくれる御家人が、まだこの鎌倉にいるかと思うと嬉《うれ》しいよ。私は将軍とはいえ、難しいことは義時や広元が考えてくれるし、私は彼らの報告に沿っていろいろ決めているが、間違わないように全て整えられている。だから私の決断があれこれ問題になることはなかった。重慶の件は、畠山に同情する気持ちが先走った面もあった。私の判断に正面から意見してくれた宗政の言葉は、むしろありがたかった」

実朝は本音と苦悩を少し覗《のぞ》かせた。

もう一つの後日譚《ごじつたん》は、宇都宮頼綱《うつのみやよりつな》のその後だ。

頼綱が鎌倉を去り、代わりに幕府に出仕した弟の塩谷朝業《しおのやともなり》は宇都宮氏の特徴である和歌にも通じていたので、将軍・実朝の気に入りとなった。

二十八歳の若さで出家した頼綱は「蓮生《れんじょう》」の法名で「専修念仏《せんしゅう》」の道に生きた。法然《ほうねん》の高弟・証空《しょうくう》に師事。嫌疑は晴れており、公的な出仕はしていないが、京と鎌倉を往復して幕府に奉仕し、宇都宮氏は有力御家人としての地位を保ち続けた。

嘉禄《かろく》三年（一二二七年）の「嘉禄の法難」では、延暦寺《えんりゃくじ》の僧兵から法然の遺骨を守り、嵯峨二尊院《さがにそんいん》（京都府京都市右京《うきょう》区）への改葬を警護する武士一千騎を指揮した。

そして、「百人一首《ひゃくにんいっしゅ》」の成立に大きく関わっている。

文暦《ぶんりゃく》二年（一二三五年）五月、藤原定家《ふじわらのさだいえ》（「ていか」と読むことが多い）が、嵯峨に山荘を持つ蓮生のために、和歌を選んだ。定家の嵯峨山荘（小倉《おぐら》山荘）にもごく近い蓮生の山荘の障子和歌が「百人一首」の原型「百人秀歌《ひゃくにんしゅうか》」だ。

しかも定家自筆の色紙形。これは極めて異例のことだった。

定家は書籍の書写はしばしば行っているが、色紙形に和歌を書いた例はほかにないようだ。揮毫《きごう》は通常、能書家《のうしょか》の仕事で、当時は世尊寺行能《せそんじゆきよし》に依頼するのが通例だった。

蓮生は宇都宮神宮寺《じんぐうじ》（宇都宮二荒山《ふたあらやま》神社の付属寺院）の障子和歌を定家に依頼しており、このときの揮毫は世尊寺行能。寛喜《かんぎ》元年（一二二九年）に定家と藤原家隆《いえたか》が五首ずつ大和の名所十か所の絵に合わせた新作を詠んだ和歌の色紙形だ。

個人の山荘の障子に和歌百首はいかにもスケールが大きすぎる。本来、能書家に依頼すべき揮毫を定家自筆としたのは、蓮生と定家の極めて個人的な関係による依頼ということもあるし、大きな仕事の発注で定家をサポートする意図もあったのではないか。

蓮生はその語も定家とその嫡男《ちゃくなん》・為家《ためいえ》を支援している。

なお、「百人一首」は百首、「百人秀歌」は百一首で、九十七首が共通している。天智天皇《てんじ》に始まり、古来の歌人の和歌を一首ずつ選んでいる。「百人秀歌」にはない後鳥羽上皇《ごとばじょうこう》、順徳《じゅんとく》上皇の和歌が「百人一首」にはある。そのほかの相違点は、源俊頼《としより》の歌が違い、配列が異なる点である。

すなわち、「百人一首」の原型となる「百人秀歌」、蓮生山荘の障子和歌には、承久の乱で鎌倉幕府に敵対した後鳥羽上皇、順徳上皇の和歌はなかった。宇都宮氏は鎌倉幕府の有力御家人。定家の立場としては当然の配慮で、蓮生と定家の強い絆、信頼関係もうかがえる。

宇都宮氏は宇都宮歌壇を形成した文化にも造詣の深い御家人で、京の歌人、貴族との関係もまた深いものだった。

登場人物生年表

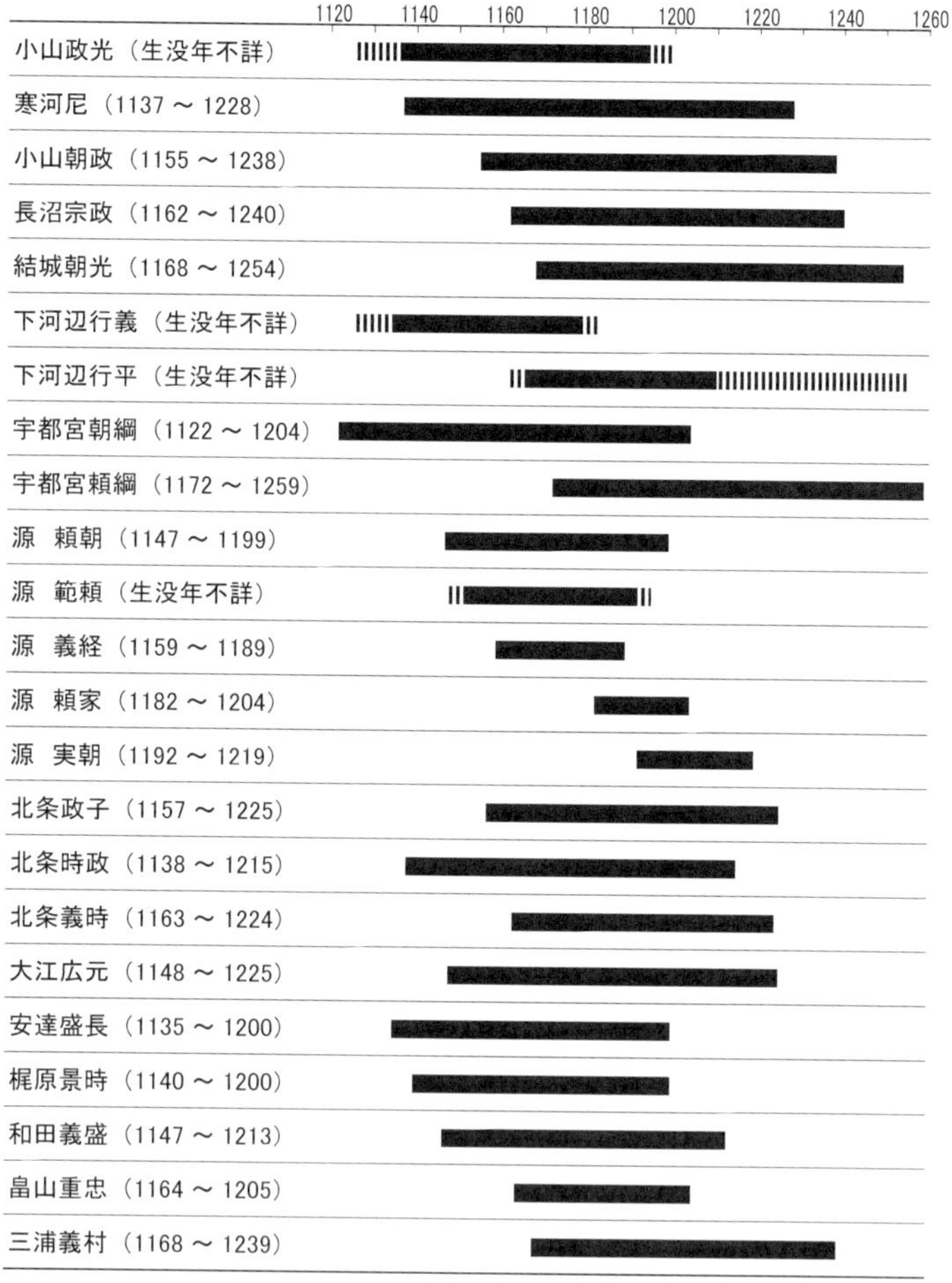
1120
1140
1160
1180
1200
1220
1240
1260
小山政光（生没年不詳）
寒河尼（1137 ～ 1228）
小山朝政（1155 ～ 1238）
長沼宗政（1162 ～ 1240）
結城朝光（1168 ～ 1254）
下河辺行義（生没年不詳）
下河辺行平（生没年不詳）
宇都宮朝綱（1122 ～ 1204）
宇都宮頼綱（1172 ～ 1259）
源　頼朝（1147 ～ 1199）
源　範頼（生没年不詳）
源　義経（1159 ～ 1189）
源　頼家（1182 ～ 1204）
源　実朝（1192 ～ 1219）
北条政子（1157 ～ 1225）
北条時政（1138 ～ 1215）
北条義時（1163 ～ 1224）
大江広元（1148 ～ 1225）
安達盛長（1135 ～ 1200）
梶原景時（1140 ～ 1200）
和田義盛（1147 ～ 1213）
畠山重忠（1164 ～ 1205）
三浦義村（1168 ～ 1239）

略年表

西暦年	和暦	主な出来事	亡くなった人
1179	治承3	11 月、治承3年の政変（平清盛のクーデター、院政停止）	平重盛（42）
1180	治承4	2月、高倉天皇譲位（翌年崩御）、安徳天皇践祚。5月、以仁王挙兵。8月、源頼朝挙兵。10 月、寒河尼が七郎（結城朝光）を連れ隅田宿に参陣。富士川合戦。11 月、金砂城の戦い	源頼政（77）
1181	養和元	閏2月、野木宮合戦（通説は 1183 年）。この年、養和の大飢饉発生	平清盛（64）
1183	寿永2	木曾義仲入京、平家都落ち	
1184	元暦元	1月、宇治川の戦い（木曾義仲滅ぶ）。2月、一ノ谷の戦い。8月、平家追討使・範頼率いる鎌倉軍出陣。9月、小山朝政が鎌倉を出発。10 月、鎌倉に公文所、問注所設置	木曾義仲（31）
1185	元暦2	2月、屋島の戦い。3月、壇ノ浦の戦いで平家滅亡。頼朝と義経の対立深まり、11 月、義経都落ち	
1187	文治3	2月、義経、平泉入り。12 月、寒河尼、地頭職を得る	藤原秀衡（66 ？）
1189	文治5	閏4月、衣川の戦い。7～9月、奥州合戦、奥州藤原氏滅ぶ	源義経（31）
1192	建久3	7月、頼朝が征夷大将軍に任命される	後白河法皇（66）
1193	建久4	4月、那須野巻狩り。5月、富士の巻狩り、曽我仇討ち	
1199	正治元	1月、頼朝急死で嫡男・頼家が後継者に。4月、13 人の合議制で頼家独裁に歯止め？ 10 月、結城朝光に謀叛の疑い。讒言の梶原景時を糾弾する連判状に御家人 66 人署名。12 月、景時鎌倉追放。小山朝政、播磨守護に	源頼朝（53）
1200	正治2	1月、梶原景時の変	安達盛長（66）
1201	建仁元	1～5月、建仁の乱。梶原派の城長茂が京の朝政邸襲撃。越後で城一族が叛乱、いずれも鎮圧される	
1203	建仁3	9月、比企能員の変。将軍・源頼家幽閉、3代将軍に源実朝	
1205	元久2	6月、畠山重忠の乱。閏7月、牧氏の変（北条時政追放）。8月、宇都宮頼綱に謀叛の疑い、小山朝政は追討命令拒否。頼綱出家	畠山重忠（42）
1213	建保元	5月、和田合戦	和田義盛（67）
1219	承久元	1月、将軍・実朝暗殺	源実朝（28）
1221	承久3	6月、承久の乱	

享年は数え年

主要参考文献

『小山氏の盛衰』松本一夫・戎光祥出版
『戎光祥中世史論集第４巻　小山氏の成立と発展　軍事貴族から中世武士の本流へ』野口実編・戎光祥出版
『戎光祥中世史論集第９巻　中世宇都宮氏　一族の展開と信仰・文芸』江田郁夫編・戎光祥出版
『伝説の将軍藤原秀郷』野口実・吉川弘文館
『現代語訳吾妻鏡』五味文彦、本郷和人編・吉川弘文館
『平家物語』梶原正昭、山下宏明校注・岩波文庫
『延慶本平家物語』北原保雄、小川栄一編・勉誠出版
『現代語で読む歴史文学　完訳源平盛衰記』矢代和夫解説、岸睦子、中村晃、三野恵、田中幸江、緑川新、酒井一宇、西津弘美、石黒吉次郎訳・勉誠出版
『太平記』兵藤裕己校注・岩波文庫
『愚管抄全現代語訳』慈円、大隅和雄訳・講談社学術文庫
『平治物語全訳注』谷口耕一、小番達・講談社学術文庫
『日本古典文学全集31　義経記』梶原正昭校注、訳・小学館

『日本史小百科7　家系』豊田武・近藤出版社
『戦乱でみるとちぎの歴史』江田郁夫、山口耕一編・下野新聞社
『戦国唐沢山城』出居博・佐野ロータリークラブ
『人をあるく源頼朝と鎌倉』坂井孝一・吉川弘文館
『栃木ゆかりの歴史群像』松本一夫・随想舎
『現代教養文庫　教養人の日本史（2）』村井康彦・社会思想社
『栃木県史』栃木県史編さん委員会編・栃木県
『小山市史』小山市史編さん委員会編・栃木県小山市
『栃木県立博物館調査研究報告書「皆川文書」承久の乱八〇〇周年記念　長沼氏から皆川氏へ～皆川文書でたどるその足跡～』栃木県立博物館
産経新聞栃木版連載『坂東武士の系譜』（未刊行）

小山殿の三兄弟
源平合戦、鎌倉政争を生き抜いた坂東武士

二〇二一年十二月二十日　初版第一刷発行

著　者　水野拓昌
発行者　谷村勇輔
発行所　ブイツーソリューション
〒四六六・〇八四八
名古屋市昭和区長戸町四・四〇
電　話　〇五二・七九九・七三九一
ＦＡＸ　〇五二・七九九・七九八四
発売元　星雲社（共同出版社・流通責任出版社）
〒一一二・〇〇〇五
東京都文京区水道一・三・三〇
電　話　〇三・三八六八・三二七五
ＦＡＸ　〇三・三八六八・六五八八
印刷所　藤原印刷

ISBN978-4-434-29583-6